관작루에 오르다
登觀雀樓

해는 산 너머로 지려 하는데
황하는 바다로 흘러들어가네
천리 머나먼 곳을 보려 하기에
다시 누각을 한 층 더 올라간다네

白日依山盡
黃河入海流
欲窮千里目
更上一層樓

일격필살 1

석탄 新무협 판타지 소설

초판 1쇄 찍은 날 § 2005년 3월 10일
초판 1쇄 펴낸 날 § 2005년 3월 20일

지은이 § 석탄
펴낸이 § 서경석

편집장 § 문혜영
편집 § 장상수 · 이재권 · 한지윤

펴낸곳 § 도서출판 청어람
등록번호 § 제1081-1-89호
등록일자 § 1999. 5. 31
어람번호 § 제2-0546호

주소 § 경기도 부천시 원미구 심곡1동 350-1 남성B/D 3F (우) 420-011
전화 § 032-656-4452 팩스 § 032-656-4453
http://www.chungeoram.com
E-mail § eoram99@chollian.net

ⓒ 석탄, 2005

ISBN 89-5831-462-1 04810
ISBN 89-5831-461-3 (SET)

一擊必殺
일격필살
Fantastic Oriental Heroes
석탄 新무협 판타지 소설
1
부활
청어람

목차

서장 귀신 소리

귀신 대접하여 그른 데 있느냐?
귀신도 경문(經文)에 매여 산다.
귀신도 빌면 듣는다.
귀신보다 사람이 더 무섭다.
귀신은 경문에 막히고 사람은 인정에 막힌다.
귀신 피하려다 호랑이 만난다.
귀신같이 먹고 장승같이 잔다.
귀신이 곡한다.
귀신 듣는 데 떡 소리한다.
귀신 씻나락 까먹는 소리한다.

…귀신이 운다. 산에서 울고, 강에서 울며, 들에서 울고, 집에서 운다. 아무도 그 소리를 듣지 못한다. 그 소리를 듣게 되면… 너도 곧 귀신이다.

제1장
죽음을 통한 삶

❶

광장처럼 넓은 대전의 입구에는 철무전(鐵武殿)이라는 편액이 높다랗게 걸려 있다. 안쪽으로는 열두 개씩 스물네 개의 아름드리 기둥이 연달아 이어져 대전의 위용을 더했다. 그 끝의 상석에 놓인 태사의에 한 노인이 앉아 있었다.

태사의에 앉은 노인의 손에는 책이 보였다. 누렇게 빛바랜 책장과 표지는 금방이라도 삭아버릴 것만 같았다. 그 책을 노인은 유심한 눈으로 한 장 한 장 넘겼다. 그렇게 넘긴 책장이 끝을 보였을 무렵, 마지막 책장을 넘긴 노인 조극강은 대전 바닥에 부복한 중년 사내를 보았다. 천천히 책을 들고 자리에서 일어선 그는 중년 사내에게 물었다.

"이게 귀신(鬼神) 부리는 책이라고?"

중년 사내는 고개를 번쩍 들었다. 순간 눈이 부셨다. 육 척을 넘긴 장신에 휘황하게 빛나는 곤룡포, 황금관을 얹은 머리 아래로 빛을 뿜는 호목(虎目), 검고 탐스럽게 가슴을 내려온 기다란 미염(美髥), 칠순을 넘긴 나이임에도 불구하고 후광처럼 터져 나오는 저 패도의 기세.

침을 삼키며 중년 사내는 대답했다.

"그렇습니다. 지난번 접수한 유령문(幽靈門)의 서고에 비장되어 있던 책자입니다. 유령문주는 그 책을 지키려다가 끝내 숨지고 말았습니다."

노인의 눈이 다시 손안의 책으로 내려갔다. 뭔가 미심쩍어하는 그 얼굴을 보며 중년 사내는 또다시 침을 삼켰다. 사실 중년 사내 자신도 책의 내용이 무엇인지 모른다. 그저 위대한 철무련(鐵武聯)의 복속 요구에 저항하는 소문파 하나를 짓밟았을 뿐이었다. 책은 그 와중에 얻은 부산물인 것이다.

"근데 제목이 뭐 이래? 생사비결(生死秘訣)이라니?"

짙은 검은색의 눈썹이 슬쩍 치켜 올라가는 철혈무제(鐵血武帝) 조극강(趙極强)의 표정에 중년 사내 손종동(孫從東)은 심장을 바르르 떨었다. 저 위엄에 전 무림이 무릎을 꿇고 구대문파도 고개를 숙인 것이다. 살아 있는 무림의 신화이자 전설, 그것이 눈앞의 저 노인인 것이다.

"자, 장경당(藏經堂)을 맡고 있는 소신도 아직 내용은 보지 못한 터라……."

노인의 눈썹 끝이 한 번 더 꿈틀하는 것을 본 손종동은 이마를 바닥에 박았다.

쿵.

"요, 용서를!"

넓디넓은 대전 바닥을 울린 손종동의 머리를 보던 철혈무제 조극강은 손을 들어 올렸다. 순간, 손에 잡힌 오래된 책에서 불길이 피어올랐다.

화르르르.

삼매진화로 타 들어가는 책은 금세 형체가 사그러졌다. 붉은 불꽃과 재를 날리던 그것이 흩어졌을 때 조극강은 엄한 목소리를 내뱉었다.

"기강이 해이해진 게로구나. 이따위 혹세무민(惑世誣民)하는 잡서(雜書)들이나 거둬들이라고 너희를 휘하에 둔 게 아니다. 손발이 편해지니 눈까지 어두워지더냐?"

담담하고 크지 않은 목소리였지만 조극강의 음성은 철무전의 곳곳을 울리며 샅샅이 파고들었다. 때문에 손종동의 심장은 더욱 오그라들었다.

"소, 속하, 죽을죄를……!"

"물러가라."

불벼락이 떨어질 줄 알았던 주군의 음성은 의외로 담담했다. 잠시 의미를 헤아리던 손종동의 머리가 살짝 들려졌다. 철혈무제 조극강의 시선은 자신이 아닌 뒤를 보는 중이었다. 재빠르게 뒤를 살피니 이유를 알게 되었다. 잠자리 날개 같은 궁장을 입은 여인이 눈에 보였다. 꿈속의 선녀처럼 아리따운 모습의 젊은 여인은 련주의 아내 정소연(鄭素蓮)이었다.

"어서 오구려."

련주 조극강의 얼굴에 피어오르는 사랑스런 미소를 본 손종동은 얼른 무릎을 세우고 일어섰다. 곧바로 허리를 꺾어 크게 읍을 보인 후 뒤돌아 대전을 빠져나갔다. 지금이 아니면 빠져나갈 기회가 없는 사람처럼 조급한 걸음이었다.

대전 밖으로 사라지는 장경당주 손종동의 뒷모습을 보던 정소연은 화사한 미소를 지으며 조극강의 자리로 다가갔다. 나비 같은 발걸음이었고 꽃잎의 펄럭임 같은 움직임이었다. 그 손에 잡힌 은소반(銀小盤) 위에 청자탕기가 모락모락 김을 피워 올렸다.

"상공, 너무 호통 치지 마셔요. 모두들 무서워하지 않습니까."

옥구슬이 구르는 듯한 나긋한 목소리에 조극강은 행복한 웃음을 지어 보이며 정소연의 허리를 잡았다. 곧바로 자신의 무릎에 앉힌 뒤 부드럽게 말했다.

"허허, 그런가? 그럼 부드러워져 볼까? 그대가 원한다면 내가 무엇인들 못하리. 허허허허."

"아이, 부끄럽게 왜 이러셔요. 남들이 보옵니다."

조극강의 손이 궁장 안의 가슴으로 파고들자 정소연은 몸을 비틀며 교태를 부렸다. 하지만 발그레해지는 볼 위의 두 눈은 싫지 않은 기색이었다.

"보긴 누가 본다고? 그런 놈이 있다면 당장 눈을 뽑아버리지!"

넓고 호사로운 대전을 한 바퀴 둘러본 조극강은 짐짓, 거짓 호통으로 위세를 부렸다. 그러다가 곧바로 정소연의 얼굴을 보고 나지막하게 말했다.

"우리 입맞춤할까?"

"아이……."

조극강의 손은 여전히 정소연의 가슴 안에 있었고, 얼굴을 맞댄 젊고 늙은 두 사람의 눈은 점점 뜨거워져 갔다. 그렇게 달궈진 두 사람의 입술이 맞닿을 무렵, 조극강의 입술을 정소연의 흰 손가락이 지그시 가로막았다.

"먼저 탕약을 드시면 소첩이 유과를 입에 물고 상공의 입으로 넘겨 드리지요. 어때요?"

꿀처럼 달착지근한 정소연의 목소리는 거부할 수 없는 유혹이었다. 그 붉은 입술과 별 같은 눈에서 시선을 떼지 못하는 조극강은 그저 고개만 끄덕거렸다.

"자, 아~ 하세요."

백옥 같은 손으로 조극강의 얼굴을 쓸어 당긴 정소연은 그때까지 제 무릎 위에 얹었던 은소반 위의 청자탕기를 잡았다. 한 손으로는 조극강의 머리를, 또 한 손으로는 탕기를 입에 가져다 대는 그 모습은 젖먹이는 어미의 모습이었다. 조극강은 그 약을 새새끼처럼 꿀꺽꿀꺽 받아 마셨다.

"크으!"

"쓰지요? 하지만 몸에 좋은 보약이니 달게 삼키세요."

탕기와 은소반을 든 정소연은 조극강의 무릎에서 일어섰다. 찡그린 얼굴에도 허전한 눈빛을 보내는 조극강은 정소연의 뒤돌아선 둔부에 시선을 주며 입맛을 다셨다.

"무슨 자라탕이 이렇게 쓴지 모르겠어? 정말 먹을 때마다 고역이야."

조극강이 앉은 태사의의 옆으로 놓여진 탁자 위 찬합으로 정소연은 손을 뻗었다. 그 속에서 월병(月餠)을 꺼내 든 정소연은 웃는 얼굴로 말을 받았다.

"그야 전에도 말씀드렸듯이 몸에 좋다는 온갖 약초를 함께 달였으니 그렇지요. 온몸의 혈액 순환을 좋게 하고 기력을 북돋우는 데는 그만한 약이 없다고 들었어요."

"기력이야 내가 뭐 달리던가? 그저 그대가 정성들인 약이니 내 먹을 수밖에."

"호호호, 기력이야 누가 상공을 따르겠어요. 다만 지난 백일간 복용한 그 약은 사람의 운명을 바꾼답니다."

"벌서 백일이나 먹었던가? 근데 뭐? 운명을 바꾼다고?"

수염을 가지런히 쓸어 내리는 조극강에게 정소연은 특유의 화사한 웃음을 지어 보였다. 하지만 꽃 같은 웃음 뒤에 걸린 짙은 눈빛이, 어쩐지 평소에 보던 그것이 아닌 것 같다고 조극강은 생각했다.

"정확히 백일 동안 복용한 그 약은 오늘을 위한 약이지요. 오직 오늘만을 위해서 소첩은 그 약을 달였답니다."

봄바람 같던 화사한 정소연의 웃음이 점점 짙어지며 차가운 한기를 풍기는 듯했다. 입술에 묻은 약의 씁쓸함을 느끼면서 조극강은 의문스레 물었다.

"오늘따라 이상하군 그래? 그리고 지금 그 말들은 무슨 소리야? 오늘을 위한 거라니?"

손에 든 월병을 잠시 내려다본 정소연은 시선을 둥근 월창(月窓)으로 돌렸다. 대전 벽의 월창엔 따듯한 오후의 가을 햇살이 부서질 듯이 밀려들었다. 그런데 그 월창 너머 햇빛이 부서지는 정원에, 정말로 햇빛이 부서지고 있었다.

정확히 햇빛은 어둠에 먹히는 중이었다. 밝음 속에 있던 나무는 천천히 느끼지 못할 만큼 느리게 어둠에 묻혀들었고, 땅과 연못과 하늘마저도 어둠에 잠식당해 갔다. 기괴한 그 현상을 본 조극강은 자리에서 일어났다.

"아니, 하늘이 왜 저러지?"

대전을 횡으로 걸어가 월창 앞에 다다른 조극강은 연못과 정원, 그 안의 수많은 나무와 정원석들이 어둠에 묻히는 걸 보았다. 곧바로 하늘을 올려다본 그의 눈에는 검게 먹혀가는 태양의 모습도 보였다.

“일식(日蝕)이로군.”

눈을 찡그린 조극강은 창문을 등지고 서며 정소연에게 말했다. 여전히 웃는 얼굴인 정소연은 조용한 음성으로 말을 받았다.

“맞아요. 달이 태양을 먹어치우는 날이죠. 천지간에 음기(陰氣)가 준동하고, 원귀(冤鬼)들이 날뛰는 날이 바로 오늘이죠. 그리고… 당신이 죽는 날이에요.”

조극강의 눈썹이 꿈틀 일어섰다.

“무슨… 소리야, 그게?”

표정이 굳어지는 그는 조금 전까지 여자의 가슴을 탐하던 그 얼굴이 아니었다. 곧게 펴지는 허리에서부터 시작하는 기세는 천하를 무릎 꿇린 패자(覇者)의 모습이었다.

“무슨 소리냐고 묻잖아!”

조극강이 거듭 소리쳐 묻는 순간이었다. 창문을 넘어선 어둠은 조극강의 등을 먹고 머리마저 검게 물들이는 중이었다. 정소연은 환하게 대답했다.

“지금 곧, 알게 돼요.”

대답하는 정소연의 등 뒤로 때마침 대전을 들어서는 젊은 사내가 보였다. 갑옷과 갑주를 걸치고 허리에 패검을 한 사내는 철혈대주 사마용추(司馬龍湫)였다. 철무련의 제일 핵심 세력의 수장이며, 조극강의 오른팔인 그가 갑자기 나타난 것이다. 그의 손에는 아이가 하나 붙들려 걸어왔다. 서너 살이나 될까 한 그 아이는 조극강의 하나밖에 없는 아들이었다.

“수(秀)야… 네가 여길 왜?”

아들의 이름을 부르다가, 곧 사마용추의 미소 띤 얼굴을 보는 조극강에게 불현듯 무서운 상상이 엄습해 왔다. 그 상상의 밑바탕에는 선녀 같은 미소의 정소연과 젊고 준수한 얼굴의 사마용추가 함께 꿈틀거렸다.

"너, 너희들이… 서, 설마……."

말을 더듬는 조극강의 불안한 얼굴에 정소연은 차갑게 한마디를 던졌다.

"그 설마가 맞아."

차가운 비수처럼 날아온 말이 조극강의 가슴에 꽂혔다. 창턱을 손으로 짚으며 휘청이는 조극강의 귀에 들린 사마용추의 음성은 그 가슴에 불을 질렀다.

"현수(賢秀)야, 아버지한테 안기렴. 지금부턴 눈을 감고 있는 게 좋겠다."

휘청이던 조극강은 불길을 토했다.

"이 찢어죽일 연놈들!"

하지만 바로 그 순간 조극강은 피를 터뜨렸다.

"크허어억!"

입과 코로 터져 나온 피가 바닥에 흩어졌다. 천천히 무릎을 접으며 주저앉는 조극강은 또 한 번 피를 토해냈다.

"쿠허억!"

검게 죽은 피가 덩어리째 쏟아져 나왔다. 창밖은 짙은 어둠 속에 물들었고, 대전 역시도 어둠이 번져 갔다. 그 아래서 몸과 마음을 후들대는 조극강의 모습을 보며 정소연은 어유롭게 기름 등잔에 불을 밝혔다.

환하게 밝아지는 대전의 한가운데서 정소연은 조극강에게 말을 걸었다.

"온몸이 오그라들고 머리 속이 하얗게 비어가는 것 같지? 호호호, 나도 맛을 안 봐서 모르지만 그 약을 먹으면 그리된다더군. 바로 오늘, 일식날 말이야."

정소연의 말처럼 하얗게 탈색되는 머리 속과 시야, 전신을 쥐어짜는 것 같은 극심한 고통에 조극강은 온몸을 부들부들 떨었다. 일어서려고 손발에 힘을 넣어보았지만 소용없는 일이었다. 흩어진 내공은 거품처럼 푸석거렸다.

"이, 이, 죽일… 년! 네, 네년… 이… 나에게……."

피에 젖은 검은 수염 뒤로 입술을 무는 조극강의 얼굴을 보며 정소연은 코웃음을 쳤다.

"흥! 진실은 그렇게 아픈 거다! 현실은 아주 냉혹하지! 나 역시 가문을 살리기 위해 네놈에게 청춘을 던졌다! 우리 아비보다도 더 늙은 너에게 말이야! 하지만… 네놈의 아이는 낳지 않으려고 무척이나 노력했지. 그리고 그건… 하늘의 도우심을 받아 성공할 수 있었지."

정소연의 눈길이 돌아간 곳에서 조용히 웃고 서 있는 사마용추의 얼굴을 보는 순간 조극강은 가슴이 난도질당하는 것 같았다. 그러나 그 가슴에 얼굴을 묻고 안긴 아이를 보는 순간엔 고개를 떨구고야 말았다.

당한 것이다. 믿었던 아내에게 당하고, 신뢰했던 수하에게 배신당한 것이다. 무림을 아우르고 강하다는 모든 자들의 고개를 꺾어버린 그가, 철혈의 무제인 조극강 그가 가장 믿었던 두 사람의 손에 쓰러진 것이다.

"원음산명탕(怨陰散命湯)이란 거지."

또다시 들린 정소연의 목소리에 조극강은 경련하는 고개를 들어 쳐다봤다.

"원한을 맺고 죽은 백 사람[百人]의 생피를 굳기 전에 채취하고, 음기(陰氣)를 확장하는 백 가지 약초, 거기에다 극지(極地)에만 사는 만음지초(萬陰之草)를 섞어 탕을 만들고, 하루 중 음기가 내리기 시작하는 유시(酉時:17시~19시) 이후에 백일 동안 복용하면 네 꼴이 되지. 물론 마지막 날엔 온 천지가 음기로 뒤덮이는 일식이 있어야 하고 말이야."

나긋나긋 말하는 정소연의 얼굴에 시선을 박은 조극강의 입술에서 검은 피가 주르륵 흘러내렸다. 정소연은 아무 거리낌 없이 바라보며 다시 입을 열었다.

"독(毒)은 아니야. 독이라면 소용도 없었을 테고 벌써 눈치챘겠지. 이건 하늘과 땅의 변화에 맞춘 날, 운명을 바꾸는 운명의 탕약인 거야."

조용하게 입을 닫는 정소연의 등 뒤에서 사마용추는 하얗게 소리없이 웃었다.

조극강은 이를 악물었다. 하지만 토해진 피처럼 기력이 새어나간 몸에는 고통만이 있을 뿐이었다. 억울했다. 이대로 죽을 수는 없었다. 뭔가 해야 했다. 이대로 죽는다면, 아니, 이젠 이대로 죽는 게 틀림없을 테지만, 죽기 전에 저것들에게 뭔가 해야만 했다. 하지만 몸이, 죽어가는 몸이 말을 듣지 않았다.

"크으으으."

피 거품을 쏟아내며 조극강은 바닥에 쓰러졌다. 마지막 지탱하던 힘이 벽을 타고 쓰러지는 상체와 더불어 사라진 것이다. 옆으로 쓰러진 입에서는 피 거품이 몽글거렸다. 하지만 부릅떠진 눈은 감기지 않았다. 그 눈에 웃고 있는 정소연과 사마용추의 얼굴이 보이고 있었기 때문이다.

조극강은 마지막으로 힘을 써보았다. 꿈틀 하고 경련처럼 팔이 흔들렸다. 그렇지만 더 이상 팔이나 다리, 몸의 아무것도 움직여지질 않았다. 하얗게 비어가는 머리 속으로 삼매진화를 일으키던 손의 기억의 떠올랐다. 만사여의(萬事如意)한 힘을 가지던 순간, 모두가 무릎 꿇고 경배하던 시간들. 그러나 지금의 그에겐 너무도 오래전의 일 같았다.

이렇게 허무하게 죽어야 하다니, 칠십 평생 칼산과 검의 바다를 헤쳐 온 인생이 허무하고 덧없었다. 수많은 좌절과 도전, 엄청난 시련과 고초를 극복하고 이 자리에 올랐다. 천하를 발 아래 두는 이 자리에 오르기 위해서 많은 일들을 해야 했다. 그 와중에 수많은 사람들의 인생을 짓밟고 목숨도 해쳤다. 그래, 지금의 이 순간은 그 죗값을 받는 것인지도 모른다. 하지만, 하지만 다시 한 번만 살 수 있다면…….

마지막으로 치닫던 조극강의 머리에 불현듯 손종동이 올렸던 유령문의 책자가 떠올랐다. 생(生)과 사(死)를 조율한다는 유령문의 비결. 그 기억이 떠오른 순간, 조극강은 최후의 저주처럼 한 가지 말을 되뇌었다.

'생사초극(生死超克)… 내외자재(內外自在)… 상천무극(上天無極)… 지중유일(地中唯一)… 귀신종종(鬼神從從)…….'

소리도 들리지 않게 움찔대는 조극강의 입술이 외우는 것은 조금 전 태워 버린 생사비결의 요결이었다. 왜 이 순간에 그것이 떠올랐는지는 조극강 자신도 알지 못하지만, 마지막 지푸라기를 잡는 심정으로 외우고 또 외웠다.

잠시 후, 움찔대던 조극강의 입술이 멎고 눈동자가 굳었다. 무정한 눈으로 그 모습을 바라다보던 정소연과 사마용추는 서로를 돌아

보았다.

“이제 완전히 죽은 모양인데?”

사마용추의 말에 정소연은 고개를 끄덕여 보인 후 천천히 조극강의 시신으로 다가갔다. 바닥에 흥건한 피를 밟고 선 그녀는 툭, 툭, 조극강의 머리를 발로 찼다. 그때마다 흔들리는 머리를 보고 환하게 웃은 그녀는 다시 뒤돌아섰다.

완벽한 승리를 확인한 그녀는 자신의 연인이자 아이의 아버지인 사마용추를 보고 화사하게 웃었다. 하지만 그 순간, 무섭게 일그러지는 사마용추의 얼굴이 그녀의 가슴을 철렁하게 했다. 허리춤을 이탈하는 그의 검은 눈을 질끈 감게 했다.

피이잉! 퍼억!

“커헉!”

등 뒤에서 들린 소리에 정소연은 감았던 눈을 뜨고 뒤돌아섰다. 일어선 조극강이 보였다. 죽은 줄 알았던 그가 일어선 것이다. 하지만 연인이 던진 검은 그를 다시 죽였다. 심장을 뚫고 벽에까지 박힌 검은 부르르 떨었다.

벽에 박힌 채 늘어지던 조극강은 시뻘게진 눈을 들어 띄엄띄엄 말했다.

“너희… 연… 놈들… 을… 반드… 시… 찢… 어… 죽이… 겠… 다…….”

눈과 입, 코와 귀로 피를 흘려내던 조극강의 머리가 천천히 숙여졌다.

정소연은 제자리에 주저앉았고, 사마용추는 미간 사이로 땀을 흘렸다. 하지만 그 둘이 보는 조극강의 시신(屍身) 너머 창문 밖에는, 저 멀리로부터 밝음이 다시 내려 깔리기 시작했다.

❷

　"방법이 없겠나?"

　중후한 인상과 달리 중년 사내의 음성은 침중하기 그지없었다. 잘 모아진 붓처럼 가지런한 턱수염은 보기가 좋았다. 하지만 지금 이 순간 그 수염이 바르르 떨렸다.

　"송구합니다. 소인의 능력으로는 도저히……."

　꽈르르르릉!

　고개를 가로젓는 의원의 말을 밀치듯이 벼락이 쳤다. 창밖의 하늘은 때 아닌 일식으로 온통 시커매지더니 이젠 난데없이 천둥까지 쳤다. 안팎을 가릴 것 없이 적막감이 맴돌았지만, 중년인 계은범(季隱範)의 마음엔 슬픔이 내려앉았다.

　"아들아, 아비가 능력이 미천하여 너를 죽게 하는구나."

　계은범의 손은 침상에 누운 예닐곱 살 소년의 이마를 매만졌다. 하얗게 낯빛이 바랜 소년은 예사 환자가 아닌 듯 보였다. 시꺼멓게 죽은 눈두덩과 입술은, 거의 죽음 앞에 이른 것 같았다. 그런 소년의 몸엔 작은 침[鍼]들이 빽빽했다. 침상 머리맡의 황촛불은 쉼없이 흐느적거렸다.

　"문주, 고정하시오소서."

　계은범의 뒤에 있던 초로의 사내, 귀도문(鬼刀門)의 총관 양택상(梁澤常)은 계은범을 위로했다. 하지만 위로하는 그의 목소리는 더욱더 떨림을 보였고 두 어깨는 가늘게 흔들렸다.

"이렇게 보낼 것을… 힘들게 낳고 먼저 가버린 사람의 심정은 어이 할꼬."

죽은 아이의 어미에 관한 이야기였다. 그리고 계은범 자신의 부인에 관한 말이었다. 칠 년 전 그날, 지독히도 고통스러운 난산 끝에 아이가 태어났다. 하지만 고고성을 듣기도 전에 아이의 어미는 세상을 등지고 말았다. 태어난 아이조차도 삼음절맥(三陰切脈)이란 절중을 가지고 태어났다.

오 년을 넘기기 힘겨울 거라던 아이는 일곱 번째 생일을 지냈다. 숙명처럼 정해진 수명을 늘리기 위해서 온갖 방법을 다 동원했었다. 명의란 명의는 다 찾아다녔고, 갖은 희귀한 영약으로 몸을 보신했다. 그 덕분인지 이 년이란 세월을 더 살았다. 하지만 하늘의 명을 거스른 때문인지, 생일을 지낸 며칠이 지나지 않아 아이는 쓰러졌다.

"허어어."

마음속의 상념을 뱉어내듯이 계은범은 짙은 한숨을 내쉬었다. 옆에서 지켜보던 의원은 조용히 권유하듯 말을 건넸다.

"이젠… 끈을 놓아주어야 합니다. 환자의 고통만 길어질 뿐이지요."

죄지은 자처럼 말하는 의원의 얼굴을 계은범은 허망한 눈길로 바라보았다. 그 눈에 애처러움이 점점 더 짙어지더니, 맑은 눈물이 주르륵 흘러내렸다.

"그렇게… 하시오."

애간장이 끊어지는 계은범의 목소리는 고통스럽게 끊겨 나왔다. 슬픔 가득한 그 목소리를 들은 의원은 무겁게 고개를 숙여 보였다. 곧바로 소년의 몸에 박힌 침들을 하나하나 뽑아나갔다. 발끝부터 시작한 그 손길이 무릎과 가슴, 목과 안면을 거쳐 정수리에 이르렀을 때, 계은 범의 흐린 눈길 속에서 마지막 침이 뽑혀 나왔다. 그 순간 소년의 입에 서 가는 숨소리가 길게 흩어졌다. 너무도 미약하고 흐린 소리였다.

"흐으으으."

생명의 끈을 이어주던 마지막 숨이 흩어진 순간, 실낱처럼 틈을 보 이던 소년의 눈꺼풀이 파르르 떨림을 보였다. 그리고 곧, 잠잠해졌다.

"도련님!"

총관 양택상이 오열하며 무릎을 꿇었다. 계은범의 얼굴을 흐르는 눈 물은 수염을 적시고 떨어져 내렸다. 그의 두 손이 부들부들 떨릴 때 의 원은 비단 이불을 소년의 머리 위로 덮어 씌웠다.

꽈르르르릉!

검은 하늘에서 또 벼락이 떨어졌다. 마치 소년의 죽음을 알기라도 하듯, 정원 한가운데 선 대추나무를 때린 벼락은 환한 불길을 피워 올 렸다.

창밖의 요란한 굉음 소리에도 계은범은 고개를 돌리지 않았다. 복받 치는 슬픔을 감당할 수 없는 이 순간은 세상의 그 어떤 것도 그를 흔들 지 못했다. 피 같고 살 같은 아들이 죽었다. 오직 살아가는 목적이 되 고 낙이 되고 전부가 되던 아들이 죽었다. 이젠 세상에 없는 것이다.

"허허, 허허허허."

실성한 사람처럼 웃음을 흘리는 계은범은 천천히 뒤돌아섰다. 그의 시선이 침구를 챙기는 의원을 지나 벽을 타고 창밖에 이른 순간 훨훨 타는 대추나무가 보였다. 마른벼락을 맞아 쓰러진 대추나무는 잘도 타 올랐다. 꼭 죽은 아들의 저승길을 밝혀주는 것 같았다. 저승길을…….

"으허억!"

갑자기 들린 비명 소리에 계은범은 다시 뒤돌아섰다. 엎드려 오열하던 총관 양택상은 벌떡 고개를 쳐들었다. 그 두 사람의 눈에 기겁하는 의원의 모습이 보였다. 정신없이 뒷걸음질하는 그의 눈이 보는 것은 침상이었다.

침상이 꿈틀거렸다. 아니, 비단 이불이 부시럭대며 솟아올랐다. 그렇게 움직이는 이불의 밑에는 죽은 소년이 있었다. 소년은 방금 전에 죽었다. 오랜 투병 끝에 드디어 안식을 찾아 떠난 것이다. 있을 수 없는 일이었다.

"푸허어어어!"

이불이 들쳐지는 순간 소년이 벌떡 일어나며 숨을 토해냈다. 오랫동안 참았던 숨을 터뜨리는 것 같은 그 숨소리는 보는 자들의 귀에 선명히 박혔다.

하지만 어찌 들어보면 그건… 죽은 자가 내뿜는 식은 숨소리 같기도 했다.

❸

실처럼 가는 빛이 눈앞에 보이기 시작했다. 그것이 눈꺼풀이 떠지는 것이란 걸 잠시 후에 깨달았다. 천천히 눈에 힘을 주고 열리는 눈을 밀어 올렸다. 한순간에 모든 것이 너무 환해졌다. 눈이 아팠다.

"으음."

"어? 도련님! 깨어나셨네요!"

갑자기 들린 젊은 계집의 목소리에 조극강은 찡그리던 눈에 초점을 모았다. 빛에 적응한 눈에 보인 것은 정말 계집이었다. 열여서일곱쯤으로 보이는 계집은 얼굴 가득 기쁨을 물고 자신을 쳐다보는 중이었다. 눈에는 눈물마저 그렁그렁한 모습이 왠지 예사롭지 않았다. 계집은 크게 소리쳤다.

"양 총관님! 유씨 아줌마! 도련님이 깨어나셨어요!"

순간, 그릇이 깨지지 않을까 싶게 높은 목소리에 조극강은 인상을 찡그렸다. 계집의 목소리는 음공(音功)을 익히지 않았나 싶을 정도로 크고 높았다. 또한 효과도 만점이었다. 소리를 듣고 사람들이 금방 달려왔다.

제일 먼저 초로의 늙은이가 다가서며 감격한 목소리로 말을 걸었다.

"도련님! 이제 일어나셨군요! 얼마나 걱정했는지 모릅니다!"

평범한 얼굴에 늙그수레한 초로의 인물을 보며 조극강은 몸을 움직였다. 저자와 젊은 계집, 그리고 또 한 명, 눈물을 찔끔거리고 있는 통통한 중년 여인이 누구인지 모르기 때문이었다. 또한 이곳이 어디인지도.

"에구, 도련님! 움직이지 마셔요!"

중년 여인이 움직거리는 조극강에게 다가서며 큰일날 듯이 말했다. 젊은 계집도 거들었다.

"맞아요. 움직이시면 안 돼요. 죽었다가 겨우 살아났는데……."

"네 이년!"

초로의 사내가 갑자기 호통 쳤다. 젊은 계집에게였다. 순식간에 자라목을 만드는 계집에게 사내는 무서운 눈으로 호된 꾸지람을 다시 내놓았다.

"이런 경망스러운 년을 보았나! 아무리 어린 계집년의 소견이라지만 어찌 그런 망발을 내뱉느냐? 네년이 치도곤을 맞아야 정신을 차릴 모양이로구나!"

"자, 잘못했습니다, 총관 어른."

목을 움츠리고 손을 모아 내미는 젊은 계집의 얼굴은 울상이었다. 하지만 쳐다보는 초로 사내의 얼굴엔 노기가 여전했다. 그 둘의 사이로 중년 여인이 끼어들었다.

"에이구, 총관 어른, 애월이가 어디 일부러 그랬겠습니까요? 다 기쁘고 경사스러운 마음에 앞뒤없이 내지른 말이오니 그저 주둥이만을 탓하십시오. 그리고 노여움을 푸시구려. 아, 도련님이 깨어나셨잖수?"

"찬모(饌母)는 가만히 있어요! 찬모가 그렇게 감싸고 도니까 이년이 위아래 없이 정신 사납게 구는 거요! 예가 어디라고 경망을 떨어요, 경망을 떨길?"

으르딱딱한 초로 사내의 말에 중년 여인도 입맛을 다시며 고개를 돌렸다. 그런 세 사람의 꼴을 보고 있던 조극강은 억지로 몸을 일으켰다. 몸을 일으키기 직전에야 자신이 침상에 누워 있다는 사실을 알게 되었다.

"여기가… 어디냐?"

힘없이 나온 그 한마디에 조극강의 모든 심정이 담겨 있었다. 자신이 왜 이곳에 누워 있는지, 자신을 보고 저들은 왜 이리 호들갑을 떠는지, 생전 처음 보는 저들이 누구인지, 몸은 왜 이렇게 힘이 없고 아픈지 아무것도 알 수 없었다.

"에구구, 도련님, 왜 일어나셔요? 에그머니나, 안색이 말이 아니시네? 이를 어째?"

중년 여인의 호들갑이었다. 여인처럼, 일어나 앉는 조극강을 보고 초로의 사내는 물론 계집도 놀라 다가왔다. 침상을 붙잡은 그들은 동시에 말했다.

"도련님, 무리하시면 안 됩니다!"

"아이 참, 또 아프시면 어쩌려고 그러세요?"

걱정 가득한 얼굴로 다가온 세 사람의 얼굴을 보던 조극강은 힘겹게 물었다.

"너희들은… 누구지?"

걱정을 담고 조극강만을 바라보던 세 사람의 눈에 한순간 이상한 빛이 감돌았다. 셋은 곧 서로를 돌아보며 눈빛을 교환했고, 좀 전보다 더욱더 근심 어린 눈길이 되어 조극강을 바라보았다. 말은 늙은이가 먼저 꺼냈다.

"도련님, 저를 몰라보시겠습니까? 저 올습니다, 총관 양택상."

초로 사내의 눈엔 근심과 우려가 가득했다. 하지만 사내를 보는 조극강의 눈은 여전히 흐릿했다.

"누구라고?"

되묻는 조극강의 질문에 이번엔 중년 여인과 젊은 계집이 다급하게 말을 붙였다.

"에구, 도련님이 왜 이러실까? 도련님, 저 찬모 유씨여요. 못 알아보시겠어요?"

"도련님, 저 애월이에요. 도련님 아기 때부터 시중든 애월이요. 아시겠죠? 그렇지요?"

거듭 묻는 젊은 계집애의 음성에는 안타까움이 묻어 나왔다. 하지만 조극강은 세 사람의 얼굴을 흐린 눈빛으로 바라다만 볼 뿐, 그들을 알아볼 수가 없었다. 더불어 이곳이 어디인지 짐작되지 않았다. 자신이 아는 바로 철무련에는 이런 장소가 없었다. 그렇다면 여긴 어디인가.

"장수(長壽)가 일어난 게냐?"

급한 목소리가 갑자기 들렸다. 문의 휘장을 소리나게 들추고 나타난 사람은 중후한 인상의 중년인이었다. 잘 기른 수염이 탐스럽게 흔들리는 사내는 기쁨과 근심이 혼재한 얼굴로 조극강에게 급히 다가왔다.

"문주님, 납시었습니까."

총관 양택상의 인사와 찬모 유씨, 시녀 애월이의 인사도 받는 둥 마는 둥, 귀도문주 계은범은 침상에 앉은 조극강의 손을 잡고 뜨겁게 말을 쏟았다.

"됐구나! 이제 살았구나! 정말 장하다! 정말 장해!"

눈물이 그렁그렁한 계은범은 연신 고개를 끄덕였다. 힘없는 시선으로 물끄러미 그 얼굴을 바라보던 조극강은 좀 전처럼 또 물었다.

"넌 누구냐? 여긴 어디지?"

고개짓하던 계은범의 표정이 갑자기 굳어졌다. 손을 잡은 채로 가만히 자신의 아들을 보던 그는 총관 양택상에게로 시선을 돌렸다. 가만히 눈을 두어번 감아 보이는 양택상의 얼굴에서 뭔가를 알아차린 듯, 고개를 돌리고 한결 부드럽게 조분조분한 목소리로 다시 말을 꺼냈다.

"애야, 네가 큰일을 겪은 후라 정신이 혼란스러운 모양이로구나. 괜찮다. 걱정 말아라. 이 아비가 있는 이상은 이제 너를 또다시 고통스럽게 하지 않으마. 그건… 하늘에 대고 맹세한다. 이 아비를 믿으려무나."

여전히 초점이 흐릿한 조극강의 눈을 보던 계은범은 잠시 눈동자를 떨다가 고개를 돌려 말했다.

"탕약은 어찌 된 게냐? 깨어나면 바로 먹이라고 의원이 일렀거늘,

복용한 게냐?"

애월이가 화들짝 놀란 얼굴이 되어 바로 뛰쳐나갔다. 그 뒷모습을 보고 총관 양택상이 혀를 찰 때, 바람처럼 되돌아온 애월이의 손엔 소반이 들려 있었다. 혀 차던 양택상은 바로 핀잔을 주었다.

"너를 믿고 도련님 시중을 맡기다니… 쯔쯔쯔쯧."

"용서하세요. 일부러 까먹은 건 아니에요. 도련님 깨어나신 게 너무 기뻐서 그만."

"됐다. 어서 약이나 내라."

계은범의 재촉하는 말에 두 사람은 대꾸를 멈추었다. 예, 하고 대답한 후 옆으로 고개를 돌려 혀를 낼름 내민 애월이는 조극강에게 다가서며 약그릇을 내밀었다.

"도련님, 아, 하세요. 약 드시면 제가 감초(甘草)를 드릴게요."

생글생글 웃으며 손을 내미는 계집애를 보던 조극강은 시선을 약그릇으로 내렸다. 모락모락 김을 피워 올리는 약사발을 보는 순간, 그는 갑자기 몸을 부르르 떨었다.

머리 속에 쾅 하고 번개가 치는 것 같았다. 그리고 생각이 났다. 하나하나 모든 것이 소상하게 기억났다. 허연 김을 피워 올리는 저 약그릇이 생각났고, 약사발을 내밀며 교태를 부리던 정소연의 얼굴도 떠올랐다.

철혈무제 조극강. 자신은 죽었었다. 약을 먹고 죽었었다. 약을 준 년의 말로는 원음산명탕이라고 했었다. 온몸이 오그라들고 바수어 가루로 만드는 것 같은 고통 속에서 자신은 죽었었다. 죽던 그 순간의 고통과 기억이 온몸에 생생했다. 저 약, 저 탕약을 먹고 자신은 죽었다!

"이, 이, 이것들! 죽일 테다!"

귀신처럼 일그러진 얼굴로 소리친 조극강은 손을 휘저었다. 탕약 그릇은 날아가고 계집애 애월이는 놀라 소리쳤다.

"엄마야!"

챙그랑!

벽에 부딪친 탕약 그릇이 박살이 났다. 약은 검은 얼룩으로 흘러내렸다. 순식간에 벌어진 상황에 놀라 바라보던 계은범과 양택상은 바로 달려들었다.

"애야! 장수야! 왜 이러는 게냐?"

"도련님! 진정하십시오!"

경련하는 조극강의 손발을 잡는 두 사람의 뒤에서 찬모 유씨는 계속 에구에구 하며 애를 태웠다. 하지만 손발을 잡힌 어린 환자는 계속 발광했다.

"죽여! 다 죽일 테다!"

소리치며 불끈불끈 손발을 내두르려는 아들의 모습을 보며 계은범은 격하게 소리쳤다.

"진정해라, 장수야! 날 봐라! 아비를 봐라!"

공력이 실린 계은범의 목소리에 조극강은 눈가를 꿈틀 경련했다. 분노로 까뭇하게 넘어가던 정신이 그 소리에 돌아온 것이다. 불끈대며 힘을 쓰던 손발에 힘을 푼 조극강은 천천히 계은범의 눈동자에 시선을 맞췄다.

"그래, 이 아비를 보렴. 이젠 무서워하지 않아도 된다. 죽음은 물러갔단다. 설령 또다시 그놈이 온다 해도… 이 아비가 널 지킬 거다. 약속했잖니."

계은범을 보던 조극강은 느릿하게 되물었다.

“아버지… 라고?”

계은범은 강하게 고개를 끄덕여 보이며 다짐을 새겨 넣듯이 말했다.

“그럼, 난 너에게 하나밖에 없는 아비이고, 넌 하늘이 내려준 유일한 내 아들 계장수(季長壽)다.”

조극강의 눈이 흔들리는 계은범의 눈동자를 직시했다. 그 눈동자 안에서 조극강은 많은 걸 읽어냈다. 그건, 이제껏 한 번도 가져 보지 못한 그런 것들이었다. 아내와 수하들과 그가 아는 그 어떤 누구에게서도.

“아버지……?”

혼잣말처럼 다시 한 번 되뇌인 조극강은 시선을 천천히 돌렸다. 어느 곳을 바라보는지 모를 그 시선이 향한 곳은 침상 아래쪽 벽의 창문이었다. 열린 창문에는 햇살이 눈부시게 부서져 들어왔다. 저러한 광경은 어디선가 본 듯도 했다. 하지만 지금 누워 있는 여기선 아니었다.

햇살은 눈부신 줄기로 뻗어 들어와 침상까지 더듬었다. 햇살을 좇아 눈길을 주니 이불 위로 불룩한 다리가 보였다. 그런데 다리가 너무 짧았다. 자신이 아는 다리는 저렇지 않았다. 혹시나 해서 움직여 봤다. 역시 자신의 다리가 맞았다. 곧바로 잡혀 있는 손을 보았다. 아이의 손이었다.

“놓아라.”

작게 흘러나온 조극강의 목소리에 계은범은 천천히 손을 놓았다. 그 손을 들어 조극강은 느릿느릿, 감상하듯이 살펴보았다. 그리고 잠시 후, 다시 손을 내리고 눈을 감았다. 작은 목소리는 또 흘러나왔다.

“자고 싶다.”

가만히 자신의 아들 계장수, 조극강을 내려다보던 계은범은 작은 한

숨을 쉬며 뒤돌아섰다. 말없는 그의 손짓에 총관 양택상과 찬모 유씨, 시녀 애월이까지 근심의 눈길을 남기고 방문 밖으로 사라졌다. 그들의 존재가 모두 사라졌을 때에야 조극강은 긴 숨을 내쉬었다.

"후우우우우우, 다시 살았구나."

그랬다. 조극강 자신은 다시 살아난 것이다. 그것도 아주 어린애로 살아났다. 어떻게 이런 일이 벌어졌는지는 알 수가 없다. 하지만 죽는 그 순간에 보이던 정소연과 사마용추, 두 연놈의 웃음이 너무도 생생했다.

"기다려라. 너희 연놈의 심장을 꺼내러… 내가 가마."

조극강, 아니, 다시 살아난 소년 계장수는 점점 수마에 빠져들었다. 하지만 그 잠 속에서조차, 복수 하나만을 생각하며 몸을 뒤척였다.

❶

"도련님! 멀리 가시면 안 됩니다!"

뒤에서 손을 모아 소리치는 총관 양택상을 돌아본 조극강은 건성으로 손을 들어 보였다.

여전히 불안한 얼굴을 보이는 양택상에게서 시선을 돌린 그는 작게 투덜거렸다.

"제기럴, 이렇게 어린 목소리라니 이거야 원. 거기다 이름이 계장수(季長壽)가 뭐야, 계장수가? 아무리 오래 사는 게 소원이라 붙인 이름이지만 좀 그럴듯한 이름을 붙일 것이지. 젠장."

투덜대는 조극강, 아니, 이젠 소년이 된 계장수는 귀도문 장원의 뒷문을 빠져나갔다. 목적지는 장원 바로 뒤의 작은 야산이었다. 이젠 그를 막는 사람이 없었다.

처음엔 죽었다 다시 살아난 그가 혼자 산에 오르는 걸 이상한 행동으로 보고 막았었다. 거기다가 몸도 성치 않은 그를 막을 수밖에 없었다. 하지만 거의 발광 수준으로 반항하는 그에게 모두 손을 들어버렸다.

생과 사를 넘고 두 개의 삶을 살게 된 현실은 받아들일 수 없을 만큼 혼란스러웠다. 하지만 조극강에서 계장수로, 노인에서 소년으로의 삶을 받아들이기로 한 지금은 모든 게 편안했다. 집착을 버린 때문이다. 이제부턴 조극강이 아닌 계장수로 살아야 한다. 그것이 현실이다.

"휴우우."

이마에 맺힌 송글한 땀을 닦으며 계장수는 계속 산을 올랐다. 일곱 살 작은 팔다리에 산길은 힘이 부쳤다. 목적한 거북 바위가 조금씩 눈에 들어왔다. 소나무 숲이 끝나는 비탈 위에 솟은 바위는 그의 안식처였다.

"후우욱, 후우욱, 후우우."

바위 앞에 서서 숨을 몰아쉰 계장수는 바위를 짚고 위로 올라갔다. 시원한 바람이 솔숲을 지나와 이마의 땀을 식혀줬다. 지금의 바람은 머잖아 차갑게 변할 것이다. 그러면 겨울이 시작된다. 눈에 보이는 저 아래의 삭주(朔州) 전역에도 눈이 덮이게 된다. 계절이 변하는 것이다.

"환생(還生)이라……."

소년 계장수의 눈에서는 음성처럼 아스라한 빛이 나왔다. 지향 없는 시선은 산을 넘고 물을 건너 어디론가 끝없이 뻗어나갔다. 그러나 아무 곳에도 머물지 못했다.

처음 다시 살아났을 땐 아무것도 믿을 수가 없었다. 자신은 전혀 다른 모습이었고 눈에 보이는 모든 것이 모르는 것들이었다. 자신이 살아났다는 것조차도 믿을 수 없는 상황인데 처음 본 자들이 자신을 붙잡고 기쁨의 눈물을 흘렸다. 귀도문주 계은범과 총관 양택상, 찬모 유씨와 시녀 애월이, 그리고 귀도문의 무사들을 비롯한 모든 식솔들이었다.

아들이 살아난 기쁨에 계은범은 열흘 동안 잔치를 벌였다. 그 열흘 동안 계은범과 양택상, 귀도문의 식솔들과 축하객들의 인사 속에서 다시 살아났음을 실감했다. 죽은 아이의 몸을 통한 환생이었다. 자신의 원래 몸, 철혈무제 조극강이 죽는 순간 소년 계장수도 죽은 것이다.

두 사람의 죽음이 이루어지던 그 순간, 자신이 외운 생사비결의 주문은 자신의 영혼을 소년의 몸으로 이끌어 쑤셔박았다. 그냥 되는 일은 결코 아니었다. 태워 버린 책의 내용에는 분명 일식이 이루어지는 그 순간에, 태어난 생시가 같은 두 사람이 동시에 죽음을 맞이하는 그 순간이 도래하면, 그때에 외운 주문이 효력을 발한다고 되어 있었다.

공교롭다고만 하기엔 너무도 엄청난 일이었다. 위서(僞書)라고 태워 버렸던 책의 내용이 자신을 다시 살린 것이다. 운명의 장난은 자신에게 다시 기회를 주었다. 그러나… 정확히 전후를 살펴보면 그것만은 아니었다.

자신이 죽던 그 순간, 시커먼 구멍 속으로 먼지가 빨려 들어가듯이 빨려 들어가며 보았었다. 세상은 작은 구멍으로 보이는 저 바깥쪽으로 점점 멀어졌고, 자신은 거대한 암흑의 공동(空洞) 한가운데로 내동댕이쳐졌다. 사방 모두가 검고 시작과 끝이 어디쯤인지 알 수 없는 그 공간의 중앙에 자신을 이끈 존재가 보였다.

빛나는 두 개의 시뻘건 눈동자. 그것이 자신에게 말을 걸어왔었다. 그 목소리가 또렷이 기억났다.

'죽는 게 억울한 모양이구나. 그래서 주문을 외우는 게지. 하지만 기억해라. 모든 일에는 대가가 따르는 법. 그 대가를 너는 후일에 지불해야 한다. 그리고 그때는… 다시 살아난 걸 후회할지도 모르지.'

피 같은 두 개의 눈은 웃는 것 같았다. 그 순간 자신은 또 다른 암흑의 구멍으로 밀려 나갔다. 그리고 죽은 소년의 몸을 빌어 환생한 것이다.

"후회할지도 모른다고?"

소년 계장수는 피식피식 웃었다.

"칠십 평생을 살아오는 동안 후회를 남겨본 적은 단 한 번도 없었다. 단 한 번도."

계장수는 작은 두 주먹을 꼭 쥐었다. 그랬다. 스스로 뱉은 말처럼 후회를 남기고 산 인생이 아니었다. 이젠 전생(前生)이 되어버렸지만, 철혈무제 조극강이 걸어온 길은 피와 전쟁의 길이었다. 그 속에 후회 따위 없었다. 만약 있다면 그건… 자신이 죽던 마지막의 그날이 될 것이다.

"개 같은 연놈들!"

뿌드득 이를 가는 소리가 저절로 입에서 나왔다. 그날을 생각하자 조극강, 아니, 계장수는 떨리는 몸을 주체할 수 없었다.

사마용추. 고아로 자란 자신의 어린 시절을 보는 것 같은 마음에 총애를 주었었다. 손수 무예를 가르치고 잘못된 점을 바로잡아 철혈대(鐵血隊)의 대주(隊主)로 만들었다. 그런 놈이, 이십 년을 넘게 정을 준 놈이 자신의 심장에 검을 박은 것이다.

정소연. 남해 해남검파의 문주 정소추(鄭小秋)의 외동딸. 파죽지세로 몰아붙이던 중원 정복의 여정에서 만난 여자. 처음 본 그 순간에, 살아온 그 생애에 처음으로 사랑을 느끼게 한 여자. 한없이 순종적이고 아름답던 여자. 그 여자가 제자 같던 놈과 결탁하여 자신을 해친 것이다.

"천 갈래 만 갈래 찢어죽일 것들!"

일곱 살 소년의 입에서 나올 수 없는 처절한 음성이었다. 그것이 지금 계장수가 된 조극강의 마음이었다. 그럴 수밖에 없었다. 칠순이 넘어 생긴 아들마저도 가짜라니, 그 아들을 얻고서 얼마나 기뻐했는데 남의 자식이라니. 치가 떨리고 온몸에 가시처럼 소름이 돋았다.

물릴 수 없는 일이 되고 말았다. 사랑했던 아내와 은혜를 베푼 놈이 배를 맞춰 아이까지 낳았다. 그 아이를 친자식으로 알고 기뻐했던 삶이었다. 아내 또한 자신을 사랑하고 전 무림은 자신을 존경하는 것으로 알았다. 헛된 생애였고 치욕스런 삶이었다. 자신은 허수아비였던 거다.

"그래. 헛살았지만, 칠십 평생을 살면서 한 가지 지켜온 철칙이 있지. 그 철칙으로 난 무림을 제패했고 천하를 손에 넣었다. 그건 아마 너희들도 잘 알 거다. 은혜는 은혜로 갚고 원수는 원수로 갚는다!"

조용히 지평선을 바라보던 계장수는 바위에서 일어섰다. 결연한 의지로 가득한 얼굴은 귀도문의 전각들로 시선을 옮기며 낮게 중얼댔다.

"새 삶을 얻었으니, 단 한시도 헛되이 살 수 없다. 이제부터 다시 시작이다."

풀쩍 바위를 뛰어내린 소년은 올라왔던 길을 거슬러 내려갔다. 때마침 아래쪽에선 총관 양택상이 걱정 가득한 얼굴로 올라오고 있었다.

❷

애월이가 잠자리를 보아주고 물러간 후, 계장수는 자리에 일어나 앉았다. 어린 척, 꼬마인 척하는 짓도 이제는 제법 이력이 붙었다. 아마도 모든 걸 받아들이고 순응하는 마음을 가졌기 때문이 아닌가 여겨졌다.

처음엔 우려하고 염려하던 계은범도 이제는 안심하는 눈치였다. 총관 양택상도 걱정을 던 얼굴이었다. 그들 모두에게 아들이 되고, 도련님이 되며, 귀도문의 소문주가 되는 일은 결코 쉽지 않았다. 칠십을 넘겨 산 정신에 일곱 살 어린애의 몸은 많은 부조화를 일으켰다.

하지만 늙은이 같은 말투와 행동을 죽고 산 후유증으로 여기는 식솔들 덕에 큰 어려움은 없었다. 난점이 있었다면 스스로 육체와 전생의 기억들을 조절하지 못하는 자신에게 있었다. 그러나 그조차도 이젠 장애가 되지 않았다. 철저하게 새 삶을 살기로 한 그에겐 사소한 문제였다.

가장 큰 문제는 몸이 앓고 있는 절증인 삼음절맥이었다. 거기다가 목숨을 연장하기 위해 얼마나 많은 약을 먹였는지 몸속엔 약기가 가득했다. 새 삶을 살자면, 그래서 목적한 바를 이루자면 무공을 되찾아야, 아니, 새로 익혀야 했다. 그러자면 절증의 치료가 최우선이었다.

"빌어먹을. 온몸의 혈맥이 꽁꽁 막혔군. 이래 가지고서야 여태껏 살았다는 게 신기할 정도지."

침상에 앉아 몸을 관조(觀照)하던 계장수는 천천히 호흡을 시작했다. 이제 일곱 살의 어린 몸은 온갖 약기운으로 온몸이 출렁거릴 정도였다. 하지만 약기운들은 체내로 흡수되지 못하고 몸속을 떠돌아다닐 뿐이었다.

혈맥은 가느다랗고 마른 물줄기처럼 가물었으며 대부분 굳은 상태였다. 그 중심으로 가느다란 흐름이 있을 뿐, 거의 막힌 것이나 진배없었다. 특히 절맥이 이루어진 머리 뒤 천주혈이나 등 뒤의 신당혈, 무릎 뒤의 위중혈 세 곳은 거의 흐름조차 느껴지지 않았다.

"완전히 산송장이로군."

허탈한 혼잣말을 내뱉은 계장수는 결심할 때가 되었음을 느꼈다. 환생하는 과정에서 어떤 영향을 미쳤는지는 모르지만 전보다 많이 건강해졌다는 몸이었다. 뒷산에 혼자 오르내린다는 건 생각도 못할 일이었다고 했다. 하지만 그것 가지고는 안 되었다. 절증을 치료해야 했다. 그 치료 방법도 자신은 알고 있었다. 하지만 목숨을 걸어야 했다.

철령기(鐵靈氣). 조극강 자신에게 세상을 안겨준 개세의 무공. 살아난 그 시간 이후로, 절증을 앓는 몸이란 걸 안 그 순간부터 주욱 염두에 두었던 것이다. 철령기라면 절증으로 막힌 혈맥과 경맥들을 뚫어버릴지도 모른다. 때문에 한 줌의 진기를 모으기 위해 밤마다 노력했다.

"어쩌면… 다시 죽을지도 모르지."

계장수는 잠시 망설였다. 살기 위해서 밤마다 철령기의 기초를 운용했지만, 철령기는 어린아이의 몸이 받아낼 수 있는 무공이 아니었다. 전생에도 자신은 축기(畜氣)만을 했을 뿐, 십오 세가 되어서야 처음 일주천을 했다.

그건, 너무도 강력한 철령기의 힘 때문이었다. 잘못하면 경맥을 뚫으려다 갈가리 터져서 죽음에 이르게 되는 것이다. 때문에 철령기의 수련은 혹독한 외공 수련을 동반한 적정 나이가 되어야 하는 것이다. 하지만 지금은 이것저것 가릴 때가 아니었다.

"그래, 죽기 아니면 살기겠지."

결심을 한 계장수는 가부좌를 틀고 두 손을 모았다. 곧바로 운기를 시작하자 아랫배에 작은 기운이 좁쌀만하게 뭉쳤다. 서서히 뜨거워지는 그것을 단전에서 상하좌우로 돌렸다. 단전의 구획이 점점 확장되며 좁쌀만한 힘의 움직임이 서서히 커져 갔다.

어느덧 호흡을 통한 축기가 거듭될수록 좁쌀만하던 힘의 기운이 콩알만하게 커졌다. 그것이 단전을 돌며 회전하자 힘은 점점 더 커져 갔다. 한순간 그것을 중단전의 경로로 슬쩍 끌어올렸다. 하지만 역시 막힌 경맥을 힘이 쫓지 못했다.

다시 하단전으로 내려간 힘의 기운을 이번엔 아래쪽으로 밀어 내려 봤다.

퉁, 퉁, 퉁.

반발로 튕겨 나오던 기운에 더욱 기세를 가하자 일순간 못이 벽에 박히듯 툭, 하고 경맥을 파고들었다. 그 위로 압력을 가하며 계속 축기를 했다.

그러기를 얼마나 했을까. 콩알만하던 힘의 결정에 갑작스레 생소한 힘들이 달라붙기 시작했다. 급작스런 그 상황에 계장수는 당황했지만, 전신에서 몰려든 생소한 기운들은 힘의 결정을 경맥 속으로 밀어냈다.

약기운들이었다. 이제껏 복용했던 약기운들이 경맥이 파여지는 조짐을 보이자 본래의 약효를 다하고자 몰려든 것이다. 막힌 맥들을 뚫기 위해 먹은 약들이니 당연한 결과이기도 했다. 계장수는 운공에 더욱 힘을 박찼다.

힘은 계속해서 더해졌다. 경맥을 파고든 철령기의 결정은 좌우로 요동치고 회전하며 경맥을 더욱 파고들었다. 그러다 일순간, 무서운 속도로 체내의 약기운을 빨아들이기 시작했다. 왜 갑자기 이러는지 계장수는 또 한 번 당황했지만, 마치 추진력을 받아 돌아 나가는 송곳처럼 혈맥을 뚫고 나가기 시작했다.

운공하는 계장수는 이마로 땀을 흘렸다. 결정으로 뭉쳐진 철령기의 힘이 경맥을 뚫는 속도가 점점 빨라지고 있었기 때문이다. 좋지 않았다. 제어가 잘 되지 않았다. 경맥을 뚫고 나가는 것은 예상이 들어맞은 결과이지만 속도가 문제였다. 자신은 매일 조금씩 뚫어나갈 생각이었다. 한데 몸은 예상치 못한 진행을 보이고 있으며, 의지를 벗어나고 있었다.

퍽, 퍽, 퍽.

막혔던 경맥과 혈맥이 뚫리는 소리가 하반신의 진동으로 알려왔다. 철령기의 결정은 어느새 오금인 무릎 뒤 위중혈에 도달했다. 그곳에서 막혀 버린 기운은 계속 미친 말처럼 날뛰기 시작했다. 경맥이 진동하며 계장수의 몸이 흔들릴 정도였다. 이를 문 계장수는 철령기의 기운을 되돌렸다. 끌려가는 망아지처럼 철령기는 천천히 단전으로 되올라왔다. 그러던 한순간, 계장수의 호흡이 불규칙한 찰나의 틈을 타고 철령기는 아래로 내려갔다. 마치 둑 터진 물길 같은 기세였다.

펑!

위중혈에 엄청난 진동과 함께 폭발이 터졌다. 막혔던 위중혈은 말그대로 뻥 뚫려 버렸다. 그것이 철령기의 힘이란 걸 알지만, 절맥 세 군데 중 한 곳이 뚫렸다는 기쁨보다는 당황과 걱정이 계장수의 눈앞에 드리워졌다. 이젠 철령기의 기운이 완전하게 제어되질 않고 있기 때문이었다.

마치 노도처럼, 미친 야생마의 무리들처럼 거칠 것 없이 앞으로 내닫는 철령기의 기운은 발끝을 돌며 솟구쳤다. 제가 뚫어놓은 길을 되올라가는 철령기의 기운은 거침이 없었다. 그렇게 해일이 밀려가듯 단전을 지나 중단전으로 솟구친 철령기는 신당혈에 몸을 부딪쳤다.

쾅!

철벽을 때리는 것 같은 진동과 충격이 계장수의 전신을 강타했다. 일순간의 부딪침으로 신당혈마저 뚫어버린 것이다. 하지만 그칠 줄 모르는 철령기는 막힌 경맥들을 연속해서 뚫어 올리며 머리로 치솟았다.

철령기의 기운이 등과 어깨를 거쳐 목을 오르는 순간 계장수는 죽음을 생각했다. 제어되지 않는 철령기의 기운은 이미 죽음을 각오해야 했다. 하지만 한편 생각하니 죽음이란 이미 겪어보았던 일에 불과했다. 더불어 목숨을 걸지 않으면 얻을 것도 없었다. 지금은 모험을 할 때였다.

쾅!

천주혈에 부딪친 철령기의 기운이 엄청난 충격을 머리 속에 던졌다. 고통이라고 말하기에도 뭐한 충격으로 눈앞이 하얗게 변했다. 하지만 천주혈은 뚫어지지 않았다. 주춤 물러섰던 철령기는 뒤를 받치는 기운들에 힘입어 다시 전진했다. 그 기운에 계장수는 전력을 쏟아 부었다.

콰앙!

엄청난 폭발음이 귓속을 울리며 눈앞에 무수한 별들이 보였다. 그 별들이 사라질 무렵, 천주혈을 뚫고 오른 철령기는 백회를 거쳐 임독양맥으로 퍼져 내려가기 시작했다. 펑펑펑펑 하는 소리가 연속적으로 몸속을 진탕했다. 가부좌로 앉은 몸은 연신 흔들렸다. 그렇게 온몸의 대맥을 돌고 돌아 임독양맥의 교차점마저 뚫어버린 철령기는 전신 세맥으로 퍼져 나갔다.

가부좌를 튼 계장수의 몸이 침상에서 서서히 떠오르기 시작했다. 이

불이 깔린 침상에서 두 자가량을 떠오른 계장수의 몸은 천천히 빛을 뿜었다. 황홀하게 찬연한 빛을 뿜던 계장수의 몸에서 점점 빛이 사라졌다. 그 빛이 희미한 잔영을 남기고 다 사라졌을 때 몸이 내려앉았다.

흡사 묵상에 든 고승처럼 고요한 신색을 보이던 계장수는 한순간 눈을 번쩍 떴다. 뜨여진 그 눈에서도 빛은 일순간 전광처럼 새어 나왔다. 그리곤 연기처럼 흩어졌다. 천천히 모았던 손을 푼 계장수는 낮게 읊조렸다.

"안타깝구나. 빛을 갈무리했다면 막강한 공력을 얻을 수 있었을 텐데."

계장수의 얼굴엔 진실로 안타까운 기색이 역력했다. 몸 밖으로 새어 나간 빛의 본체는 철령기의 힘을 도왔던 약기운들이었다. 적지 않은 영약의 기운들 덕에 경맥을 보호하며 막힌 혈맥을 뚫는 데 성공했다. 한마디로 죽음을 담보한 모험이었으며 천우신조였다. 하지만 갈무리만 했다면 적지 않은 힘이 되었을 그것들이 모두가 바람처럼 빠져나갔다.

"할 수 없지. 몸을 고친 것만 해도 기적 같은 일이거늘, 그까짓 공력이야 이제부터 닦으면 된다. 암, 그렇고말고."

스스로를 격려하며 창문을 본 계장수는 어슴푸레하게 날이 밝아오는 것을 느꼈다. 창문에 비친 푸름한 빛깔은 이제 곧 해가 뜰 전조였다. 짧은 시간 같았는데 벌써 시간이 이만큼이나 지난 것이다. 하지만 오늘 맞는 하루는 전혀 새로운 하루였다. 오늘부턴 무공을 수련할 것이다.

"귀도문의 무공엔 뭐가 있지? 칼을 쓰는 것 같던데."

해가 뜨는 대로 계은범에게 무공을 전수해 달라고 말하리라 계장수는 결심했다. 어차피 철령기는 십오 세가 넘어야 본격적인 운공이 가능한 무공이었다. 그 안에 육체의 기초를 닦아야 했다. 또한 본신무공을 찾자면 무공을 수련하는 동안 저들의 눈을 속여야 한다. 그러자면 귀도문의 무공은 어차피 익혀야 했다. 또한, 이제 자신은 귀도문의 계승자였다.

"그래, 내게도 가족이 생겼지."

계장수는 가부좌를 풀고 일어섰다. 마당이라도 돌고 조반을 먹을 생각이었다. 그리고 계은범에게 아침 문안 인사를 갈 생각이었다. 생소한 아침 일정이었다.

❸

귀도문에 잔치가 다시 벌어졌다는 소문은 삭주 전역에 퍼졌다. 이번엔 다시 살아난 아들이 그 죽음의 원인이었던 절증, 삼음절맥이 씻은 듯이 나았다는 이유였다. 몰락해 가는 가문에 명성뿐이지만, 그래도 도왕 계문설의 역사가 있는 귀도문을 많은 사람들이 찾아주었다.

삭주의 실질적 지배 문파인 명도방(明刀邦)이 찾아주었고, 주변에서 방귀깨나 뀐다 하는 많은 중소문파의 인물들이 축하를 하러 내방했다. 그 잔치가 또한 근 닷새를 넘기고서야 사람들은 흩어졌고, 양 총관과 참모 유씨를 비롯한 애월이가 허리를 펼 때 두 부자가 마주 앉았다.

"무공을 배우겠다고?"

"예, 아버님."

가만히 소년 계장수를 바라보던 계은범은 천천히 두 팔을 벌렸다.

“이리 오너라.”

넓게 팔을 벌리는 계은범의 얼굴엔 온화하고 자애스런 미소가 가득했다. 그 모습을 보고 어색한 얼굴을 하던 계장수는 조심조심 탁자를 돌아 계은범에게 다가갔다. 다가온 계장수를 계은범은 덥석 안아 올렸다.

“내 새끼.”

계장수를 무릎에 안아 올려 꼭 껴안은 계은범은 아이의 머리 냄새를 흠뻑 들이마셨다. 죽을 줄로만 여겼던 아이였다. 그 아이가 살아나 이렇게 품에 안겨 있는 것이다. 아직도 믿기지 않고 꿈만 같은 일이었다.

“네 어미가 살았더라면.”

계은범의 눈에서 작은 이슬이 흘러내렸다. 눈물은 계장수의 머리를 적시며 파고들었다. 축축한 느낌에도 불구하고 계장수는 꼼짝하지 않았다. 아니, 꼼짝할 수가 없었다. 온몸으로 전해지는 계은범의 온기와 심장 소리는 마치 미약처럼 정신을 몽롱하게 만들고 목덜미를 후끈거리게 했다.

생소하고 어색한 느낌이었다. 한 번도 경험해 보지 못한 감정이었다. 하지만 알 수 있었다. 이것이 부정(父情)이고 가족애(家族愛)라는 것을 심장의 흐느낌으로 알 수가 있었다.

천천히 머리를 떼어낸 계은범은 까만 눈동자로 올려다보는 계장수의 볼을 쓰다듬으며 다시 말을 꺼냈다.

“난 너를 잃을 줄만 알았다. 네 어미처럼 말이지. 하지만 하늘은 너를 다시 주셨구나. 병까지 나은 몸으로 말이야. 아비는… 정말 기쁘단다.”

촉촉하게 젖은 계은범의 눈을 마주 보는 계장수는 벌컥대는 심장과 가슴의 뜨거움으로 주체할 길이 없었다. 따스한 아지랑이가 온몸을 휘감는 것 같은 이 기분에, 거짓으로 죄를 짓는다는 이율배반이 동시에 찾아들었다. 하지만 지금의 이 기분을, 저릿저릿하도록 따뜻한 정을 결코 놓치고 싶지 않았다.

"그래, 이제는 몸도 다 나았으니 무공을 익혀야겠지. 그래야 우리 장수가 가문을 이을 테니까. 허허허허."

기꺼운 웃음을 터뜨린 계은범은 계장수를 무릎에서 내려놓았다. 그리고 등을 떠밀며 다시 탁자 반대편으로 보냈다.

"자, 자리에 앉아 잘 듣거라."

계장수가 탁자 반대편의 자리에 앉자 계은범은 흑백이 분명한 아들의 두 눈을 직시하며 다시 입을 열었다. 좀 전과 다른 위엄있는 목소리였다.

"우리 귀도문은 시조이신 귀도(鬼刀) 계문설(季聞說) 어른께서 개파하신 이후로 삼백여 년을 이어 내려왔다. 개파 당시의 계문설 어른께선 천하를 오시하는 무공과 인품을 지닌 분이셨지. 그래서 귀도라 불리셨다."

똘망똘망한 아들 계장수의 눈을 바라보며 말하던 계은범은 잠시 목을 가다듬더니 다시 말을 이어나갔다.

"어른께선 일찍이 무학(武學)에 뜻을 품고 도리(道理)를 간구하던 중, 해 뜨는 동쪽의 신령한 땅을 찾아 주유하시어 선인들이 일컫던 삼신산(三神山)을 찾아 뜻을 이루셨다. 봉래산(蓬萊山), 방장산(方丈山), 영주산(瀛洲山), 세 산의 신인들에게서 받은 파자(破字)를 조합하시어 뜻을 새기시니, 그것이 바로 본 문의 멸혼귀도법(滅魂鬼刀法)인 것이다."

“삼신산이요?”

“그래.”

“그게 어디 있나요?”

“그건… 아비도 모른다.”

의문 어린 눈으로 바라보는 아들 계장수의 눈을 보며 잠시 말을 멈춘 계은범은 천천히 뒷말을 꺼냈다.

“단 여섯 초식으로 이루어진 멸혼귀도법으로 계문설 어른은 천하를 발 아래로 보셨다. 하지만 애초에 무학의 도리에만 뜻을 두셨던 분이라 세상의 허명을 얻는 일이나 분쟁에는 손을 담지 않으셨지. 그러던 중 세상을 휩쓴 암흑마궁(暗黑魔宮)의 발호는 그분을 세상으로 끌어당겼다. 그때에 발휘된 어른의 무예로 암흑마궁을 꺾고 귀도라 불리게 되셨지.”

가만히 눈을 깜박이며 듣고 있는 계장수는 고개를 끄덕였다. 속으로도 고개는 끄덕여졌다. 살아생전 들었던 암흑마궁의 겁난 이야기는 그도 아는 이야기였다. 신이한 힘과 사이한 사술로 중원을 초토화시켰던 이들의 이야기. 그리고 그들을 꺾은 중원무림과 여섯 사람의 무인.

‘맞아. 그 여섯 사람 중의 한 명이 귀도 계문설이었지. 신화가 되어 버린 사람들.’

“뭘 생각하는 게냐?”

계은범의 말소리에 계장수는 퍼뜩 정신을 차렸다. 계은범은 다시 똘망해지는 아들의 눈을 보고 희미하게 웃으며 말을 이었다.

“그것이 우리 가문의 내력이다. 귀도 계문설 어른 이후로 팔 대를 내려오는 동안, 우리 집안을 업수이 여기는 자는 아무도 없었다. 그 누구도 말이다.”

자부심이 가득하게 우러나오는 계은범의 얼굴은 사뭇 즐겁게까지 보였다. 어린 아들에게 가문의 영광을 들려주는 일은 그의 마음을 들뜨게 한 모양이었다. 하지만 그 얼굴은 계장수의 한마디 질문에 굳어 버렸다.

"철무련(鐵武聯)은 어떤가요?"

"네가… 그곳을 아느냐?"

"그냥 소문을 들었어요."

잠시 턱을 만지던 계은범은 천천히 계장수의 눈으로 시선을 맞췄다. 그리고 숨겨놨던 근심을 꺼내듯이 다시 말했다.

"그래, 오직 그곳만이 천하를 호령한다. 암흑마궁의 발호 이래로 천하를 장악했다 할 수 있는 곳은 그곳뿐이지. 철혈무제 조극강, 그는 무인이라 할 만하다. 물론 많은 사람들의 피를 보았지만, 암흑마제(暗黑魔帝)와 그의 궁도들처럼 도살자는 아니었지. 더불어, 그에겐 옛날처럼 대적할 만한 여섯 명의 무인 같은 이들이 없었다. 중원육왕 같은 이들 말이야."

"중원육왕(中原六王)."

왠지 모르게 반짝이는 아들 계장수의 눈을 들여다보던 계은범은 천천히 고개를 가로저으며 한숨을 내쉬었다.

"후우, 계문설 어른께서 암흑마궁의 겁난 이후에 도법의 후반 삼초식을 버리지 않으셨다면, 지금의 판도는 많이 바뀌었을 것이다. 아마도."

또다시 반짝대는 아들의 눈을 보던 계은범은 고개를 설레설레 흔들었다.

"관두자. 그래 봐야 조극강 그 역시도 죽은목숨인 것을. 이제 와 세상의 논리를 따져 무엇 하리. 하아, 그러나 허망하구나. 그렇게 강하던 그조차도 죽어버리다니."

계은범의 고갯짓을 보던 계장수는 슬그머니 물었다.

"누가 죽었다는 말이에요? 철무련의 주인이 죽었나요?"

아들의 호기심 가득한 눈을 보는 계은범은 풀썩 웃음을 터뜨렸다.

"하하, 그놈 참, 꽤나 궁금한 모양이구나. 그래, 철혈무제 조극강 그가 죽었다는구나. 해서 이 아비도 내일 아침 일직 호북(胡北) 땅 무한(武漢)으로 떠나야 한다. 후계를 논의하기 위한 회합에 명목상 참여하는 것이지."

"그럼, 언제 오시나요?"

"아마도 두서너 달은 족히 걸리지 싶다. 하니 너는 그동안 아비가 가르쳐 주는 심법(心法)에 기초한 마음 공부와 호흡 공부를 열심히 연마하거라. 다녀온 후엔 아비가 친히 네게 멸혼도법을 가르쳐 주마. 알겠느냐?"

"예."

공손히 대답하는 계장수의 얼굴을 보며 계은범은 흡족한 미소를 얼굴에 담았다. 하지만 그는 알지 못했다, 자신이 아들을 보는 건 지금이 마지막이라는 것을.

❶

　귀도문주 계은범이 떠나가기 전에 계장수는 가문의 도법서(刀法書)를 청했다. 아직 나이가 어리니 불가하다는 말을 돌아오실 때까지 자구(字句)나 외우도록 하겠다고 조르는 청에 계은범은 책자를 내놓았다.

　두 달 동안 탐독한 책의 첫 내용은 수단지도(修丹之道)에 관한 것이었다. 왜 계은범이 이르기를 마음 공부라 했는지 알 것 같았다. 책 속의 심공은 중원의 심법 심공들과 비슷한 듯하지만 그 근본의 궤를 달리했다.

　신선이 되는 법. 한마디로 책의 내용은 그것이었다. 부단히 노력하고 마음을 닦아 선계(仙界)에 이르는 도리. 그것을 책에서는 말하고 있었다. 삼신산의 신인들에게서 얻었다 하더니 정말인 것 같았다.

　동방의 삼신산. 그곳이 어디인지는 알 수가 없다. 하지만 그들에게서 얻은 비결은 지금 계장수의 마음을, 아니, 조극강의 심장을 벌떡거리게 했다.

폐기(閉氣), 태식(胎息), 주천화후(周天火候), 현관비결타좌식(玄關秘訣打坐式)으로 구성된 비결은 아주 특별했다. 아니, 너무도 평범했다. 가장 근본의 도리를 이야기하는 비결은 모든 걸 아우르고 포용했다.

계장수가 되어버린 자신에겐 철령기(鐵靈氣)라는 무적의 기공이 있다. 자신이 조극강이던 시절 천하를 안겨준 무공이다. 하지만 너무도 극강의 무공이라 어린 지금의 몸으론 엄두도 내지 못하는 것이다.

어차피 시간은 걸린다. 하지만 그 시간을 비결이 단축시켜 줄 것이다. 비결은 극강인 철령기마저도 포용하는 신이한 공효가 있었다. 비결 자체도 성취가 극히 느리고 더딘 면이 있었지만 자신의 몸은 절증의 치료 후 전신의 세맥조차 뚫린 상태였다. 만일 비결을 성취하여 거기에 철령기를 융합한다면 어떤 결과가 나올지 상상조차 되지 않았다.

"대단하군, 정말 대단해. 이런 비결이 존재하다니."

책을 덮으며 가부좌를 풀어낸 계장수는 고개를 설레설레 흔들었다. 지난 생애에 왜 자신은 귀도문이란 존재를 몰랐었는지 의아할 정도였다. 그러나 당연한 일일지도 몰랐다. 계씨 일족에게 전해진 비결은 너무도 평범한 듯 보였으며, 칼을 내린 이들은 세상에 관여하지 않았다.

없어진 책 뒤의 도법 세 초식도 그걸 말해 주는 증거였다. 시조인 계문설이, 아니, 이제는 조상이 되어버린 그 어른이 무슨 일로 그리했는지는 알 수 없지만, 후세들은 그 뜻을 따른 것이다. 하지만 그럼에도 불구하고 전반 삼초식의 도법은 모골이 송연할 정도의 위력을 가진 도법이었다.

도법은 간단하고 명료했다. 각기 단(斷), 참(斬), 산(散)으로 이루어진 전반 삼초식은 뒤로 갈수록 그 위력이 증대했다. 단순히 끊고 베고

흩어버리는 초식이 아니라 칼질 한 번, 동작 하나에 심오한 뜻과 힘이
배어 있는 무예였다. 하지만 그 오의를 얻기 위해선 수천 수만 번을 휘
두르는 노력이 필요했다.

　책자에는 없어진 후반 삼초식의 이름도 보였다. 강(罡), 뢰(雷), 멸(滅)
로 이름 붙여진 후반 삼초식은 그 위력이 어떨지 짐작조차 되지 않았다.
전반의 삼초식만 하더라도 지닌 바 오성과 노력 여하에 따라서는 전생
의 자신에 근접할 만한 비기였다. 거기에 후반 삼초식이 더해진다면 정
녕 경천동지(驚天動地)할 위력이 발휘될 것임에 틀림없었다.

　"아깝구나, 이렇듯 완벽한 도법이 소실되다니."

　안타깝게 고개를 흔드는 소년 계장수의 얼굴은 귀한 물건을 대하는
진중함이 넘쳤다. 또한 그 귀중함이 훼손된 것에 대한 아쉬움이 눈에
그득했다. 하지만 어쩔 수 없는 일이었다. 그리고 이미 얻은 것만으로
도 커다란 수확이었다.

　자신은 이제 일곱 살의 어린아이지만 머리 속엔 지난 생을 살아온
기억이 고스란히 남아 있었다. 고아로 버려져 짐승처럼 살던 어린 시
절부터 피와 땀으로 이룩한 절대패자의 자리에 이르기까지, 또 그 시간
동안에 익힌 무예와 모든 경험들, 수많은 기억들을 고스란히 갖고 있는
것이다.

　급할 것은 없었다. 서두르다간 모든 일을 망치기 마련이다. 전생에
도 자신은 앞만 보고 뛰었지 주변을 돌아보는 여유가 없었다. 단 한 번
이라도 그랬더라면, 믿었던 이들에게 죽임을 당하는 어리석음은 면할
수 있었을 것이다. 이제부터 준비하면 된다. 그리고 그것들을 죽일 것
이다. 사랑을 빼앗고, 자식을 가로채고, 인생을 훔쳐 버린 그것들을…
갈가리 찢어 죽일 것이다.

"기다려라! 너희들 가슴에 손을 담그는 그날까지, 웃는 얼굴로 날 기억하거라! 으드득!"

이를 갈아붙인 계장수는 숨을 몰아 내쉬었다. 흉부의 화기를 몰아내듯 거듭 숨을 쉰 후, 탁자에 놓인 찻잔을 들어 찻물을 마셨다. 식은 찻물이 혀를 적셨다. 책자에 골몰하는 사이 다 식어버린 것이다. 시녀인 애월이가 식기 전에 꼭꼭 드시라고 당부하고 나갔건만 또 깜박한 것이다. 열일곱 풋처녀의 콧방귀를 또 들으려고 생각하니 헛웃음이 나왔다. 서재엔 찬바람마저 불었다. 문득 고개를 돌려보니 열린 창밖에 눈발이 흩날렸다.

탁자를 일어선 계장수는 창가로 다가갔다. 잔뜩 흐려진 하늘에서 소담스런 눈이 내렸다. 감감히 내리는 눈발들은 점점 더 굵어지고 커지며 많아져 갔다. 신년을 며칠 앞둔 겨울 초저녁 눈이 내리는 모습은 감회가 새로웠다. 눈송이 하나하나에 오롯한 정회가 생기는 것은 전생엔 느껴보지 못한 변화였다. 가슴 뭉클한 그 느낌이 결코 싫지 않았다.

"소주, 날이 찬데 창문을 닫으십시오."

문득 들린 목소리는 호위 무사 성두평(成頭平)이었다. 눈 내린 내원의 청석 위를 비질하는 그는 푸근하게 웃는 얼굴이었다.

"쌀쌀한데 서재로 화로 하나 더 들이라고 할깝쇼?"

거듭 묻는 성두평의 옆에서 조범제(趙凡堤)와 이중한(李中閒)이 거들고 나섰다.

"이 사람아, 그러지 말고 우리가 하나 들어 드리면 되지 뭘 그래."

"맞아, 맞아, 밤에는 더 추워질 텐데 공부하시는 곳이 추우면 안 되지."

빗자루 든 세 사람의 얼굴을 보던 계장수는 설핏 웃어 보이며 대답했다.

"괜찮아요. 춥지 않아요."

세 사람 모두 귀도문의 무사라곤 하지만 저렇게 눈이 오면 눈도 쓸고, 지붕이 새면 비 새는 곳을 막는 허드렛일도 했다. 한편으론 귀도문의 제자처럼 무예를 전수받기도 하지만 또 한편으론 귀도문의 모든 대소사와 가내 일에 참여하는 가족이나 다름없었다. 계은범은 그런 관계로 사람들을 대했으며 성혼(成婚)하여 가족들까지 함께 사는 이들은 모두 귀도문의 한가족이었다. 그런 무사가 모두 십오 인이었다. 딸린 가족들과 하녀와 찬모들까지 합하면 모두 사십여 명이나 되었다.

한 문파라 하기엔 턱없이 작은 규모였다. 하지만 계장수는 이제껏 이런 곳을 처음 겪어보았다. 자신이 다시 살아난 곳이고, 스스로의 위치가 소문주이지만, 병마를 극복한 자신을 이들은 친자식의 소생처럼 기뻐하였다. 다시 죽을 일이 있어 대신할 수만 있다면 모두가 그리할 얼굴들이었다.

문주이자 아버지인 계은범의 마음을 느낄 때처럼 생소하고 낯설었다. 전생을 비추어 생각하니 간지럽고 맞지 않는 옷을 걸친 기분이었다. 하지만 저들은 진심이었다. 모두가 자신을 걱정하고 총애하며 사랑했다.

"소주, 나중에라도 추우시면 말씀만 하세요. 저희들이 냉큼 화로를 대령할 테니까요. 아셨죠?"

"암요. 그렇구말구요."

"여부가 있남유."

성두평과 조범제, 이중한이 차례로 웃으며 말을 건넸다. 계장수는 환하게 미소를 그리며 고개를 끄덕였다.

"예, 그렇게 할게요."

하지만 그 말들은… 지켜지지 않을 말들이 되고 말았다.

피이이융!

"커헉!"

웃는 낯으로 돌아서던 성두평의 옆 목을 뚫고 화살이 튀어나왔다. 갑자기 벌어진 상황은 거짓 같았다. 하지만 핏발 돋은 눈으로 성두평은 비칠거렸다. 손에 잡았던 빗자루도 놓쳐 버렸다. 뒷걸음질로 휘청대는 그의 몸에 또 다른 화살들이 날아들었다. 성두평은 순식간에 꼬치가 되었다.

핑! 피핑! 핑! 핑!

퍽퍽퍽!

창틀과 벽에 화살이 정신없이 박혔다. 계장수가 놀라 움츠리는 사이 성두평은 쓰러졌다. 조범제는 어깨와 복부에 화살을 맞고 창문 벽까지 밀려왔다. 이중한은 허리 뒤의 직배도(直背刀)를 빼 들고 휘둘렀다.

피이이잇!

티티티티티틱!

뿌옇게 일어난 칼 빛에 눈발이 흩어지고 화살들이 쪼개 흩어졌다. 그사이 정원으로 귀도문의 무사들이 몰려나왔고, 칼 든 이중한은 소리쳤다.

"웬 놈들이냐!"

소리치기가 무섭게 외원과 통하는 내원의 문을 들어서는 일단의 무리들이 보였다. 검은 갑옷과 갑주를 걸쳤고 창날 달린 투구에 장창과 검을 든 무리들의 앞에는 깃발 든 자가 보였다. 글자가 펄럭였다.

철무련.

깃발에 휘날리는 세 글자는 그거였다. 호북 땅 무한으로부터 전 무림을 발 아래 둔 집단. 철혈무제 조극강의 무력으로 일어서 일찍이 그 누구도 이루지 못했던 중원무림을 평정한 집단. 그 전위 세력으로 세상천지에 위명을 떨친 조직이 있으니, 그게 바로 검은 갑옷의 전설, 철혈대(鐵血隊)였다.

소년 계장수는 창틀에 댄 손을 떼지 못하고 부들부들 떨었다. 무서워서 떠는 것이 아니었다. 자신의 흔적이, 전생의 흔적이 눈앞에 나타난 것이다. 그러나 이제는 원수였다. 피와 땀을 들여 이룩한 자식 같은 조직이지만, 자신의 가슴에 검을 박은 원수의 집단인 것이다.

대주인 사마용추 외에는 무관할지도 모른다. 하지만 흐르는 물은 되돌릴 수 없는 법. 이미 서로의 길이 엇갈려 나간 지금에는 아무 의미도 없는 일이다. 언젠가는 찾아가야 했던 저들. 그들이 먼저 왔다. 하지만 왜, 어째서 저들이 이곳에 온 것인지 짐작되지 않았다. 그리고 왜 공격하는지.

"이 무슨 짓이냐! 철혈대! 너희들이 미쳤더란 말이냐!"

분노를 참지 못하는 이중한의 외침 속에서 조범제는 벽에서 주르륵 쓰러져 내렸다. 창틀 아래로 쓰러지는 조범제를 계장수는 황급히 붙잡으려 했지만, 바닥에 늘어진 조범제의 눈엔 이미 초점이 없었다.

"들어라!"

한 사내가 외치는 소리에 계장수는 퍼뜩 고개를 들어 봤다.

내원문 안쪽으로 도열한 삼십여 인의 철혈대들 사이를 가르고 한 사내가 나섰다. 검은 갑옷과 갑주, 역시 검은 투구에 두텁고 긴 검을 든 사나이. 얼굴에 가득한 표범수염은 사내의 인상을 강하게 했다. 부대를 인솔한 수장이 분명했다. 하지만 한 번도 본 적이 없는 놈이었다.

"너희 귀도문은 오늘 이 시간 이후로 세상에서 사라진다!"

표범수염사내의 목소리는 우렁차고 컸지만 담담했다.

"무슨 개소리냐! 이 개도적놈들아!"

소리치는 이중한의 뒤로는 어느새 칼을 빼 들고 도열한 나머지 열둘의 무사가 있었다. 분노로 이글거리는 그들의 눈을 즐기듯이 보며 표범수염 놈은 또 말했다.

"궁금한 점이 많겠지만, 저승에 가서 너희 문주 계은범에게 물어봐라!"

순간, 무사들은 서로를 돌아보며 술렁거렸다. 듣고 있던 계장수도 눈을 퍼뜩 치켜떴다. 죽었다는 거다. 놈의 말을 들으면 귀도문주 계은범은 이미 이 세상 사람이 아닌 것이다. 아버지, 아버지라고 처음으로 불렀던 사람인데 그가 죽어버린 거다. 그것도 원수 놈들의 손에…….

"이 개노무새끼들! 모두 죽일 테다!"

이중한이 칼을 들고 뛰쳐나갔다. 그 외침에 계장수가 후드득 정신을 차렸다. 그때, 나머지 열둘의 무사들도 앞으로 뛰어나갔다. 계장수는 소리쳤다.

"안 돼!"

순간, 표범수염사내의 시선이 계장수의 얼굴을 보았다. 하지만 어느새 들려졌던 그의 손은 빠르게 아래로 내려졌다. 그 신호와 동시에 내원을 둘러싼 담 위로 수많은 인영들이 솟아올랐다. 그들의 손에 잡힌 것은 활이었다.

피피피피피피피핑!

달려나가던 무사들이 춤추며 고꾸라졌다. 순식간에 다섯 명의 무사들이 고슴도치가 되어 쓰러졌다. 빛살처럼 빠르고 빗줄기처럼 가득히 쏟아지는 화살은 무사들에게 칼 한 번 쓸 기회를 주지 않았다. 하지만 선두를 달리던 이중한은 자욱한 칼 빛을 종횡으로 그어대며 화살의 비를 뚫고 나아갔다. 그 뒤를 다른 일곱의 무사들이 뒤따랐다.

피피피피피피피핑!

달리는 이중한의 팔다리에 화살이 틀어박혔다. 다른 무사들도 마찬가지였다. 하지만 그들은 달리는 걸 멈추지 않았다. 그들의 걸음이 문 앞에 도열한 삼십여 철혈대의 방패 앞으로 접근했을 때, 방패가 바람처럼 열리며 길고 검은 창이 튀어나왔다.

캉! 카캉! 캉! 캉!

귀도문 무사들의 칼과 검은 창들이 찰나간에 부딪쳤다. 이중한은 창날을 내려침과 동시에 창대를 밟고 도약했다. 하지만 그 순간 또 다른 두 번째 창들이 방패 뒤에서 튀어나왔다. 거의 동시에 이루어진 그 공격은 무사들을 경악스럽게 했다. 그것들이 무사들의 몸을 뚫고 들어갔다.

푹, 푸푹, 푹, 푹!

"커흑!"

"헉!"

"어흐윽!"

세 명의 무사들이 창날에 꼬치가 되어 꿰어졌다. 가까스로 두 번째 창날을 피한 무사들은 칼을 그어대며 뒤로 물러섰다. 하지만 그들에게 주어진 건 물러선 만큼 바람처럼, 마치 한 몸에 늘어붙은 그림자처럼 쫓아온 검은 유령들의 창날이었다. 그건, 피할 길이 없었다.

푹, 푹, 푸푹, 푸욱!

나머지 네 명의 무사들이 만신창이로 몸이 뚫렸다. 눈, 입, 복부, 가슴, 낭심 할 것 없이 무수하게 찔려 버린 그들은 비명도 지르지 못했다. 그 죽음들이 불과 눈 깜빡할 사이에 일어났다. 이중한이 허공에 떠오른 사이에 일어난 일이었다.

"이 죽일 놈들아!"

커다랗게 고함치며 이중한은 떨어지는 힘으로 칼을 내리그었다. 올려 막은 한 놈의 방패에 내리그어진 칼이 불꽃을 피워냈다. 방패 사이에서 창날들이 솟구치는 걸 본 그는 방패를 차며 다시 솟구쳐 올랐다. 그때 소리가 들렸다.

"산진(散陣)!"

소리가 들리자마자 발밑의 철혈대 놈들이 사방으로 흩어지는 게 보였다. 순간적으로 불안감이 가슴을 때렸다. 반사적으로 소리 지른 자를 보았다. 표범수염 놈이었다. 그놈의 손에서 검은 창이 날아오는 게 보였다.

피이이잉!

마치 검은 번개처럼, 창은 순식간에 가슴으로 쇄도했다. 이중한은 칼을 들이밀었다. 하지만 창은 칼을 부수고 가슴에 먹먹한 통증을 안겨주었다.

퍼억!

이중한의 몸이 땅에 발을 대보지도 못하고 옆으로 날아갔다. 가슴에서 등으로 긴 창을 박은 그의 몸은 담장 앞에까지 가서야 떨어져 내렸다.

쿠웅.

이중한의 몸이 몇 번의 경련 같은 움직임을 보이다가 곧 잠잠해졌다. 계장수는 이를 악물었다. 말려야 했다. 놈들의 전법을 알고 있었다. 자신이 가르친 것이기에 아는 게 당연했다. 하지만 숨어 있는 궁수들, 다른 병력을 말해 주기도 전에 일은 벌어지고 만 것이다. 치가 떨렸다.

놈들은 삼백 이하로는 움직이지 않는다. 검수 백 명, 창수 백 명, 궁수 백 명. 이것이 철혈대의 기본 구성인 것이다. 개개인 모두가 혹독한 수련을 거친 정예 중의 정예이며, 합격하는 집단 전투술은 당할 수가 없다. 때문에 중원의 모든 문파들이 저들에게 당한 치욕으로 두려워하는 것이다.

쓰러진 무사들의 모습이 계장수의 눈엔 환영처럼 보였다. 휘날리는 눈발 속에 쓰러지던 그들의 모습은 꼭 실제가 아닌 것 같았다. 하지만 꿈에서도 잊을 수 없는 저놈들, 자신이 만든 철혈대는 결코 허상이 아니었다.

"이, 죽일 놈들! 흡!"

갑자기 뒤로부터 돌아온 손이 계장수의 입을 틀어막았다. 동시에 들어 안듯이 뒤로 잡아당긴 손의 임자는 계장수의 귀에 낮고 다급하게 속삭였다.

"쉬잇, 조용히 하십시오, 도련님."

목소리의 주인공은 총관 양택상이었다. 곧바로 손을 푼 그는 계장수를 돌려세웠다. 초로의 얼굴은 불안과 초조로 부들부들 떨렸고, 눈가에는 분노가 흘러넘쳤다. 그런 그가 계장수의 얼굴을 똑바로 보며 말했다.

"잘 들으세요. 집안에 도적들이 들었습니다. 놈들의 손을 피해야 합니다. 그리고 나중에… 복수해야 합니다. 놈들은 철무련입니다. 아시겠어요?"

계장수의 눈을 보는 양택상의 눈동자가 흔들렸다. 목소리도 떨렸다. 그는 도적이라고 말했다. 가주가 죽었다는 이야기도 하지 않았다. 하지만 복수를 당부했다. 그 대상의 이름도 또렷이 말했다. 철무련이라고.

"언제가 되더라도… 가주의 유해는 꼭 수습하셔야 합니다."

그제야 양택상은 가주 계은범의 죽음을 얘기했다. 어떻게 죽었는지도 모른다. 하지만 마주 보는 두 노소는 그 원흉이 어디인지 알고 있다.

마지막 당부를 하는 양택상의 눈을 보며 계장수는 고개를 끄덕였다. 까맣게 흔들리는 그 어린 눈동자를 들여다보던 양택상은 와락 껴안았다.

"도련님!"

밖에서 여자들의 비명 소리가 들렸다. 후원으로 침입한 놈들의 소행이 틀림없었다. 양택상은 껴안았던 계장수를 떼어냈다. 곧바로 서재 한쪽의 서가로 이끈 그는 벽 앞에 놓인 돌사자의 장식대를 옆으로 밀었다. 돌이 바닥과 마찰하는 소리를 내고 돌사자상이 옆으로 밀려났다. 감춰졌던 그 바닥에 작은 쇠고리가 보였다. 그걸 양택상은 잡아당겼다.

기이이이익.

두터운 돌벽이 네모난 상자처럼 열렸다. 덩치 큰 사람이라면 겨우 들어갈 것 같은 그곳은 비밀 장소임에 틀림없었다. 아래로 이어진 계단이 보였다. 그곳으로 양택상은 계장수를 밀어 넣었다.

"들어가세요! 어서요!"

다급한 양택상의 목소리에 계장수는 다리부터 몸을 들이밀었다. 들어가자마자 머리를 들어 입구를 바라보니 양택상이 슬픈 눈으로 보고 있었다.

"도련님, 부디 사셔야 합니다."

살아난 자신을 봤던 그날처럼 눈물을 떨구는 양택상을 보고 계장수는 떨리는 손을 뻗었다.

"양 총관."

그 손을 보며 양택상은 입구를 닫았다. 그리고 곧바로 돌사자상이 다시 밀리는 소리도 들렸다. 그게 마지막이었다. 총관의 얼굴도, 끼니 때마다 식사를 챙겨주던 애월이의 얼굴도, 훈훈한 마음으로 다가오던 무사들의 모습도 모두가 어둠 속으로 묻혀가 버렸다. 짙은 암흑이었다.

❷

계은범은 소흥주(紹興酒)의 맛을 음미하며 술잔을 내렸다. 절강(浙江) 땅이 가까운 탓에 명주(名酒)를 맛보는 호사를 누린다고 생각했다. 하지만 술잔을 놓는 이 순간에도 생각은 집안과 아들 계장수에게 미쳤다.

"허허, 집 떠난 지 얼마나 됐다고 이렇게 청승인고?"

혼자서 헛웃음을 웃으며 계은범은 또 한 잔의 술을 따랐다. 천천히 세 번에 걸쳐 술을 넘긴 후, 말린 어포 한 조각을 쭉 찢어서 입에 물었다.

"흠흠, 제법 짭짤하군."

어포를 질겅질겅 씹으며 계은범은 낮에 있었던 회합을 떠올렸다. 회합은 한마디로 개판이었다. 천하 각지에서 모인 중소문파 수장들의 의견을 듣는다는 것은 말짱 요식 행위에 불과했다. 회의는 저희들끼리 했다. 구대문파의 장로들과 몇몇 이름있는 가문의 대표들이 끼긴 했지만 그것은 그들만의 회의였다. 고루거각이 즐비한 철무련의 거대한 마당엔 발조차 들여보지 못했다. 처소도 철무련의 바깥에 따로 마련했다.

예상은 했었지만 이렇게까지 할 줄은 몰랐다. 자신 같은 중소문파의 수장들은 철무련의 밖에 객관을 잡아 분산 수용했다. 명목상의 회의도 철무련이 아닌 청송서원(靑松書院)이란 학당(學堂)을 빌려서 했다. 아무리 명목상의 회합이지만 너무한 감이 있었다. 하지만 한편 생각해 보면 그걸 알면서도 부름을 뿌리치지 못해 온 자신도 한심했다.

"후계자를 정한다는 회의가 고작 이따위라니."

계은범은 자조의 말을 어포와 함께 씹으며 툴툴 웃었다. 어차피 정해진 일이었다. 대세는 조극강의 총애를 받던 철혈대의 대주 사마용추와 조극강의 젊은 아내였던 정소연에게로 기울었다. 그들의 주장하는 조극강의 아들 조현수가 성장할 때까지 섭정(攝政)한다는 말이 공론을 얻었다.

조극강은 죽었지만 확실히 철무련은 달랐다. 중원천하의 모든 무인 집단을 아우른 이 세력은 섭정이라는 말 자체를 아무렇지도 않게 썼다.

섭정이란 나라의 국왕이 어려서 즉위하거나 병 또는 그 밖의 사정이 생겼을 때 국왕을 대리해서 국가의 통치권을 맡아 나라를 다스리는 일, 또는 그 책무를 맡은 사람을 일컬음이다. 한데 그 말을 일개 무인 집단이 쓰는 것이다. 그러나 아무도 이상히 여기는 자 또한 없었다. 철무련은 일개 무인 집단이 아닌 것이다. 어쩌면 현재의 천하 그 자체일지도 몰랐다. 때문에 수많은 사람들이 몰려온 것이다.

나라의 왕이 갑작스레 죽으면 변란이 생기게 마련이다. 그 징후가 철무련에게도 닥쳤다. 벽력신수(霹靂神手) 혁련휘(赫連輝)나 월인천강도(月刃天罡刀) 위지강천(尉遲强天) 같은 부련주들이 가만있을 턱이 없었다. 그들도 한 지역을 아우르던 절대자들이다. 하지만 조극강이라는 거대한 산맥에 가로막혔을 뿐이었다. 하지만 이젠 그 산맥이 없어졌다.

철무련의 전권을 고스란히 차지하려는 정소연과 사마용추를 그들이 손 받쳐 도울 이유가 하나도 없는 것이다. 또한 조극강에게 충성했다고 해서 아직 코흘리개인 그 아들에게까지 충성을 바칠 이유가 그들에겐 없었다. 그들은 너무도 당연히 반발을 했고, 장로들은 우왕좌왕했다.

"혁련휘와 위지강천. 효웅들은 분명하지."

혁련휘와 위지강천을 떠올리며 계은범은 또 한 잔의 술을 따라 마셨다. 아마도 그들로 인해 철무련의 사태는 조용히 끝나지 않을 게 틀림없었다. 또한 그들이 얘기하는 조극강의 갑작스런 의문의 죽음도 일견 타당성이 있었다. 때문에 사인(死因)을 밝히자는 의견에 자신도 찬동을 했다.

그 때문인지는 몰라도 오늘 낮의 회합이 끝난 후에는 갑작스레 처소까지 바뀌었다. 철무련의 웅장한 전각들이 마주 보이는 무한 중심가에서 변두리의 객관으로 거처가 옮겨진 것이다. 함께 동행했던 명도방주의 얼굴도 보지 못했다. 이건 옳지 못한 처사였다. 하지만 어쩔 수 있는 도리 또한 없었다.

"어지러운 세상이로다. 다 귀찮구나. 어서 결론이 나고 집으로 돌아가고만 싶구나."

또 한 잔의 술을 계은범은 천천히 들이켰다. 자신에게 선조의 명성뿐이 아닌 진정한 고수의 면모와 세력이 있었다면 이런 대접을 받지는 않았을 것이다. 그저 허울뿐인 도왕의 후예는 아무짝에도 쓸모가 없었다. 단지 오늘 낮에처럼 사람들의 동조를 잠깐 얻어낼 뿐이었다.

"수단지도의 성취가 배만 빨랐다면……."

부질없는 생각인 줄 알면서도 자꾸 미련이 생겼다. 선조가 남기신 수단지도는 인세에 보기 드문 비공임에 틀림이 없었다. 하지만 일견 평범해 보이며 뜻의 진전이 더딘 것은 둘째 치고, 그 성취의 속도가 너무도 느렸다.

이건 참선을 통한 깨달음을 구하는 수준이지 무가의 기공이라 하기엔 맞지 않았다. 하지만 가문의 도법은 수단지도의 힘이 뒷받침되어야만 진정한 위력이 나오는 것이다. 그 때문에 사십여 년을 수련한 자신도 세 번째 초식인 '산(散)'의 초입을 바라만 보고 있는 실정이었다.

"세 번째 초식까지 완벽하게 성취했더라면, 조상의 명성을 빌리는 대신 진정한 내 이름을 보일 수 있었을 텐데."

안타까운 음성으로 읊조린 계은범은 다시 한 잔의 술을 따라 단숨에 들이켰다. 그리곤 설핏 웃으며 자조스럽게 또 말했다.

"허허허, 부질없는 생각을 하는구나. 세상에 이름을 내밀어 뭘 어쩌겠다고. 집안도 제대로 건사하지 못하는 주제에. *쯔쯔쯔쯧.*"

스스로에게 혀를 차며 계은범은 또 한 잔의 술을 잔에 따랐다. 쪼르르 술이 흐르는 소리가 명징(明澄)하게 귓가를 자극했다. 잔에 차오르는 술의 출렁임을 보며 그는 아들 계장수를 생각했다. 그리고 다짐

했다.

"그래. 너만은 부끄럽게 살지 않도록 해야겠지. 그리고 이번에 돌아가면 무사들에게도 본문도법의 요결을 깨우치는 데 총력을 기울이도록 해야겠다. 그래야 먼 후일 부끄럽지 않게 생(生)을 마감할 테니."

잔에 가득 채워진 술을 내려다보던 계은범은 훌쩍 또 털어 넣었다. 그리고 술병을 바로 기울이자 반밖에 차지 않았다. 술병을 흔들어 보던 그는 반잔의 술을 입에 털어 넣은 후 자리에서 일어섰다.

"아무래도 한 병 더 해야겠군."

밤이 깊었지만 점소이들은 아직 깨어 있을 것이다. 그들에게 부탁할 생각을 하며 계은범은 문으로 걸어갔다. 그런데 문으로 걸어가던 그는 걸음을 멈춰 세웠다. 그리고 뚫어질 듯이 문을 바라보았다. 문을 바라보는 그의 눈은 새파란 빛이 번득였다.

갑자기 걸음을 멈추고 무섭게 문을 노려보던 계은범은 천천히 발을 물려 탁자로 되돌아갔다. 탁자 위에 놓았던 자신의 직배도를 집어 든 그는 술병을 내려놓고 칼 손잡이를 잡았다. 그러자 그때 인기척이 들렸다.

"귀도문주를 뵙고자 하오."

굵고 탁한 음성이 문밖에서 들렸다. 눈빛이 더 거세어지는 계은범은 바로 대답했다.

"누구요?"

문밖의 음성도 바로 대꾸했다.

"철혈대 부대주 십자검(十字劍) 진성(陳成)이오. 긴히 드릴 말씀이 있어 찾아왔소이다."

계은범은 칼 손잡이에서 손을 놓지 않은 채 잠시 문만을 노려보았다. 순간적으로 많은 생각들이 머리 속을 스쳤다. 이 밤중에 과연 어인 방문일까? 철혈대의 부대주라면 사마용추의 바로 아래 측근이었다.

'십자철검 진성이라… 지독한 쾌검으로 상대의 가슴에 십자를 그린다는 사내. 저자가 이 시간에 나를 찾을 이유가 뭐란 말인가? 좋지 않다.'

진성이란 사내는 철저한 무골(武骨)에 잔인하도록 철저한 승부를 내는 사내로 알려져 있었다. 하지만 아무리 염두를 굴려봐도 저런 위치에 있는 자가 홀대받는 자신 같은 이를 이 밤중에 찾을 이유가 없었다. 더군다나 처소까지 외곽으로 쫓겨난 잊혀진 중소문파의 수장을.

'가만, 혹시 낮에 있었던 일로?'

이유라면 그것밖에 없었다. 철혈무제 조극강의 사인을 철저히 밝힐 때까진 후계 문제를 미뤄야 한다는 혁련휘와 위지강천 측의 주장에 찬성을 했다. 천하제일의 무인이었던 조극강이 하루아침에 심장 마비로 죽었다는 건 도저히 납득이 가질 않는 얘기였다. 거기다가 사체도 본 사람 없이 서둘러 매장한 후에 장례를 지냈다는 건 뭔가 이상했다.

계은범 자신이 그런 의견을 비추자 대다수의 중소문파 수장들이 동의를 했다. 회의는 그렇게 어수선한 분위기 속에서 속히 파장을 했고, 숙소로 돌아오는 길에 자신의 거처가 바뀌었음을 알았다. 노골적인 감정 표현과 홀대였다. 하지만 상관하지 않았다. 그저 의견을 말했을 뿐, 자신이 관여할 수 없는 일이란 걸 알기 때문이다. 자신은 그냥 손님이었다.

"들어가도 되겠소이까?"

대답없는 계은범에게 문밖의 십자검 진성은 다시 재촉했다. 어금니를 지그시 문 계은범은 칼 손잡이에서 손을 떼며 승낙의 말을 던졌다.

"문은 열렸소. 들어오시오."

대답이 있자마자 끼이익 소리를 내며 한 사내가 들어왔다. 거침없는 걸음걸이에 매서운 안광을 뿜는 사내는 얼굴에 흉터투성이였다. 한 자루 철검을 손에 든 사내는 삼십대 중반으로 보통보다 조금 더 큰 키였다. 한 걸음 한 걸음 다가서는 몸짓에는 무거운 기세가 깔려 있었다.

"반갑소이다, 문주. 십자검 진성이오."

검 든 손을 앞으로 모아 예를 보이는 진성에게 계은범도 마주 예를 취했다.

"귀도문주 계은범이오."

두 사람의 손이 거의 동시에 내려갔을 때 계은범은 바로 물었다.

"이 야심한 밤에 어인 일로 찾으시었소? 따로이 발걸음을 할 만큼 본인이 중요한 사람은 아니오만."

표정없는 진성의 얼굴이 잠깐 꿈틀했다. 흉터들도 따라 움직였다. 그 얼굴이 웃는 것인지 다른 표정인지 계은범이 추측할 때 진성은 대답했다.

"도왕의 후예라면 그 무게가 간단치 않소. 아직도 사람들은 중원육왕의 전설을 떠받들고 살지요. 때문에 문주의 말 한마디는 금과 같이 무겁지요."

진성의 말 한마디에 실내에는 정말 무거운 기운이 내려앉았다. 계은범의 추측이 맞았던 것이다. 낮에 있었던 일을 따지러 온 게 틀림없었다. 그걸 숨기지도 않고 저렇게 직접 언급하는 걸 보면 대단히 화가 났다는 얘기였다. 또한 그것은 사마용추와 정소연 측의 마음이기도 했다.

계은범은 잠시 더 진성을 노려보다 말을 받았다.

"몰락한 가문의 후예가 하는 말을 누가 귀담아듣겠소? 불러서 왔을 뿐이고, 말하라고 해서 했을 뿐, 때가 되면 떠날 손님이니 괜한 걸음을 하신 듯하오."

여전히 매서운 눈빛인 진성은 기다렸다는 듯이 말을 받았다.

"그것은 문주의 생각이오. 앞서도 말씀드렸듯이 육왕에 대한 중원무림의 신망은 세월이 지났어도 두텁소. 더구나 본 련의 분열을 꾀하는 세력들이 준동하는 마당에 그에 동조하는 말씀을 하시는 문주의 행동은 다른 이들의 생각을 흐리게 하는 것이오. 문주는 지금 잘못하고 계시오."

진성처럼 계은범의 눈에서도 시린 빛이 새어 나오기 시작했다. 목소리도 더욱 딱딱해졌다.

"그 말을 하러 이 밤에 나를 찾은 게로군. 경고를 하러!"

진성의 눈도 빛이 더해졌다. 그의 손은 금방이라도 철검을 뽑아 들 것만 같았다. 하지만 입으론 다른 말을 꺼냈다.

"우리 뜻을 따라주시면 좋겠소. 어차피 죽은 자를 위해 눈물 흘릴 시간은 지났소. 후계를 세우고 질서를 재편하는 일에 동참한다면 그대 가문에도 영광이 있을 것이오."

"협박 후에 당근이라… 야밤에 느닷없이 들이닥쳐 주는 말치고는 각별한 맛이 있군 그래."

진성의 눈썹이 꿈틀했다. 그러나 그는 검 대신 말을 뽑았다.

"그대의 말 한마디에 다른 문파의 수장들이 귀를 기울이고 있소. 죽은 련주의 사인을 두고 왈가왈부하지 마시오. 그건 분열 세력들의 획책이오. 그대만 슬기롭게 대처한다면, 허울뿐인 그대 가문은 철무련이 뒤를 받칠 것이오."

이번엔 계은범의 눈매가 뒤틀렸다. 하지만 강도가 달랐다. 완전히 인상까지 일그러진 계은범은 분노한 기색을 감추지 않았다.

"허울뿐이라. 슬기롭게 행세하라고? 뒤를 받친다? 허허, 허허허, 허허허허허!"

무섭게 일그러지다 허탈하게 웃는 계은범의 얼굴을 진성은 변함없는 표정으로 바라보았다. 하지만 계은범은 웃던 얼굴을 다시 무섭게 굳힌 후 또 말을 꺼냈다.

"그래, 나는 그저 손님일 뿐이다. 그래서 그냥 얼굴만 내밀고 가고 싶었다. 지금도 그 생각엔 변화가 없다. 너희들이 무얼 가지고 싸우든 나와는 상관없으니까 말이야. 하지만 너희에게 힘이 있다고 해서 모든 걸 너희 맘대로 할 수 있다곤 생각하지 마라. 내 입도 내 것이고, 내 생각도 내 것이다."

싸늘히 가라앉는 계은범의 얼굴엔 서리가 한겹 내린 것 같았다. 그 얼굴은 눈 하나 깜짝 않고 마주 바라보던 진성의 얼굴이 다시 꿈틀했다. 그걸 본 계은범은 확실하게 알아차렸다. 저게 웃는 모습이란 걸.

꿈틀대던 진성의 얼굴이 가라앉자 계은범처럼 가라앉은 음성이 진성의 입에서 나왔다.

"맞아. 너희들은 그저 객(客)일 뿐이지. 중요한 일은 우리가 결정할 뿐이야. 하지만 세상엔 여론이란 것이 있고 우리를 주시하는 눈이 있지. 그 입과 눈들이 다른 소리를 내면 귀찮아지거든? 한데 또 힘 앞에서는 무력해지는 그것들이야. 그것들에겐 소리 낼 말을 가르치면 되는 거야."

입을 닫은 진성은 천천히 검자루를 잡았다. 하얗게 빛나는 그 눈과 손을 보던 계은범도 칼자루를 잡으며 입을 열었다.

"돼먹지 않은 짓들을 하는구나. 힘으로써 누를 셈인 게냐? 확실히 조극강의 죽음엔 감춰진 것이 있구나!"

칙칙한 붉은빛이 감도는 철검을 소리없이 뽑아 든 진성은 입매를 비틀며 대답했다.

"너의 몸으로 일벌백계(一罰百戒)를 보이는 거지. 애초에 이 방법이 가장 우리다운 짓인 게야. 그렇지 않나?"

진성처럼 칼을 뽑아 든 계은범은 얼굴에 표정을 없애며 말을 받았다.

"잡스런 소리를 하느라 좀이 쑤셨겠구나. 어디, 철혈대 부대주의 솜씨를 한번 볼까?"

피이잉.

계은범이 손을 떨치자 직배도가 공기를 치며 울었다. 씨익, 눈까지 구부리고 웃는 얼굴을 만든 진성은 반갑다는 듯이 말했다.

"기다리던 바다. 애초, 네놈이 먹는 음식물에 독약을 넣자는 말이 있었지만 내가 반대했지. 난 귀도문의 도법을 몸으로 겪고 싶었다, 진실로."

확실히 철무련의 무골다운 말이었다. 또한 그만큼 자신의 검에 자신이 있다는 말이기도 했다. 계은범은 가볍지 않은 흥분이 전신을 감싸는 걸 느꼈다. 승부는 일 초, 한순간에 결정이 날 것이다. 그건 놈의 장기가 쾌검술이기 때문이다. 그 한 수에 모든 것이 결판날 것이다.

스으윽.

의도적으로 바닥을 끌며 놈이 좌측으로 이동했다. 시야와 기선을 뺏기지 않으려고 계은범도 좌로 한 발을 이동했다. 객실의 마룻바닥 결이 발끝에 느껴지는 것 같았다. 하지만 놈은 또 한 발을 이동했다. 흐름을 놓치지 않기 위해 계은범은 거의 동시에 발을 옮겼다. 하지만 그건 놈의 속임수였다. 좌측으로 옮기던 발끝이 바닥을 밟기가 무섭게 놈은 앞으로 튀어나왔다. 그리곤 공간을 축약하는 것처럼 몸이 달려왔고, 검이 튀어나왔다.

피유우웃!

명불허전. 정말로 전광과 같은 쾌검이었다. 공격을 느꼈다 싶은 순간에 검은 이미 가슴 앞에 도달해 있었다. 하지만 계은범은 마음을 가라앉히며 칼을 그어 내렸다. 멸혼귀도법의 두 번째 초식, '참(斬)' 이었다.

부아아악!

공기의 막을 찢어 내리는 것처럼 계은범의 칼이 무섭게 내리그어졌다. 시릿한 도기(刀氣)를 머금은 칼은 진성의 검에 버금가는 속도였다. 그 칼이 계은범의 가슴으로 파고들던 진성의 검을 내리찍었다.

카앙!

화려한 불꽃과 함께 진성의 검이 바닥으로 비껴 나갔다. 그 순간 계은범은 승리를 확신했다. 쾌검으로 승부하는 자의 첫 공격을 막았으니, 이건 이미 결론이 난 승부였다. 계은범은 반동으로 솟구치는 칼을 뒤집어 그어 올렸다. 칼이 휘둘러지는 끝에는 진성의 일그러진 얼굴이 있었다. 한데, 뜻하지 않은 소리가 그 순간에 터졌다.

파아악!

갑자기 결전을 벌이는 두 사람의 옆 창문이 부서졌다. 흩어지는 그 파편 속에서 먹빛 살기가 유성처럼 쏘아져 들어왔다. 칼을 그어 올리던 계은범은 당황했다. 이대로 칼을 그어대면 진성은 죽일 수 있겠으나 자신이 위험했다. 암기들은 공기 속을 소용돌이치며 벌써 눈앞에 다가왔다.

찰나의 순간에 결단을 내린 계은범은 칼을 반대로 휘돌리며 먹빛 암기들을 쳐올렸다.

타타타탕!

손아귀에 강력한 충격이 왔다. 네 개의 소리를 내고 떨어지는 것은 분명 쇠뇌였다. 하지만 그 순간, 방향을 잃고 바닥을 친 진성의 검이 다시 솟구쳤다. 붉은빛을 머금은 그 검이 열려진 계은범의 가슴을 파고들어 갔다.

피웃!

"커헉!"

계은범은 눈을 부릅뜨고 자신의 가슴을 봤다. 아래쪽으로부터 비스듬히 위로 파고든 검은 정확히 심장을 관통했다. 가슴이 후끈거렸다. 진성과의 결투에 신경 쓰느라 창밖에 매복자가 있다는 걸 감지하지 못했다. 놈들은 철혈대였다. 그리고 이 모든 일은, 한순간에 이루어졌다.

"이렇… 게… 죽는… 건가?"

계은범의 말은 피와 함께 흘러나왔다. 바라보던 진성은 그 순간 검을 뽑아냈다.

피유웃!

검이 뽑힘과 동시에 계은범의 가슴 상처로 피가 뿜어져 나왔다. 바닥을 적시는 그 피 속으로 계은범은 천천히, 아주 천천히 쓰러져 내렸다.

"내… 아들… 장… 수… 야……."

알아듣기 힘든 마지막 말을 흩트리고 계은범은 움직임을 멈췄다. 차갑게 식어가는 그 시신을 내려다보던 진성은 창문으로 들어서는 검은 갑옷의 사내들을 보며 버럭 소리 질렀다.

"내가 참견하지 말랬잖아!"

갑옷 입은 사내들은 아무 말이 없었다. 그들 손에 들린 석궁을 노려본 진성은 차가운 한마디를 남기고 뒤돌아섰다.

"목을 베."

갑옷 입은 사내들이 계은범에게 다가갔다. 바닥에 늘어진 계은범의 시신은 하얗게, 그리고 차갑게 식어만 갔다. 그 목에 누군가 칼을 들이댔다.

❸

사자상 바닥의 비밀 장소는 폭이 이 장 정도에 벽의 길이만큼 긴 공간이었다. 아마도 서재 바닥의 반가량과 내전 복도의 한쪽 아래를 차지한 공간임에 틀림없었다. 길쭉한 직사각형의 내부는 천장의 정중앙에 야명주 한 알이 박혀 실내를 비췄다. 한쪽 끝으로는 바닥을 파고 묻혀진 항아리가 두 개 있었는데 안에는 벽곡단이 가득했다.

그걸 먹으며 석 달을 지냈다. 항아리가 묻힌 옆으로는 벽으로부터 들어온 물길이 작은 수챗구멍처럼 이어져 옆벽으로 휘어져 나갔다. 들어오는 물을 마시고 나가는 물길에 용변을 흘려 보냈다. 밖으로 나갈 생각은 애초에 하지 않았다. 철혈대 놈들은 자신의 존재를 알고 있을 것이고, 자신이 죽지 않았다는 것을 파악했다면 포기할 놈들이 아니었다.

만일 밖으로 나가서 잡히거나 죽게 된다면, 그건 자신을 살리고 죽은 총관 양택상이나 나머지 참살당한 가족들에게 죄를 짓는 꼴이 되는 것이다. 그들은 모두 몰살당했다. 그건 보지 않아도 알 수 있다. 자신 하나만을 살리고 그들은 모두 죽었다. 공격 시엔 씨를 말리도록 가르친 것도 전생의 자신이다. 철혈대는 그대로 했을 게 뻔했다.

처음 총관이 입구를 닫고 벽을 차단한 지 얼마 되지 않아, 위에서 열기가 밀려들었다. 불이었다. 철혈대 놈들이 전각과 건물에 불을 지른 것이 틀림없었다. 자취를 남기지 않고 흔적없이 초토화시키는 것 역시 자신이 가르쳤다. 남아 있는 생명은 아마도 개 한 마리 있지 않을 것이다.

어둠 속에서 오만 가지 상념이 다 들었다. 계은범의 자상한 얼굴, 총관 양택상의 주름 잡힌 눈웃음, 죽던 순간의 성두평, 찻잔을 내오고 배시시 웃던 애월이… 모두가 이생에서 얻은 가족들이었다. 전생엔 가져보지 못한, 꿈조차 꿔본 적이 없는 소중한 식구들이었다. 그들이 한순간에 모두 죽었다. 흩어지는 물거품처럼, 불길에 날아가는 티검불처럼… 모두가 죽었다.

"씹어먹을 놈들!"

쿵!

주먹이 벽을 때린 소리가 벽 전체를 울렸다. 순간적인 분기를 이기지 못해 경솔한 행동을 한 것이다. 흠칫한 마음에 손을 거뒀지만 이미 늦은 후였다. 만약에 놈들이 밖에 있다면 발각되는 건 시간문제였다.

긴장되고 초조한 마음으로 입구를 올려다보던 계장수는 자리에 가부좌를 틀고 앉았다. 죽음과 삶, 모든 걸 편하게 생각하기로 했다. 어차피 죽을 목숨이라면 자신이 아무리 발버둥을 친다 해도 피할 수 없을 것이다. 하지만 자신은 이미 한 번을 죽었다 살아났고, 그렇게 산

데에는 반드시 이유가 있을 것이다. 결코 쉽게 죽진 않을 것이다.

마음을 비우자 편안한 기운이 전신에 몰려왔다. 심신이 평온을 찾자 지난 시간 동안 축기해 왔던 철령기와 수단지도의 비결이 떠올랐다. 곧바로 호흡을 시작했다. 책의 내용이 머리 속에서 가르침을 주듯이 하나하나 되새겨졌다.

폐기(閉氣)는 마음을 차분히 하며 다리를 접어 포개고[疊足] 단정히 앉는다. 눈꺼풀은 아래로 내려 코를 보며, 코는 배꼽을 대한다. 숨을 천천히 마신 후 서서히 내쉬며 신기(神氣)를 배꼽 아래 일 촌(一寸) 삼 푼(三分)되는 곳에 집중시켜 항상 머무르게 한다. 이를 일심의 노력으로 근면히 숙련하면 소위 현빈(玄牝)이란 일규(一竅)를 얻게 되는데, 이로써 백규(百竅)가 모두 트이게 된다. 이로써 태식(胎息)이 되고 주천화후(周天火候)가 되며 결태(結胎)하게 되니 모두가 여기서 이루어지는 것이다. 고인(古人)의 말대로 순(順)하면 사람이며, 역(逆)하면 선(仙)이라 하듯이 하나가 둘로, 둘이 넷으로, 넷이 여덟으로, 육십사까지 이르게 되며, 모든 일을 인도(人道)로 삼는다. 다리를 접어 포개고 단정히 앉아 마음을 차분히 하여 만사(萬事)의 교란을 물리치고 무(無)의 태극(太極)으로 돌아가는 것이 선도(仙道)이다.

얼마나 시간이 흘렀을까. 비결의 가르침을 좇아 무아지경에 빠져 있던 계장수는 문득 눈을 떴다. 물아(物我)의 구분이 없던 몸에 감각이 생기고, 흐릿하던 시야에 석실의 정경이 다시 보였다. 사방은 괴괴한 정적에 묻혀 있고 그 한가운데 앉은 자신의 모습만이 홀로 우뚝했다.

몸의 상쾌함과 정신의 정한함이 이루 말할 수 없었다. 수단지도의 비결은 하루가 다르게 심신을 변화시켰다. 물론 그 바탕에는 철령기를 익혀왔던 전생의 경험과 기억이 많은 도움이 되었다. 아마도 비결은 바탕을 모르는 자, 성심이 없는 자, 깨달음이 없는 이에겐 배척받을 공부임에 틀림없었다.

모두가 강하고 빠른 걸 추구하는 세상에 하루에 한 홉만큼도 성취가 느껴지지 않는 비결은 무용지물일 게 뻔하다. 눈을 돌리면 그보다 속성으로, 더 강한 성취를 이루게 하는 비공들이 산재한데 이런 공부를 할 리가 없다. 어쩌면 그게 사람들의 눈을 속이는 비결 자신의 보호 방법인지도 모른다.

하지만 한편 생각하면 계장수이자 조극강인 자신에겐 그야말로 천운과 같았다. 비결은 다시 운공을 시작한 철령기와 조금씩 융화하면서 몸 안의 질서를 잡아나갔다. 온몸의 기경팔맥으로 도는 기와 피의 순환은 힘차고 정결하기 그지없었다. 이젠 본격적으로 무예를 수련할 바탕이 이루어진 것이다.

예전처럼, 전생처럼 서둘러선 안 될 것이다. 시간은 많다. 자신은 아직 어린아이일 뿐이다. 모든 걸 세심하고 빠트림없이 준비해야 한다. 주변을 돌아보는 여유를 길러야 한다. 다행히도 비결은 폭급한 성정을 정화시켜 주는 효능이 있었다. 만일(萬日)의 정성을 들여서 비결을 완성해야 하는 것이다.

"후우우우."

흉부에 남은 탁기를 내뱉으며 계장수는 입구를 올려다봤다. 운공한 시간을 헤아려 보니 대략 세 시진 정도가 지난 것 같았다. 뱃속에서 벽곡단을 달라고 하는 시간이었다. 석실에 들어온 첫날부터 헤아린 방법이니 거의 틀림이 없었다. 가부좌를 풀고 자리에서 일어났다. 곧바로 정좌의 전후에 행하는 오금수희법(五禽獸戲法)의 동공(動功)을 시작했다.

오금희는 호랑이[虎], 곰[熊], 원숭이[猿], 사슴[鹿], 새[鳥]의 동작을 본따 '흐르는 물은 썩지 않는다'는 뜻에서 화타가 인체 생리에 의술의 이치를 결합시켜 창시한 것이다. 자연 호흡법으로써 의식적으로 호흡을 이끌어내는 것이 아니라 동작 자체 하나하나가 호흡을 이끌어준다. 또한 오금희는 몸을 강하게 해주며, 질병을 막아주고, 근원적으로 치료해 주는 도인술이다. 이것을 오행에 따라 분류하자면 '나무[木]—곰[熊]—간, 불[火]—새[鳥]—심장, 흙[土]—원숭이[猿]—비장, 쇠[金]—호랑이[虎]—폐, 물[水]—사슴[鹿]—신장'으로 설명된다. 이것 역시 비결의 가르침이었다.

천천히 오금수희법을 마무리한 계장수는 벽곡단 항아리로 갔다. 벽곡단 한 알을 집어서 정성껏 씹어 먹은 후, 두 손으로 물을 떠 조심조심 삼켰다. 그리곤 석실의 입구를 바라보며 천천히 다가갔다. 계단에 발을 올린 후, 한참을 망설이다가 한 발 한 발 올라 입구에 손바닥을 댔다.

'아까의 소리는 무척이나 컸다. 그런데도 여태까지 아무 반응이 없는 걸 보면 놈들이 완전 철수한 것인지도 모른다. 하지만 만일 그게 아니라면.'

망설임이 역력하던 계장수는 숨을 들이켰다. 곧바로 비결과 융화된 일 푼가량의 철령기를 손바닥으로 몰아갔다. 팔뚝과 손바닥에 저릿저릿한 느낌이 왔다. 일 푼에 불과할지라도 철령기는 역시 어린 몸에게 무리였다. 하지만 손이 고통스럽던 그 순간, 입구가 천천히 들렸다.

"이여어업!"

기합을 내뱉으며 힘을 쓰자 입구의 돌 바닥은 점점 더 밀려 올라갔다. 그러던 어느 한순간, 쿵, 하는 소리와 함께 입구는 훌쩍 열려졌다.

"후우, 후우."

숨을 몰아쉬는 계장수의 얼굴로 신선한 바깥 공기가 확 부딪쳐 왔다. 고개를 내밀어 주위를 돌아보니 돌사자상이 옆으로 쓰러져 있는게 보였다. 팔을 내밀어 두 손으로 바닥을 짚고 몸을 끄집어냈다. 일어서서 주변을 돌아보니 남은 게 아무것도 없었다. 서재도, 내원 전각도, 정원도, 담벼락도 아무것도 남아 있질 않았다. 귀도문은 폐가가 되어버린 것이다.

때마침 황량한 바람이 불어와 계장수의 전신을 흔들었다. 이미 해는져서 어스름한 별빛들이 밤하늘에 보이기 시작했다. 지붕도 없이 타다남은 기둥만이 있는 그곳에서 계장수는 허망하게 사방을 둘러보았다. 석실에 들어갈 때는 겨울이었지만 삼 개월을 지내고 나온 지금은 눈이녹는 시절이었다. 얼마가 지나지 않아 꽃이 피고 나비가 날 것이다.

안타까움과 죄스러움에 마음을 가눌 길이 없었다. 자신이 몸을 피해해가 바뀌는 동안, 귀도문의 가족들은 참혹한 죽음으로 쓰러져 죽어갔다. 거둘 자 없는 시신들은 불에 타고 들짐승의 밥이 되어 또 한 번 치욕을 당했다. 그 흔적들이 곳곳에서 보였다. 하얀 유골 조각들이.

발걸음을 뗀 계장수는 타버린 전각의 잔해 곳곳에 파묻히고 흩어진유골들을 모으기 시작했다. 유골들은 정원이 있던 곳과 내원, 외원의담장 아래와 자신이 있던 서재와 복도, 그리고 후원에까지 모든 곳에있었다. 그 유해들을 정원에 모아 땅을 파고 한데 묻었다. 작게 솟은봉분을 발로 밟아 다지고 경건히 절을 올렸다. 향이 없어 향불을 피우지 못했지만, 화톳불을 밝히고 경을 읊는 대신 복수의 다짐을 올렸다.

"모두들 편히 잠드소서. 시간이야 걸리겠지만, 여러분들의 원한은 내 손으로 꼭 갚겠소이다. 그들은 나의 원수이고, 여러분들은 내 가족이니 그 또한 나의 원수! 내 가족의 원수를 꼭, 백 배 천 배 갚고야 말겠소!"

붉은 흙의 봉분을 보는 계장수의 눈에는 결연한 의지가 샘솟았다. 그런데 그 순간이었다. 매서운 바람이 불어 화톳불을 흔들고 거칠게 키워 올리더니 봉분을 휩쓸며 맴돌았다. 기이한 현상에 계장수가 몸을 일으키자 바람은 사방으로 흩어져 버렸다. 하지만 더 놀라운 건 무덤이었다.

귀도문 식구들의 무덤 한가운데서 뭉클뭉클 연기 같은 게 솟아올랐다. 하얀 안개 같기도 하고 뭉쳐진 솜털구름 같기도 한 그것이 무덤 위로 두둥실 떠올랐다.

"뭐, 뭐야?"

천하의 조극강, 아니, 계장수도 괴현상에 한 발을 움찔 물러났다. 천천히 뭉클대며 떠 있던 그것이 계장수에게로 다가왔다. 계장수는 놀라서 계속 뒷걸음질쳤다. 하지만 안개 같은 그것은 계장수의 몸을 휘돌아 덮어버렸다.

"허억!"

헛바람을 들이키는 계장수의 눈에는 온통 하얀 안개뿐이었다. 꼭 솜뭉치를 머리부터 뒤집어쓴 느낌이었다. 이것이 뭔지, 또 무엇 때문에 자신을 덮친 것인지 계장수는 알 수 없었다. 하지만 그 궁금증은 곧 풀렸다. 하얀 안개 같은 그것이 눈앞에서 형체를 맺기 시작했다.

"엇! 양 총관!"

윤관이 뚜렷하게 보이는 얼굴 형체는 총관 양택상이 분명했다. 그 얼굴이 자애롭게 웃는가 싶더니 곧바로 정두평의 얼굴로 변했다. 정두

평 역시도 특유의 웃음을 지어 보인 직후 조범제로 변하고 다시 이중
한으로 변했다. 그리고 애월이와 찬모 유씨… 가족 모두의 얼굴을 차
례로 보인 안개구름은 계장수의 몸에서 떨어져 나갔다. 천천히 뺨을
스치고 떨어지는 그 느낌이, 계장수는 꼭 어루만지는 것 같다고 생각했
다.

"이, 이게… 모두를 어떻게……."

놀랍고 애처로운 마음으로 말을 건네려는데 안개구름은 천천히 맴
을 돌며 멀어져 갔다. 하지만 곧 다시 돌아와 또다시 멀어져 가는 모양
은, 뒤를 따라오라고 손짓하는 것만 같았다. 계장수는 반딧불이를 쫓
는 아이처럼 안개구름을 쫓았다.

밤공기 속을 두둥실 흐르며 계장수의 걸음을 인도하던 안개구름이
멈춘 곳은 귀도문의 외원 정문이 서 있던 자리였다. 커다랗고 넓은 바
위 위에 기초를 세웠던 정문은 사라지고 없었다. 하지만 그걸 받치던
바위만은 땅바닥에 묻힌 채로 그대로였다. 그 바위에 안개가 내려앉았
다.

"뭣 때문에……."

의아해하는 계장수의 눈앞에서 안개구름은 넓게 퍼지며 바위를 감
싸 버렸다. 바라보는 계장수의 눈길이 좁아질 때, 안개는 바위를 땅에
서 들어 올렸다.

드드드드드.

땅과 바위가 맞닿았던 부분이 벌어지며 바위는 조금씩 위로 올라갔
다. 흙들이 후두두두 떨어지고, 바위는 두둥실 허공에 떠올랐다. 계장
수는 벌린 입을 다물지 못했고, 허공에 뜬 바위는 옆으로 내려앉았다.

바위를 감쌌던 안개구름은 바위가 있던 자리, 커다란 구덩이로 흐르

듯 내려갔다. 그 중앙에서 몇 번의 뭉클한 움직임을 보인 후, 다시 허공에 떠올라 계장수의 발 앞에 내려앉았다. 그리고 천천히 물러났다.

안개구름이 물러난 자리, 그곳에 작은 철상자가 놓여 있었다. 아마도 계장수의 짐작이 맞다면 구덩이 한가운데 묻혀 있던 상자가 분명했다. 그 위를 저 커다란 바위가 눌러 감춰 버렸고, 그 위엔 정문이 세워진 것이다. 그런 의도라면 뭔가 아주 귀중한 것임에 틀림없었다.

뒤로 물러나 아무 움직임을 보이지 않는 안개구름을 보다 계장수는 철상자로 손을 뻗었다. 무릎을 꿇고 이음새 고리를 잡아당기니, 얼마나 오래되었는지 푸석 하고 부서져 버렸다. 손안에 흩어진 잔해들을 털어내고 윗면을 열자 매캐한 냄새가 코를 찔렀다. 그 안에 잘 접힌 기름종이가 보였다.

두근대는 마음으로 기름종이를 집어 들고 접혀진 부위를 차곡차곡 폈다. 펼쳐진 안쪽에 쌓여 있던 것은 책자였다. 반이 뜯겨져 나간 책은 매우 오래돼 보였다. 하지만 그 안에 적힌 몇 글자를 보는 순간 계장수는 얼어붙어 버렸다.

멸혼귀도법(滅魂鬼刀法) 후삼초(後三招).

"헛! 이, 이건!"

놀란 계장수는 책을 보던 시선을 들어 안개구름을 보았다. 구름은 놀란 계장수를 달래고 진정시키는 것처럼 몽실몽실 움직이더니 차츰차츰 부풀어 올랐다. 그러다가 하나에서 둘로, 다시 넷으로, 또 여덟으로 점점 나누어졌다. 그렇게 나누어진 안개구름들은 제각기 형상을 만들었다.

흰 눈사람 같은 총관 양택상이 보였다. 사람 좋은 얼굴의 정두평이 옆에 섰다. 조범제와 이중한도 웃는 얼굴로 바라다보았다. 애월이와 찬모 유씨, 그리고 나머지 모든 식구들이 환하게 웃는 얼굴로 쳐다보았다.

"양 총관, 두평 아저씨, 애월아……."

계장수는 손을 뻗어 그들을 불렀다. 가슴속에서 치받쳐 오는 애틋한 감정을 제어할 길이 없었다. 메여오는 목젖과 먹먹해지는 시야를 어찌할 수가 없었다. 그렇게 한줄기 눈물이 볼을 타고 흘렀다. 전생에도 흘려보지 못한 뜨거운 눈물이었다. 그 화끈함이 너무도 생소했다.

하지만 계장수의 눈물과 손짓에도 불구하고 흰 눈사람처럼 포근하게 빛나던 그들이 두둥실 떠올라 갔다. 휘영청 흐르는 달빛을 타고 오르는 것 같은 그들은 점점 더 높이, 그리고 멀어져 갔다. 그러나 계장수를 보는 그들의 얼굴에는 환한 미소가 떠나질 않았다. 그건… 가족의 미소였다.

"허어어."

내밀었던 손을 떨구며 계장수는 숨을 내뱉었다. 물기 가득한 숨이었다. 흐려진 시야로 보이는 가족들의 모습은 달빛 속으로 사라져 갔다. 결코 차갑지 않은, 유난히도 따뜻하게 느껴지는 달빛의 밤이었다.

제2장
첫걸음

첫걸음 !

❶

핏, 피피피핏, 피잇!

목도(木刀)가 바람을 가르는 소리는 경쾌하기 그지없었다. 전후좌우, 사면팔방을 가른 목도는 뿌연 잔영을 남기고 쉼없이 공간을 갈랐다. 그 중심엔 웃통을 벗어부친 십삼 세 소년 계장수가 범 같은 눈을 뜨고 사방을 휩쓸었다.

"단(斷)!"

갑자기 격한 외침을 터뜨린 계장수는 뒷발이 앞발을 스치듯이 앞으로 나아갔다. 거듭 반복되며 전진하는 그 모습은 꼭 눈 위를 미끄러지듯, 물 위를 밟아나가듯 유려하고 부드럽기 그지없었다. 하지만 그렇게 전진하는 동안 휘둘러지는 목도는 계장수의 주위 공간을 모두 끊어버렸다.

공기의 파동음도 들리지 않았다. 머리에서 내려쳐진 목도에 앞 공간이 촤악 갈라지는가 싶더니, 곧바로 되올려쳐지는 목도는 갈 지 자의 칼부림으로 공간을 난자했다. 일그러지는 공간 속을 통과한 목도는 손목의 뒤틀림으로 좌우의 공간을 쾌속하게 찔렀다. 연속되는 그 모습은 팔이 수없이 달린 괴물의 모습 같았다.

피피피피핏!

한순간, 빈틈없이 허공을 찌르던 목도가 계장수의 몸에 붙었다. 팔에 붙여져 겨드랑이 뒤로 숨겨진 목도는 길쭉한 끝부분만이 어깨 뒤로 보였다. 그 모습이 이루어진 순간, 전진하던 계장수의 몸이 돌았다.

파아앙!

발이 땅을 차는 소리가 요란하고 경쾌했다. 소리와 동시에 돌아가는 몸은 바람개비처럼 날렵하고 거침이 없었다. 그 회전의 소용돌이 속에서 사방을 긋는 목도의 궤적은 상하좌우, 사방팔방 할 것 없이 모조리 도륙을 내었다. 허리의 숙임과 낮춤, 팔의 뻗음과 거둠, 회전하는 발의 간격으로 달라지는 목도의 도살 공간은 차라리 아름답기까지 했다.

"참(斬)!"

또 한 번의 외침이 들린 순간, 회전하며 나아가던 계장수의 몸이 핑그르르 떠올랐다. 흡사 와선풍(渦旋風)처럼 떠오른 그 몸이 돌며 나아가는 앞에는 한아름 굵기의 소나무가 우뚝 버티고 있었다. 그 소나무의 몸통에 소용돌이 계장수의 몸이 부딪쳤다. 아니, 목도가 살을 헤집었다.

피이웃!

섬뜩하게 귀를 자극한 소리가 들린 순간, 소나무의 몸을 스치며 돌아 내린 계장수는 동작을 멈췄다. 두 손으로 맞잡은 목도는 좌하방으로 내려져 땅을 보았고 범처럼 빛나는 두 눈은 자신이 지나쳐 온 공간을 보았다. 눈빛이 칼날처럼 예리해지는 그 순간에, 소나무가 기울었다.

천천히 넘어가는 소나무의 몸통에는 사선으로 긋고 지나간 예리하고 정밀한 자국이 보였다. 성인 남자의 목 어림 부분 높이에 생겨난 자국은 점점 벌어지며 나무를 분리시켰다. 소나무의 커다란 윗둥치는 서방 품에 안기는 아낙네처럼 푸르르 쓰러졌다. 소리도 요란했다.

투두두둑! 우지끈! 뿌드드득!

제가 쓰러지는 주위 나무들의 가지와 몸통에 부딪치며 소나무는 이리저리 머리채를 흔들면서 땅에 부딪쳤다. 요란한 그 소리와 울림은 꼭 숲이 울어대는 것 같았다. 하지만 칼날처럼 눈을 치뜨고 지켜보던 계장수는 그 속으로 몸을 띄웠다. 흩어지고 휘날리는 가지와 나뭇잎들, 솔잎의 사이였다.

"산(散)!"

앞으로 내밀리는 목도의 몸통이 환영을 보였다. 한 자루에 불과한 목도는 두 자루, 네 자루, 여덟 자루, 열여섯, 서른둘… 새끼 치는 짐승처럼 점점 더 많아졌다. 그 수많은 목도들이 계장수의 몸을 싸고돌며 물결처럼 휘돌았다. 그리고는 천지사방을 베었다. 또 동시에 폭발하듯 뻗쳐 나가며 수없이 찔러댔다. 한순간에 모든 걸 베고 찌르는 집약점에는 솔잎과 나뭇잎, 꺾어진 가지들이 있었다. 그것들이 모두 조각나 흩어졌다. 그건 꼭 터지는 유성우처럼 화려하기 그지없었다.

후두두두두두두.

숲 속에 때 아닌 비가 내렸다. 자욱이 갈려 내리는 솔잎과 나뭇잎들은 모두가 반 토막으로 잘려지고 베어져 떨어졌다. 꺾어진 가지들은 조각조각 흩날렸다. 떨어지는 그것들과 함께 계장수는 땅에 내려섰다.

"후우우."

천천히 발을 모으고 숨을 내뿜는 계장수는 숲을 돌아보았다. 먼지처럼 가라앉는 솔잎의 잔해들이 사라지자 숲의 정경이 드러났다. 눈에 보이는 숲은 숲이 아니라 평지 같았다. 자신이 서 있는 뒤쪽으로는 나무들이 빽빽했지만, 바라보는 쪽, 숲이 시작되는 저 아래쪽으로는 온통 쓰러지고 부서진 나무들의 잔해밖에 보이지 않았다.

"이제 반 남은 건가?"

중얼대는 소년, 계장수의 목소리에 감회가 어리었다. 도법의 전반 삼초식을 완성한 것이다. 오 년의 세월이 걸린 일이다. 어린 몸으로 펼치는 위력은 한계가 있었지만 어쨌든 초식의 완성을 보았다. 이제 몸의 성장과 더불어 깨달음과 심득, 심신의 반복된 수행과 실전 경력이 쌓이면 도법의 위력은 빠르게 달라질 것이다. 실전의 경력은 이미 전생의 자신을 능가할 사람이 없다. 그걸 성장하는 어린 몸에 박아 넣어야 하는 것이다.

오 년이란 시간 동안 훌쩍 커버린 계장수의 키는 오 척이나 되었다. 또래 아이들보다도 머리통 하나쯤은 큰 키였다. 팔다리도 굵직굵직하고 가슴은 두터웠다. 혹독하게 어린 몸뚱이를 몰아친 세월은 그를 육체적으로 변하게 했다. 그건 지금 서 있는 숲도 마찬가지였다. 그동안 쌓아온 수련의 덕택으로 주변 숲은 폐허가 되었다. 목도의 공격을 받아낸 나무들은 전부 부서지고, 베어지고, 갈라지고, 터져서 숲에 널렸다. 짐승들도 이젠 이곳을 찾지 않았다. 삭주 사람들은 귀도문의 멸문 이후로 그 자리와 인근 산에 귀신이 나온다며 발길을 끊었다.

"오 년이라……."

계장수의 입에서 늙은이의 회한 같은 어조로 말이 또 나왔다. 그럴 수밖에 없는 일이었다. 몸뚱이야 이제 겨우 십삼 세의 소년에 불과하지만 정신과 마음이야 이미 한 생애의 기억을 가진 파란만장함이 깃들어 있는 것이다. 다행히도 지난 오 년 동안 철혈대 놈들은 코빼기도 보이지 않았다. 몰래몰래 다녀본 삭주성 내의 풍문으로는 철무련이 둘로 나눠지며 전쟁에 휩싸였다고 했다. 틀림없이 혁련휘와 위지강천이 분명했다.

혁련휘와 위지강천이라면 사마용추와 정소연으로서도 보통 버거운 상대가 아니다. 그들을 상대하자면 총력전을 펼쳐야 한다. 또한 쉽게 결판날 승부도 아니다. 그들이 본래 데리고 있던 수하들은 철혈대에 버금가는 용사들이다. 그런 자들이 칼을 맞댔으니 볼 만할 것이다. 하지만 한편 생각하면 자신에겐 행운이었다. 목전에 적을 둔 그들이, 몰락한 변방 무가의 자식을 잡으려는 노력을 잠시 포기한 때문이다.

"내분으로 인한 전쟁만 아니라면 결코 포기할 놈들이 아니지."

철혈대를 떠올리자 그들이 얼마나 철저한 살인귀들인지 새삼스러웠다. 그 모든 것 또한 자신으로부터 비롯한 것들이었다. 때문에 귀도문의 터를 떠나 산을 네 개나 넘은 후에야 거처할 움막을 지었다. 더 멀리 떠나지 않은 건, 등하불명(燈下不明), 놈들의 의표를 찌르기 위함이었다. 그리고 매일 새벽 해 뜨기 전, 운공이 끝나면 산을 타고 가서 집터를 감시했다. 혹시라도 모를 놈들의 동태를 감지하기 위함이었다.

"아직까진… 놈들에게 여력이 없는 게 분명해."

낮은 음성으로 읊조리며 목도를 내려다보던 계장수는 그날의 일을 떠올렸다. 자신이 다시 태어나던 그날, 소년 계장수의 몸을 빌어 환생하던 그날, 총관 양택상이 들려줬던 이야기로는 시커멓게 일식이 하늘을 덮었고, 마른벼락이 내리치는 이상한 날씨였다고 했다. 벼락은 정원 한가운데로 떨어졌고, 그야말로 날벼락을 맞은 대추나무는 뽀개져 불에 탔다고 했다.

벽조목(霹棗木). 벼락맞은 대추나무. 손에 든 기다란 목검은 그걸 깎아 만든 거였다. 지난 오 년 동안 매일 조금씩 다듬었다. 폐허가 된 장원에 남은 무기라곤 벽곡단 항아리 속에서 나온 단도(短刀)가 전부였다. 어른의 반 팔 길이만한 단도는 폭이 좁고 날씬했다. 꼭 섬나라 왜구들이 쓰는 쌍수도(雙手刀)를 반 잘라놓은 것 같은 모습이었다. 칼날은 날카롭고 재질은 단단했다. 그걸로 목도의 모양을 왜도처럼 다듬었다.

자존심 상하는 일이지만, 대인무기(對人武器)인 칼, 즉 도(刀)에 있어서만큼은 왜구들의 칼이 가장 이상적이고 발전된 형태였다. 젊은 조극강의 시절, 동남해안을 돌다 그들의 무예와 무기를 견식한 적이 있다.

왜소한 체구에 긴 장도를 휘두르는 그들의 모습은 인상적이었다. 또한 그들의 무기인 왜도(倭刀)는 정말 감탄할 만했다. 야만스런 해적의 무리들인 그들이 그런 무기와 철의 제련법을 얻은 것은 배달족으로부터라고 들었다. 그 철의 제련법과 도검의 제작 기법을 받아들인 왜구는 저렇게 강력하고도 아름다운 무기를 발전시켜 만들어낸 것이다.

목도는 명검의 형태가 그러하듯 육각으로 도신(刀身)을 다듬었다. 길이는 석 자 세 치, 폭은 한 치 반, 길고 날씬한 모양은 비록 나무에 불과할지라도 예기(銳氣)가 어린 듯 보였다. 그걸 들고 해가 뜨기 전부터 휘둘러 해가 지는 시간까지 멈추지 않았다. 어깨와 팔, 온몸에 마비가 오는 수련은 그렇게 먹고 용변 보는 시간을 제외한 하루의 전부를 쏟아 부었다.

권술(拳術)도 연마를 병행했다. 무릇 모든 무예의 근간은 인체의 움직임에서 비롯한 법. 전생에서부터 익혀온 권술은 단권(單拳). 팔로(八路)로 이루어진 그것을 연마했다. 모든 권술의 기본 중에 기본이 되는 그것으로 자신은 전생에 세상의 강자들을 모두 꺾었다. 철령기를 쏟아 뿜는 조극강 자신의 주먹과 발을 막아낸 자는 아무도 없었다.

도법의 연마가 끝나는 저녁 시간이 되면, 산을 내려가 귀도문의 정원이 있던 넓은 평지에서 권술을 연마했다. 그렇게 지내온 세월이 벌써 오 년이나 된 것이다. 철령기를 몸에 일으키기 위해서 혹독한 수련을 해왔지만, 아직 어린 몸과 길지 않은 시간은 이제 이 할가량의 철령기를 회복했을 뿐이었다. 하지만 그것만으로도 숲은 이렇게 폐허가 되었다.

"괄목상대(刮目相對)지. 죽었던 몸이었거늘… 그리고 또 한 번 죽을 몸을… 그들의 은혜로 살아났다."

참혹하게 죽어간 귀도문 식구들을 떠올리자 손에 절로 힘이 들어갔다. 시커멓게 색이 바랜 벽조목 목도는 손잡이 부분이 맨질맨질했다. 때에 절고, 부딪치는 대상의 몸통과 지나온 시간만큼의 사연에 젖은 도신은 본래의 제 색깔을 잊고 시끄무레 했다. 목도가 닳아 없어질지언정, 얼마의 시간이 걸리더라도 도법을 완성하여 그들의 은혜를 갚아야 했다.

"가족이라… 또다시 그런 걸 가질 수 있을까?"

벌겋게 서편으로 넘어가는 해를 보며 계장수는 넋두리처럼 말했다. 그러나 곧 고개를 흔들며 자조 섞인 웃음을 흘렸다. 그런 복이 또 있을 리가 만무했기 때문이다.

다시 소년으로 태어난 천도(天道)의 헝클어짐 덕분으로 가족을 가져보았다. 하지만 피와 정복으로 점철했던 전생을 비추어 보면 정말로 어울리지도 않고 기대해서도 안 될 요원한 일이었다. 그러나 양 총관의 미소가, 애월이의 웃음이… 그들의 모든 얼굴이 가슴속을 떠나지 않았다.

후두득.

잡념을 털어내듯 계장수는 고개를 털었다. 그리곤 벗었던 상의를 집어 들고 움막으로 발걸음을 틀었다. 이젠, 달이 지기 전까지 권로(拳路)를 밟아야 할 시간이었다.

❷

달빛은 금세 천지를 뒤덮었다. 휘앙한 그 달빛 아래서 계장수는 발을 내딛고 주먹을 내뻗으며 옛일을 생각했다. 춥고 헐벗고 배고프던 전생의 어린 시절, 제남(濟南)의 대상(大商)인 유수호(柳首號)의 종으로 자청해 들어갔다. 굶어 죽지 않기 위해서였다. 유수호에겐 아들 유위청(柳偉菁)이 있었다. 그 아들의 몸종을 뽑는다는 말에 수많은 아이들이 부모의 손에 끌려왔다.

자청해서 온 아이는 고아인 조극강 자신 하나였다. 당시도 지금과 같은 열세 살이었다. 동갑인 유위청의 몸종이 되기 위해서 무슨 짓이든 해야 했다. 결국 유수호의 눈에 들기 위해서 손가락을 깨물어 혈서를 썼다. 문자도 모르니 대청 바닥에 피를 그어대는 정도였다. 하지만 유위청의 목숨을 제 목숨보다도 소중히 여기겠다는 말과 독기에 유수호는 자신을 선택했다.

배를 곯지 않는 시간은 일 년을 넘지 못했다. 동서방 무역을 통해 자기와 차를 팔고, 말과 향신료 유리 등을 사들여 막대한 부를 쌓았던 유수호는 끈을 대었던 조정 관료가 역모로 죽임을 당하자 한순간에 몰락했다. 사유 재산인 종이 팔려 나가는 건 당연했다. 그런 자신을 산 자는 북방 상인이었다. 이름도 모르는 그자를 따라서 간 곳이 요하(遼河) 건너 철령(鐵嶺)이었다.

그곳에서 처음 한 일이 도굴(盜掘)이었다. 부호나 왕후장상, 제후들의 묘를 도굴하던 그들은 상단으로 위장한 채 각지를 돌아다녔다. 그러던 중 이름 모를 고묘(古墓)가 있다는 정보로 철령 북쪽의 평야를 뒤졌다. 그곳에서 그들이 하는 말을 들으니 배달족(倍達族)의 옛 조상인 고조선(古朝鮮)의 능(陵)이라고 했다. 그 안에 자신이 들어갔다.

다른 묘를 도굴할 때처럼 언제나 작은 구멍을 묘에 흔적없이 낸 후, 체구가 작은 조극강 자신이 줄을 매고 들어갔다. 여우처럼 흙을 헤치고 작은 석벽돌이 드러난 구멍으로 들어가 불을 밝혔다. 무덤 속은 언제나 기분 나쁜 냄새가 났다. 그곳도 예외는 아니었다. 하지만 눈에 드러난 묘의 내부는 진기한 물건으로 가득했다.

각종 보석류와 부장된 관(冠), 황금 요대와 신발, 눈이 부실 정도로 치장된 장식용 패검들과 생전 처음 보는 기이한 부장품들을 마대에 담아 열심히 올려 보냈다. 그 시간만 무려 한 시진에 달했다. 그리고 마지막 밧줄을 허리에 감고 끌어 올려주길 기다리던 순간, 스르륵 떨어진 밧줄 위로 석벽의 구멍이 막혀 버렸다. 놈들은 자신을 버린 것이었다.

피곤하고 고달프기만 하던 삶을 포기하려던 순간 묘 안에 또 다른 석실을 발견한 건 정말 운명 같았다. 죽어야 할 상황에서도 오줌은 마려웠던지라 벽에 대고 소변을 보자 벽과 바닥의 이음새로 오줌이 새어 들어가는 걸 볼 수 있었다. 정신없이 벽을 더듬자 한순간 벽이 그르릉

대며 옆으로 밀려났다.

또 다른 그 공간에서 철령기를 처음 만났다. 운명이 바뀌는 순간이었다. 석실은 어른이 겨우 설 만큼 작았다. 정면 벽에는 묘단(墓壇)이 있었고, 그 앞에 쓰러져 죽은 백골이 있었다. 옷이 다 삭지 않은 걸로 봐서 죽은 지 수년 내의 시체 같았다. 백골은 한쪽 손에 다 삭아버린 책을 다른 손엔 붓을 쥔 모습이었다. 붓이 향하는 곳엔 또 다른 책자가 있었다.

두 책자를 조심스럽게 손에 쥐자 삭은 듯 보이는 책은 그야말로 먼지가 되어 흩날렸다. 또 다른 책은 재질이 다른 듯, 시체가 썩는 동안의 시간이 흘렀음에도 멀쩡했다. 나중에야 안 일이지만 그것은 종이가 아니라 가공된 가죽이었다. 그 안에 백골로 죽은 자의 노력이 들어 있었던 것이다.

철령기. 책제목이 그러했다. 문자를 알게 된 건 살아야 한다는 욕구 때문이었다. 유위충의 뒤를 따라 학당에 가며 도둑 공부를 필사적으로 했던 덕분에 습득한 것이다. 짧은 일 년간의 공부였지만, 밤을 새는 학습 열정은 사서삼경까지 일독할 지경에 이르렀다. 때문에 책을 해득하는 데 아무 어려움이 없었다.

책은 해독본(解讀本)이었다. 손에서 부서져 내린 책을 해독한 것이었다. 그리고 무공서(武功書)였다. 백골이 되어버린 해독자는 우연히 고묘를 발견한 학자였다. 이름은 모용지우(慕容芝宇). 재야를 떠돌며 배달족의 연구를 하던 그에게 고묘가 발견된 것이다. 그리고 그는 고묘 안에서 옛 배달족의 문자로 기록된 철령기를 발견하고 그걸 해독해 냈다.

죽는 순간까지 최후의 심력을 다해 남긴 철령기 해독본에는 안타까운 그의 최후가 엿보였다. 하지만 조극강 자신에겐 이것이야말로 천운이며 기연이었다. 책의 후반에 나온 모용지우의 유명(遺命)은 세상에 드러나서는 안 될 물건을 자신이 복원했다는 후회였다. 그런 걸 신경 쓸 여유 따윈 없었다. 책에 기록된 기관을 작동해 비석 밑으로 나오자 세상이 다시 보였다.

이십 년을 스스로 기약하고 세상에서 사라졌다. 산중과 초원, 사막과 바다, 세상의 바깥을 떠돌며 익힌 철령기가 칠 할이 되었을 때 세상 속으로 다시 들어갔다. 그리고… 천하제일인(天下第一人)이 되었다.

"하아앗!"

파앙!

기합 소리가 공기를 흔들고 진각(震脚)의 여파는 땅을 울렸다. 계장수의 손과 발은 지난 일의 상념을 떠올리는 중에도 쉬지 않고 움직였다. 일로(一路)인 삼충권(三衝拳)을 시작으로 해서, 이로(二路)인 탄퇴충권(彈腿衝拳), 삼로(三路)인 마보충권(馬步衝拳), 사로(四路) 요단편(拗單鞭), 오로(五路) 호두가타(護頭架打), 육로(六路) 횡소료권(橫掃撩拳), 칠로(七路) 쌍환발운(雙環發雲), 팔로(八路) 비각충권(飛脚衝拳)에 이르기까지 물 흐르듯 이어졌다. 그리고 또다시 처음부터 팔로까지.

시간은 쉼없이 흘러 계장수가 단권을 연마하는 무아(無我)의 시간도 달의 몰락과 함께 찾아왔다. 점점 낮아지는 달의 모양을 본 계장수는 동작을 마무리하고, 산자락이 휘어져 내려간 뒤쪽으로 흐르는 계류에 가 땀을 씻었다. 꽃가루가 날린 지 얼마 되지 않은 계절은 아직 쌀쌀했지만 개의치 않았다. 벌컥벌컥 물도 움켜 마셨다. 익숙한 맛이었다.

숨어 있던 석실로 흘러 들어오는 물은 이 계류의 물이었다. 이 물길이 다른 산에서 내려오는 계류들과 합쳐져 귀도문의 후원 쪽을 스치며 지나간다. 그걸 끌어들여 귀도문의 우물로 솟게 했고, 일부는 석실의 내부를 돌아 나간 것이다. 교묘하고도 정교한 숨은 물길로 인해 자신은 살아났다. 지금도 그때를 생각하면 분노와 소름이 등골을 교차했다.

소금 등을 구하러 삭주성 내에 때때로 나가 보면 소문이 심상치 않았다. 런 내의 이 인자 자리를 호시탐탐 노리던 혁련휘(赫連輝)나 위지강천(尉遲强天)이 연수(聯手)했다는 것이다. 모르긴 몰라도 장로들은 그들 각자에게 붙었거나 또 다른 세력으로 변모했을 것이다. 자신이 죽은 의문 따윈 그들에게 없으리라. 그저 기회만이 눈에 보이고 있겠지.

젖은 몸을 상의로 대충 문지른 계장수는 문득 넝마처럼 보이는 옷에 시선을 박았다.

"후후, 거지꼴이 따로 없군."

자조의 웃음을 지은 계장수는 옷을 걸치고 산을 내려갔다. 이대로 다시 산을 타고 내리고, 또 타고 내리고, 거듭해서 네 개의 산을 넘어야만 귀도문의 터가 나온다. 그 터가 보이는 곳에 숨어서 운공을 하는 것이다. 그리고 해가 뜨면 돌아갔다. 벌써 오 년이나 해온 일이었다.

달빛만이 괴괴한 사방은 산 그림자 뒤로 별들만이 반짝였다. 산에선 온갖 소리들이 들렸다. 하지만 사람이 내는 소리가 아닌 그 소리들은 결코 두렵지 않았다. 어느덧 발걸음은 익숙해진 산길을 따라 목적지에 도착했다. 나무들로 둘러싸인 거북바위였다. 그 위에 가부좌로 앉았다. 지금 이 시간부터 해가 뜨기 전까지 네 시진이 운공의 시간이었다. 잠은 자지 않았다. 비결과 철령기를 거듭해 운기하다 보면 잠잘 시간도 없었지만, 운공 후의 몸은 잠잘 필요를 느끼게 하지 않았다.

비결을 떠올리며 귀도문의 집터를 내려다보던 계장수는 흠칫, 동작을 멈췄다. 무너지고 부서진 담벼락의 뒤쪽에서 횃불이 어른거렸다. 횃불은 모두 네 개. 사람이 틀림없었다. 지난 오 년간 보이지 않던 사람의 그림자가 드디어 나타난 것이다.

'누굴까? 철혈대 놈들일까?'

거북바위에서 내려와 몸을 낮춘 계장수는 귀도문 집터 주위를 샅샅이 훑어보았다. 한눈에 내려다보이는 집터의 주위에는 더 이상 다른 움직임이 없었다. 저건 철혈대가 아니었다. 철혈대는 첨병이나 척후조라 해도 최소 구성이 십 인이었다. 저렇게 어중간한 숫자는 없었다.

'돌아갈까? 아니야. 누가 됐든 목적이 있어서 온 놈들. 의도는 알아야지.'

몸을 움직여 계장수는 산을 내려갔다. 하지만 걸음을 내딛을 때마다 어렴풋이 드는 생각은 이제 떠날 때가 된 것 같다는 막연한 느낌이었다.

마지막 내리막을 소리없이 내려간 계장수는 담벼락을 향해 그림자처럼 움직였다. 곧바로 몸을 밀착시키고 숨소리를 낮췄다. 손은 허리 뒷춤을 뒤졌다. 하지만 단도는 없었다. 움막에 두고 온 때문이다. 목도 역시 마찬가지였다. 그런데 그때 사람 소리가 확실하게 들렸다.

"어이, 이봐. 우리 좀 쉬자구. 이런 데 뭐가 있겠어?"

굵다란 남자의 목소리였다.

'제기랄!'

속으로 욕설을 뱉은 계장수는 조심조심 뒷걸음질했다. 무기도 없이 정체 모를 자들을 상대할 순 없었다. 습관처럼 몸에 지니던 단도를 오늘은 빠뜨린 것이다. 당연히 허리 뒤에 달려 있을 줄 알았건만, 치명적인 실책이 발생했다. 횃불을 본 순간 정보를 얻고자 접근해 내려왔지만 지금 상태는 아니었다. 무엇보다도 몸의 안전이 최우선이었다.

계장수는 몸을 낮추고 사내의 목소리가 들린 후원 문 쪽을 쳐다보며 계속 뒤로 걸었다. 숲으로 들어가야 했다. 도주(逃走), 지금 현재로는 그것만이 가장 현명한 방법이었다.

'멍청한!'

이런 위기를 맞는 실수를 되풀이하다니. 칠십 평생 산전수전을 다 겪고도 이런 멍청한 짓을 하다니. 이가 저절로 물렸다. 지난 오 년간의 고요가 한순간의 방심을 만들었다. 철수하고 찾지 않는 놈들의 행위를 스스로 유리하게 해석한 것이다. 아마도 잊은 것일 게라고. 내부의 전쟁에 휩쓸려 신경 쓸 틈이 없을 거라고. 하지만 자신이 만든 철혈대는 그런 놈들이 아닌 것이다. 그건 누구보다도 자신이 잘 알고 있는 일이었다.

"이봐, 좀 쉬자니까 그러네."

"어허, 이 친구야. 뭔가 찾는 척이라도 해야지. 그래야 그놈들이 닥달하면 할 말이라도 있지. 그렇지 않나?"

"맞아. 놈들 말에 따르면 그때 귀도문주의 아들은 찾지 못했다잖아. 거기다 요즘 산에 갔다 온 약초꾼들 얘기로는 온통 나무들이 꺾어지고, 쓰러지고, 아무튼 이 폐가 주위로 이상한 일들이 일어난다잖어. 알아는 봐야지."

각기 다른 세 목소리. 부서진 담벼락 뒤에서 들리는 목소리는 세 명이었다. 각자 어투가 달랐고 나이는 삼십 중후반으로 여겨졌다. 그리고 확실히 이상했다. 철혈대라면 저런 규율은 보이지 않는다. 놈들은 언제 어디서든 위계가 확실했고 할 일은 하는 놈들이었다. 그렇다면 담 뒤의 저놈들은.

"이봐들, 저기 개울이 있나 본데?"

네 번째 목소리. 갑자기 들린 그 목소리의 주인공이 후원 문을 넘어섰다. 전방의 계류을 보던 놈의 눈이 좌로 돌아온 것은 순간이었다. 사내의 눈은 어둠 속에서 웅크린 계장수를 보고 크게 확장됐다.

"어? 너, 너?"

담벼락에 붙었던 계장수는 사내와 눈이 마주친 순간, 발로 땅을 밀며 튀어나갔다. 밤 공기를 밀어내고 튀어나가는 그 속도는 범의 도약 같았다.

타타타탁!

"이놈!"

당황한 사내는 습관처럼 칼을 뽑아 그었다. 도광이 시퍼렇게 일어났다. 오랜 시간을 수련했을 것이다. 지금처럼 민활하게 반사 동작으로 칼을 뽑으려면 십 년 이상 공을 들였을 게다. 저 칼에 짐승 피도 묻히고 사람 피도 스며들었겠지. 하지만 오늘 사내는 상대를 잘못 골랐다.

피이잇!

머리로 떨어져 내리는 사내의 칼을 보며 계장수는 왼발을 쭉 뻗어 내디뎠다. 체중이 땅으로 실리고 사내의 가슴 안쪽으로 순식간에 몸이 스며들었다. 동시에 왼손은 우상방으로 비껴 올리며 사내의 칼 든 손목을 쳐올렸고, 오른손은 내딛는 발과 함께 팔꿈치를 내질렀다.

퍼억!

"컥!"

팔꿈치는 정확히 사내의 복부에 틀어박혔다. 사내의 몸이 오그라들 때 계장수는 뒷발을 끌어당기며 몸을 도약했다. 떠오른 무릎은 숙여지는 사내의 안면에 강타했다.

덜컥!

턱이 돌아가며 안면이 부서진 사내는 뒤로 넘어가듯이 그 자리에 쓰러졌다.

"엇! 저, 저놈 뭐야!"

"헛! 종삼(種三)이가 당했다!"

"이, 이런!"

놀란 세 사내는 폐허의 담벼락 사이에서 나타난 소년과 쓰러지는 제 동료를 보며 칼을 뽑아 들었다. 하지만 그들이 놀라 소리치며 칼을 뽑는 사이, 소년 계장수는 표범처럼 도약하며 사내들에게 달려들었다.

파아앗!

순식간에 거리를 좁힌 후, 돌무더기를 차며 떠오른 계장수의 몸이 달빛 속에서 환영처럼 돌았다. 넓게 부채처럼 퍼진 두 발은 곡선을 그려냈다. 그 곡선의 첫 번째 발에 맞은 좌측 사내의 칼이 챙강, 소리를 내며 도신이 부러지고, 뒤따르는 것처럼 돌아온 두 번째 곡선의 발뒤꿈치에 사내의 머리통이 꺾어졌다.

빠악!

비명도 못 지르는 사내가 쓰러질 때, 중앙 사내와 우측의 사내는 칼을 휘두르며 달려들었다. 칼들은 계장수의 머리로 찍혀 내렸다. 하지만 땅에 휘돌아 내린 계장수는 몸을 멈추지 않고 계속 회전했다.

사내들이 덤비는 방향으로 회전하며 몸이 주저앉았다. 그 몸에서 발이 튀어나와 전소퇴(前掃腿)와 후소퇴(後掃腿)를 거듭 뿌려댔다. 땅바닥을 쓸어대는 것 같은 그 궤적에 걸린 사내들의 발목이 순간적으로 부러져 나갔다.

후우웅! 휘이잉!

버벅!

"크악!"

"으억!"

두 사내의 몸이 둥실 뜨는 것 같더니 곧장 바닥에 떨어졌다. 그러나 그때까지도 회전을 멈추지 않은 계장수는 바로 허공에 떠올랐다. 돌면서 떠오른 그 몸이 떨어질 때는 날카롭게 각 잡힌 무릎이 아래를 향했다.

퍼억!

"컥!"

한 사내의 가슴이 계장수의 무릎에 함몰되는 순간, 옆에 누운 사내는 몸을 굴리며 칼을 휘돌려 쳤다.

"이놈!"

피이잇!

칼이 목덜미를 쳐 내리는 순간 계장수는 오른손 권배(拳背:등주먹)를 횡으로 돌려 때렸다. 그렇게 돌아가는 계장수의 손이 거무스레한 빛에 감싸인 것처럼 보인 것은 이상한 일이었다. 하지만 결과는 더욱 이상했다.

카앙!

맨 첫 사내의 칼이 계장수의 선풍회류각(旋風回流脚)에 맞고 부러졌을 때처럼 사내의 칼은 반 동강으로 부러져 날아갔다.

"허억!"

사내는 반 동강난 칼을 보며 식은 숨을 삼켰다. 곧바로 상체를 일으키고 엉덩이를 밀며 정신없이 뒤로 물러났다. 고통도 잊은 듯, 지옥야

차를 보는 것 같은 사내에게 계장수는 천천히 몸을 일으켜 다가갔다.

"오, 오지 마!"

반 토막의 칼을 내밀어 겨누며 사내는 소리쳤다. 공포와 경악에 질린 얼굴이었고, 믿기지 않는 현실에 저항하는 눈동자였다. 하지만 앉은뱅이처럼 뒤로 물러나던 엉덩이가 돌무더기에 막혔을 때, 사내는 얼굴을 일그러뜨렸다. 그리고 다가오는 계장수를 떨리는 눈으로 바라보았다.

"너희는 누구냐?"

계장수의 음성은 달빛 속에 음산하게 들렸다. 그 때문인지 사내는 반 동강난 칼을 떨어뜨렸다.

챙그렁.

"제, 제발 목숨만!"

사내는 목숨을 구걸했다. 처음 보았으리라. 일견 열대여섯으로밖에 보이지 않는 소년에게 동료들이 당했으니 꿈만 같으리라. 그것도 숨 두어 번 들이킬 한순간에 벌어진 일이니 말해 무엇 하랴. 귀신의 장난이 분명했다.

"철무련의 문도들이냐?"

거듭되는 계장수의 질문에 사내는 두 손을 모아 빌다가 힐금 눈동자를 들었다. 잠시 흔들리던 눈동자는 입으로 말이 되어 나왔다.

"우, 우린 명도방(明刀幫)의 무사들이오."

"명도방?"

"그, 그렇소. 삭주성 내의 제일방파요."

"그런데 여긴 무슨 일이지?"

"그게……."

뭔가를 궁리하는 사내의 눈을 본 계장수는 발을 휘돌려 찼다.

파악!

"켁!"

턱주가리를 맞은 사내는 옆으로 쓰러졌다. 계장수는 피 터진 사내의 안면을 보고 나직하게 말했다.

"허튼소리를 늘어놓을 요량이면 지금 죽어라."

사내가 떨어뜨린 반 토막의 칼을 발로 팅겨 올린 계장수는 사내에게 한 발 더 다가섰다.

"자, 잠깐만! 말하리다! 바른대로 말하리다!"

다급하게 외치는 사내의 얼굴을 보고 계장수는 내밀었던 한 걸음을 다시 뒤로 물렸다. 내려다보는 눈엔 냉기가 흘렀고 칼은 버려지지 않았다.

사내는 떨리는 음성으로 조심스럽게 말을 꺼냈다.

"우리가 이곳에 온 이유는… 철무련의 명령 때문이었소. 알다시피 그들의 명령을 거부할 수 있는 무림문파는 없소. 있다면 구대문파 정도랄까. 어쨌든 이곳을 중심으로 이상한 일들이 생긴다는 보고가 철무련에 들어갔소. 해서 그들이 조사를 명령해 왔소. 내부 전쟁에 휘말린 그들은 다른 곳에 눈을 돌릴 틈이 없소. 때문에 우리들이 온 것이오."

"내부 전쟁이라고?"

짐작을 하면서도 계장수는 되물었다. 조심조심 계장수의 표정을 살펴본 사내는 다시 말을 꺼냈다.

"그렇소. 오 년 전 철혈무제가 원인 모르게 급사한 후, 그 사인(死因)과 후계를 놓고 철무련은 내분에 휩싸였소. 삼 년여의 전쟁을 치른 후에 지금은 사마용추와 죽은 철혈무제의 아내 정소연이 이끄는 원래의

철무련과 벽력신수 혁련휘와 월인천강도 위지강천이 손을 잡은 벽력월
인궁(霹靂月刃宮)으로 갈라졌소. 그건 세 살 먹은 아이들도 다 아
는…….”

“귀도문주는 어떻게 죽었나?”

말하던 사내의 눈이 멀뚱해졌다. 그러나 살기 가득한 계장수의 눈을
보는 순간, 의문을 지우고 옛일을 기억하려 애를 썼다.

“모르나?”

다시 묻는 계장수의 음성은 대답 여하에 따라 당장 멱을 딸 기세였
다.

“아, 압니다! 알아요!”

파랗게 질리는 사내의 눈에 대고 계장수는 다시금 나직하게 말했다.

“말해 봐.”

입술을 파르르 떨던 사내는 혀를 깨무는 심정으로 기억을 끄집어냈
다.

“그러니까 오 년 전 그때, 철무련의 후계자 회합에 저희 방주님과 귀
도문주가 초빙되어 갔습니다. 방주님의 말씀에 따르면… 그 당시 세
살박이인 조극강의 아들 조현수를 궁주에 앉힌다는 말에 귀도문주 계
은범은 불가함을 주장하고 혁련휘와 위지강천 측의 말처럼 조극강의
사인을 밝힘이 최우선이라고 말했답니다. 더불어 그 일이 완전하게 매
듭 지어질 때까지 장로회의 집단 지도 체제를 주장했다고 합니다.”

왠지 번쩍이는 계장수의 눈을 본 사내는 시선을 외면하며 뒷말을 이
었다.

“각지에서 온 중소문파의 대표들도… 육왕(六王) 중 도왕(刀王)의 후
예인 귀도문주의 말에 공감을 표시했답니다. 여론이 그렇게 형성되자

사마용추와 정소연은 그날 회합을 끝내고 다음날 다시 거론하기로 했답니다. 하지만 그 밤이 지난 후, 아침에 귀도문주의 잘려진 머리가 회의실 문 앞에 놓여져 있었답니다.”

계장수의 눈에서 그 순간 서리 같은 살기가 쏟아져 나왔다. 사내는 헛바람을 들이켰지만 계장수는 다음 말을 재촉했다.

“혁련휘나 위지강천은? 장로들은? 그들의 가만있었나? 사마용추와 정소연이 제문파의 수장들과 회합을 갖는 데 가만있었냐는 말이다!”

“그, 그게…….”

몸을 사리던 사내는 뚫어져라 쳐다보는 계장수의 눈을 피하지 못하고 다시 입을 벌렸다.

“그건… 회의 장소와 일자를 그들에게 거짓 통보했다고 합니다. 철저하게 처음부터 계획되었던 일인 거지요. 그 때문에 결국 철무련은 둘로 갈라졌고, 장로회 역시 두 파로 갈려 양측에 흡수됐답니다. 또한 귀도문주의 죽음은… 더 이상 반대 의견이 나오는 걸 막았고, 요식 행위에 불과한 후계자 회의는 그걸로 끝이 난 셈이지요. 그리고 전쟁이 시작되었습니다.”

사내의 입이 다물어지는 그 순간까지도 계장수는 살기를 억제하지 못했다. 그때쯤 사내의 표정은 이미 삶을 포기한 듯 보였고, 떨리는 입술의 경련도 더 이상 보이지 않았다.

천천히 사내에게서 시선을 거둔 계장수는 그때까지도 달빛을 뿌리는 차가운 달을 보았다. 사내를 죽여야 한다는 생각이 들었다. 하지만 왠지 손이 써지질 않았다. 결과는 똑같았다. 사내를 죽이든 살리든, 상대는 귀도문과 관련된 일이, 귀도문주의 아들이 살아 있다는 확신을 가질 것이다.

오늘의 일은 다시 수련을 한 이래 첫 싸움이었다. 실력보다는 요행이 몸을 살린 셈이었다. 완벽하게 승리한다는 확신도 없는 상태에서 벌어진 격투였다. 상대들을 피해 도망치려는 찰나 상대에게 발각되었다. 피할 수 없는 상황이 달려들게 만들었다. 결과는 적들을 모두 쓰러뜨렸지만, 상대가 명도방이 아닌 철혈대였다면 가능한 일이 아니었다.

놈들의 전쟁은 생각 외로 치열한 양상을 띠는 게 틀림없었다. 그렇지 않다면 이렇게 다른 손을 빌릴 까닭이 없었다. 조금이라도 미심쩍은 구석이 있다면, 초가삼간을 다 태워서라도 빈대를 잡아내는 게 놈들이었다. 하지만 이처럼 상대적으로 허술한 자들에게 일을 맡긴 걸 보면 놈들의 처지가 짐작되었다. 놈들은 오줌 누고 물건 털 시간도 없는 것이다.

달을 올려다보며 생각을 헤아려 나가던 계장수는 시선을 내렸다. 이미 죽은 자들의 시신 위로 그 달빛이 솜이불처럼 내려앉았다. 슬픈 은빛이었다.

'저 달빛 아래서는 차마 사람을 죽이기가 힘들구나.'

이미 셋이나 되는 목숨을 해쳤지만, 자신이 살기 위해서였다고 자위하며 계장수는 사내를 보았다. 그리고 반 토막의 칼을 소리나게 던졌다.

피잉! 퍽!

사내가 등을 기댄 돌무더기에 칼이 꽂혔다. 자루만 남고 박힌 그 모양을 놀라 보던 사내에게 계장수는 단호하게 말했다.

"열을 세기 전에 내 눈 앞에서 사라져라."

사내는 계장수가 무슨 말을 하는지 몰라 눈을 껌벅댔다. 하지만 곧이어 들린 목소리는 그에게 강한 삶의 욕구를 일깨웠다.

"하나."

사내는 죽어 자빠진 제 동료들에게 시선을 주며 황급히 몸을 일으켰다.

"둘."

발목이 부러져 제대로 서지지도 않는 발을 끌며 사내는 정원을 가로질렀다.

"셋."

경중경중 한 발로, 혹은 절룩대는 두 발로 뛰다시피 하는 사내의 뒷모습은 처절했다.

"넷."

외원이 있던 문 자리를 향해 사내는 필사적으로 뛰고 또 뛰었다.

"다섯."

무너진 담벼락을 돌아 사라지는 사내의 등에 대고 계장수는 무심하게 내뱉었다.

"여섯."

사내가 사라진 자리에 죽은 시체만이 남았다. 달빛은 그 위에 쓰다듬듯이 계속 내려앉았고, 산 사람 하나만이 남은 귀도문 폐가엔 또다시 고요가 찾아왔다. 하지만 이젠 정말로 완벽한 고요만이 남을 자리였다.

"떠날 때가 됐구나."

무너진 담벼락과 잡초가 갈색으로 퇴색한 마당, 흩어진 기와 파편들과 꺾어져 불탄 채 버려진 대추나무.

자신이 살았던 곳을 쓸쓸하게 한 바퀴 둘러본 계장수는 산으로 향했다. 이젠 짐을 챙겨 들고 떠나야 할 때였다. 어디로 갈진 정하지 못했지만, 전생에도 그에겐 천하가 집이었다.

❶

삭주에서 하곡(河曲)까지 꼬박 닷새가 걸렸다. 그곳에서 배를 타고 황하의 지류를 거슬러 장안(長安)의 화산(華山)까지 목적지를 잡았다. 화산은 구대문파 중의 하나인 대화산파가 자리잡은 곳이긴 하지만, 화산파가 아닌 그 산의 한구석에 자리잡은 작은 암자에 볼일이 있었다.

전생에 두고 온 물건. 암자엔 철혈무제 조극강이던 시절 얻은 몇 가지 물건을 보관해 두었다. 돈이 될 만한 보석류와 사천 지방을 돌 때 얻은 한철검(寒鐵劍) 한 자루, 그리고 뜻하지 않게 얻은 무공서들이다.

당시엔 세상을 도는 데 짐이 되는 물건들이라 기거를 잠시 얻던 암자의 마룻바닥을 파고 물건들을 묻었다. 그렇게 하고는 까맣게 잊고 살았던 것이다. 그 시간이 벌써 몇십 년, 아니, 반백 년이 훌쩍 넘게 흘렀다.

그 물건들의 소재가 다시 생각난 건 현실적인 어려움 때문이었다.

지금 가장 필요한 것이 돈이었다. 삭주를 떠날 때, 죽은 명도방 사내들의 품을 뒤져 은자를 취했다. 그 돈으로 옷을 사고서야 넝마 같은 꼴을 면할 수 있었다. 더불어 뱃삯과 숙식비 등, 돈이 필요한 곳은 계속 생겼다.

두 번째로 필요한 것은 무기였다. 등에 멘 행낭을 가로지른 목도로는 더 이상 무공의 진전을 볼 수 없었다. 멸혼귀도법의 후반 삼초식을 연마하기 위해서는 강한 무기가 필요했다. 네 번째 '강(罡)'의 초식을 연마하려면 그걸 견딜 만한 무기가 있어야 한다. 그런 무기로는 자신의 기억 속에 몇 되지 않았다. 그중에 하나가 숨겨둔 한철검이었다.

멸혼귀도법의 도세는 점점 험해지는 산세처럼 어려워지고 강해지는 특징이 있었다. 전반의 삼초식은 목도로도 시전이 가능하지만, 철령기와 융합한 수단지도의 비결로써 시전할 땐 결과를 알 수 없었다. 바야흐로 멸혼귀도법은 철령기와 만남으로써 전혀 다른 도법으로 재창조된 것이다.

그 위력을 견뎌낼 무기가 필요했다. '강'의 단계만 넘어간다면 다섯 번째 '뇌(雷)'나 여섯 번째 '멸(滅)'은 그야말로 심득의 단계였다. 그때부터는 손에 칼이 아닌 그 무엇을 들더라도 상관없는 경지였다. 하지만 전반 삼초식을 넘어가는 지금부터는 강한 무기가 절대적으로 필요했다.

'하지만 그건 도가 아니라 검인데… 상관없겠지. 전생에도 특별히 무기에 구애받지는 않았으니까.'

흔들리는 갑판에서 강바람을 쐬는 계장수는 잡념을 털어내고 강을 보았다. 붉은 흙탕물은 예나 지금이나 똑같았다. 다만 사람이 다를 뿐이었다.

'난 정말 다른 걸까? 아니면 같은 걸까? 몸은 바뀌었지만… 그렇다고 정말 다른 사람이 된 것일까? 다른 사람이라면 다른 삶을 살아야 하지 않나?'

또다시 밀려든 상념은 쉬 판단이 서지 않는 미묘한 문제였다. 잡념을 버린다고 한 마음은 금세 다시 잡념에 사로잡혀 강물과 함께 꾸불텅댔다. 흘러가는 그 물소리 사이로 젊은 계집의 목소리가 새어 들어왔다.

"아유, 아가씨! 고집 좀 부리지 마세요!"

"바람 좀 쐬겠다는데 무슨 고집을 부린다는 거야?"

갑자기 들려온 짤랑짤랑한 목소리는 계장수의 상념을 파삭 부숴 버렸다. 소리가 들려온 쪽으로 고개를 돌려보니 십오륙 세 되어 보이는 소녀 한 명과 시녀인 듯한 그 또래의 소녀가 실랑이를 벌이는 중이었다.

"바람이 아직 차다니까요! 냉병이라도 걸리시면 저는 돌아가 가주님께 치도곤을 맞습니다!"

"헹, 그런 일은 없을 거야. 보라구. 봄바람이 얼마나 시원하고 상쾌한지 말야. 비취, 너도 인상만 쓰지 말고 봄 내음 섞인 강바람을 완상해 봐."

"아가씨!"

"앗! 저거 봐! 제비다, 제비!"

소녀는 손가락으로 제비를 가리키며 그 궤적을 좇았다. 소리치던 시녀도 어느새 소녀의 손가락 끝을 따라 시선이 뱅그르르 돌아갔다. 그 둘의 시선이 멈춘 곳은 제비의 비행을 가로막고 선 한 소년이었다.

"어? 뭐야?"

소녀는 예쁜 얼굴과 달리 성격은 보통이 아닌 듯, 낯선 소년과 시선이 마주쳤는데도 전혀 당황하지 않았다. 오히려 사내애처럼 눈을 동그랗게 뜨고 소년을 바라봤다. 제비를 가리키던 손가락은 소년에게 향한 채였다.

잠시 마주 보던 소년의 눈이 다시 강물로 돌아가자 소녀의 눈빛이 반짝반짝 빛을 냈다. 호기심이 가득한 눈이었다. 소녀가 볼 때 소년의 나이는 대략 자신과 비슷한 열다섯 정도로 보였고, 차림새는 유랑을 하는지 행장을 짊어진 청의 경장이었다. 등에는 기다란 목도가 매여 있고 허리 뒷춤에 어른 반 팔 길이만한 단도가 매여져 있는 걸로 봐서 무예를 수련하는 자가 틀림없었다. 아니면 그저 호신용이든지.

"애, 비취야, 저거 좀 봐. 어린 무사인가 봐. 저 목도 좀 보라지. 우와, 손때 묻은 거봐. 굉장히 오래 무술을 연마했나 봐. 분명히 고수일 거야. 소년 고수. 그렇지?"

"아유, 아가씨. 듣겠어요."

비취라는 시녀가 소곤대는 소리로 주의를 줬지만 소녀는 못 들은 모양이었다.

"세상을 유랑 중인 소년 무사라. 행장 진 모습을 보니 세상을 유람하며 고수들을 찾아다니는 게 틀림없어. 그들과 싸워서 자기만의 무로(武路)를 세우고 또 무명(武名)도 얻고 말이야. 암, 사내라면 품을 만한 뜻이지."

스스로 지껄이고 고개까지 끄덕이는 소녀는 세상 다 산 늙은이 같았다. 하지만 선부(船夫)들만이 있는 갑판에 들을 사람은 오직 소년뿐인지라 반응을 보여주기를 기다리는 소녀의 눈엔 기대와 장난기가 가득했다.

등을 보인 소년 계장수의 반응을 기다리던 소녀는 잠시 후 아미가 치커 올라갔다. 강물만 바라보는 소년은 아무 반응도 보이고 있지 않았기 때문이다. 자존심이 상했다. 자기처럼 예쁜 소녀를 돌 보듯 한 번 흘깃 보고는 시선도 주지 않는 것이다. 더군다나 소년에 관한 이야기를 늘어놓았는데도 말 한마디, 눈웃음 한 번조차도 보여주지 않았다.

"흥!"

강한 콧바람과 함께 눈썹 끝이 시큰 올라가는 소녀의 모습에 비취라는 시녀는 불안한 얼굴로 안절부절못했다.

"아가씨, 그만 들어가시지요. 안에서 어른들이 기다리시겠어요."

"시끄러워!"

바락 소리친 소녀는 소년 계장수를 향해서 성큼성큼 다가갔다. 등 뒤까지 다가간 소녀는 계장수의 등을 툭툭 건드렸다. 비취라는 시녀는 아예 울상이었다.

"이봐! 이보라구!"

툭툭 미는 소녀의 손짓과 높은 말소리에 움찔, 경련하는 것 같던 소년 계장수의 등은 다시 차분해졌다. 하지만 여전히 아무 반응도 보이지 않았다. 입술까지 사려 문 소녀는 손을 높게 쳐들었다. 그리고 내려치며 소리쳤다.

"야, 임마! 사람 말이 말 같지 않……."

소녀는 말을 다 꺼내지 못했다. 홀떡 뒤로 돈 소년이 자신의 손을 잡고, 그야말로 귀신 같은 무서운 눈으로 노려보고 있기 때문이었다.

"너, 너."

말을 더듬는 소녀에게 소년 계장수는 잡았던 손을 밀쳐 내며 나직하게 말했다.

“가라.”

그 한마디를 내뱉고 계장수는 다시 강물을 보며 돌아섰다. 그러나 등 뒤의 소녀는 아직 볼일이 남은 듯, 파랗다가 빨갛다가, 시시각각 얼굴색이 변하며 몸을 떨어댔다. 그 떨림이 정점에 이른 순간.

“이익!”

소녀의 다리가 제비 다리처럼 솟구치며 계장수의 뒤통수로 향했다. 약간의 권각술을 익힌 듯, 소녀의 발길질은 산뜻하고 쾌속했다. 하지만 그 발에 걷어차여야 할 계장수의 머리는 슬쩍 내려지고 발은 헛되이 허공을 돌아갔다.

당황한 얼굴로 중심을 잡는 소녀에게 계장수는 무표정한 얼굴로 말했다.

“귀찮은 계집애로군.”

“너, 이 새끼!”

소녀는 눈이 희뜩하게 돌아가며 거친 욕설을 내뱉었다. 눈빛의 변화가 범상치 않은 소녀는 곧바로 계장수에게 뛰쳐나왔다. 그리곤 턱을 노리며 이기각(二起脚)을 차올렸다.

파팡!

또다시 머리를 슬쩍 물리는 몸짓으로 공격을 피한 계장수는 소녀의 갑작스런 공격을 이해할 수 없었다. 각법(脚法)을 몇 수 휘둘러 대는 것도 그렇고, 시녀를 대동한 것도 그렇고, 있는 집에서 걱정없이 잘 자란 계집애인 것 같은데 왜 자신에게 이러는지 모를 일이었다.

아주 웃기는 년이었다. 한 가지 짐작 가는 점이 있다면, 계집의 눈빛이 정상으로 안 보인다는 것이었다. 순간적으로 짓밟아주고 싶은 심정이 확 치솟았다. 하지만 참아야 했다. 이제 곧 포구에 닿을 것이다. 저년에겐 동행도 있을 것이고, 꼴을 보아하니 건드리면 날벌레들이 치솟는 똥통이 분명했다. 세상에 다시 나온 첫 발길에 돈있고 권세있는 자를 적으로 만들 이유가 없었다. 저 미친년을 달래야 했다.

뒷걸음으로 물러나던 계장수는 두 팔을 벌려 보이며 온유롭게 얘기했다.

"그만 해라."

"웃기지 마, 이 새꺄!"

허공을 찬 두 발을 내리기가 무섭게 소녀는 다시 몸을 띄웠다. 이번엔 몸이 한 바퀴 전진하며 뒷발이 돌아 나오는 선풍각(旋風脚)이었다.

휘이익.

옅은 바람 소리를 내고 솟구쳤다 떨어지는 계집의 발을 보며 계장수는 꼼짝 않고 서 있었다. 그 발이 얼굴로 내려쳐지는 순간 왼손을 들어 발목을 붙잡았다.

"엇!"

계집의 놀라는 목소리가 들리고 곧바로 몸뚱이가 갑판에 떨어졌다.

쿵.

"아악!"

중심을 잃고 등짝부터 떨어진 계집은 소리를 질렀다. 하지만 고통으로 찡그리던 두 눈은 어느새 하얗게 희뜩거리는 비정상적인 눈빛으로 계장수를 바로 노려봤다. 눈이 마주친 계장수는 발목 잡은 손을 풀며 얘기했다.

"이유가 뭔지 모르지만 그만 해라. 자꾸 이러면 나도 참지 않는다."

순간, 계장수는 계집애의 눈이 하얀 불꽃으로 이글대는 것을 보았다. 수많은 격전을 치른 그로서도 등골이 오싹해지는 눈빛이었다. 저

건 살기 이상의 것이 분명했다. 생전 처음 보는 사람에게 저런 눈빛을 보내는 저년은 분명 정상이 아니었다. 어울리지 않게 달래보려는 시도는 끝을 내야 했다. 저런 년은 피해야 할 상황이지만, 여긴 배 안이었다.

'제길, 똥 밟았군.'

달래지지도 않고 피해지지도 않는 상황에서 계장수는 이를 물었다. 아무리 계집이지만 자꾸 달려들면 손을 봐줄 수밖에 없다. 그게 가장 자신다운 일 처리지만 번거로움을 피하려고 했던 것이다. 하지만 입술을 물고 일어서는 저년의 눈을 보면 다 물 건너간 얘기였다.

이글대는 눈으로 계장수를 노려보고 일어선 소녀는 얼굴 전체에 핏기가 가시며 악귀처럼 일그러졌다. 그러다가 입술이 벌어지고 욕설이 튀어나왔다.

"이, 이, 개도적놈아!"

피를 토하는 것처럼 소리친 소녀는 품 안에서 비수를 끄집어냈다. 그걸 머리 위로 치켜들고 계장수에게 달려들었다. 그리고 가슴에 내리찍었다.

"죽엇!"

시린 비수의 빛이 번쩍 빛을 뿜는 것 같았다. 하지만 그 급박한 순간에 계장수의 몸은 옆으로 한 발을 옮겨갔다. 유령 같은 움직임이었다.

콱!

비수는 갑판 난간에 박혀 버렸다. 놀란 소녀는 계장수가 있어야 할 자리에 박힌 비수를 보다 황급히 옆으로 얼굴을 돌렸다. 그 순간 안면에 감당 못할 충격이 전해졌다.

쫘악!

화끈한 뺨의 충격에 소녀는 소리도 못 지르고 바닥을 뒹굴었다. 그 순간 비명을 질러댄 건 비취라는 시녀였다. 계집은 제 주인이 사람을 죽이려는 순간에도 다물었던 입을 지금 미친 듯이 벌려 악을 썼다.

"아아악!"

비취라는 시녀 계집의 비명이 갑판을 울리는 동안 계장수는 피 터진 얼굴의 소녀에게 다가앉았다. 조용히 뻗은 손이 정신 못 차리는 소녀의 목을 움켜잡고 천천히 일으켜 세웠다.

"피가 붉구나."

계장수의 말에 소녀는 가물거리는 정신을 다시 깨워냈다. 화끈한 얼굴은 감각이 없는 것 같았다. 입술과 코는 찝찔하고 뜨끈한 것이 흘러내렸다. 그때 모가지에 콱, 하고 숨 막히는 통증이 밀려들었다.

"컥!"

"장난이 하고 싶으냐? 내가 장난 좀 쳐줄까?"

계장수의 허리 뒤에서 스르릉 뽑히는 단도의 날을 보고 소녀는 눈을 부릅떴다. 하지만 조여오는 목은 구원의 비명은커녕 숨조차 쉴 수 없었다.

"커, 커억!"

목을 움켜쥔 계장수의 왼손을 소녀는 필사적으로 잡아뜯었다. 하지만 생채기만 날 뿐인 그 팔뚝의 주인이 내민 것은 시리게 푸르른 단도의 날이었다.

"말해 봐. 내가 도둑놈이냐?"

고통으로 퍼렇게 변하는 소녀의 얼굴엔 힘줄이 도드라졌다. 계장수는 그 얼굴에 안면을 들이밀고 속삭이듯이 또 말했다.

"너는 생전 처음 본 사람도 네 마음에 들지 않으면 죽이나 본데, 나도 네가 마음에 안 들거든?"

계장수가 내민 칼날은 소녀의 노랗게 변해가는 얼굴에 간지럼을 태우듯 날을 비볐다. 그 모습을 보고 비취라는 계집은 자지러지게 비명을 질러댔다.

"끼아아아악!"

놀란 선부들이 한쪽으로 모이는 걸 계장수는 보았다. 하지만 신경 쓰지 않았다. 저중에 자신을 어찌할 수 있는 사람은 아무도 없었다. 더구나 손에 잡은 이 계집은 그냥 놓아주고 싶지 않았다. 아주 기분 나쁜 년이었다.

생전 처음 보는 년이었다. 그런 년이 자신에게 농을 걸었고, 못 들은 체하자 기분 나쁘다고 비수까지 휘두른 년이다. 이런 성격을 가진 년은 전생에도 보지 못했다. 이제 겨우 열다섯이나 됐을까 한 년이 사람 가슴에 비수를 찍어 내린 것이다. 행색을 보아하니 부족한 것 없이 잘 먹고 잘 자란 년이다. 절대로 그냥 둘 수 없었다. 대가를 줘야 했다.

"개 같은 년아, 잘 들어라! 네년은 실수라고 생각하겠지만, 세상일이란 왕왕 돌이킬 수 없을 때가 있다. 오늘이 바로 그런 날인 거지. 그리고 그런 날에는… 교훈이 뒤따르지. 세상을 바로 살기 위한 교훈."

소녀의 볼을 비벼 내리던 계장수의 단도가 빙글 돌아 역으로 잡혔다. 날을 아래로 내린 그날씬한 도신이 소녀의 눈에 커다랗게 들어왔다. 놀란 소녀가 사색으로 켁켁거리는 그때, 계장수의 단도가 내리그어졌다.

"멈춰라!"

갑자기 천둥처럼 터진 소리는 계장수의 손을 멈추게 했다. 하지만 다음 순간 계장수는 단도를 횡으로 그어야 했다. 흰 빛살이 얼굴로 날아들었기 때문이다.

피잉! 캉!

옆으로 후려 그은 계장수의 단도에 부딪친 것은 검이었다. 불꽃을 튕기며 목표를 잃은 검은 갑판 바닥을 굴렀다. 길이는 한 자 반이 조금 못 될 듯, 단검이라 하기에도 애매한 길이의 검이었다. 그 검이 귀신처럼 솟구치더니 다시 뒤로 날아갔다.

예리한 눈매로 바라보던 계장수는 검이 저 혼자 날아간 이유를 알았다. 손잡이에 눈에 띄지 않을 만큼 가는 끈이 연결되어 있었다. 끈은 검 주인의 팔목에 연결됐고, 검 주인은 삼십대 중반으로 보이는 황의(黃衣)사내였다.

"이놈! 어디서 행패냐! 그분이 누군지 알고서 그러는 게냐? 그 손 놓지 못하겠느냐, 이 도적놈아!"

흥분한 사내의 소매 속에서 또 다른 검이 튀어나왔다. 양손에 하나씩, 아마도 특별한 수납 장치가 팔목에 되어 있는 것 같았다. 그런 사내의 뒤로 흰 도복에 도관을 쓴 긴 수염의 늙은이 하나가 보였고, 맨 상투에 얼굴이 수려해 보이는 두 명의 젊은 도인들이 그 뒤로 보였다.

"죽기 싫으면 그 손을 놓아라, 이 개도적놈아!"

사내는 짧은 두 자루의 검을 십자로 교차해 내밀면서 앞으로 성큼 나섰다. 하지만 아직도 계장수의 손에 잡혀 있는 소녀의 안색을 살피며 더 이상 다가서지는 못했다.

"그분은 장안 제일 가문 천주상가(天柱商家)의 금지옥엽(金枝玉葉) 엽초희(葉椒姬) 아가씨다! 네놈이 뭘 노리는지는 모르겠으나, 오늘 살아남지 못하리라!"

사내의 외침에 차분히 바라보던 계장수는 시선을 소녀에게 돌렸다.

피 터진 입술과 코는 좀 전의 예쁘장하던 얼굴을 알아볼 수 없게 했다. 흔들리는 눈동자는 공포와 불안으로 가득했다. 하지만 사내 쪽을 힐금 대는 모양은 일말의 기대를 가진 눈빛이었다. 계장수는 피식 웃었다.

"그래? 그렇게 대단한 집 딸년이란 말이지?"

감정이 실려 있진 않지만, 계장수의 음성은 빈정거림이 분명했다. 그 느낌을 소녀가 받았을 때, 계장수는 소녀의 목을 잡았던 왼손을 스르르 풀었다. 천천히 내려지는 그 팔을 보고 소녀가 눈동자를 흔들 때, 계장수의 왼발이 튀어나왔다.

퍼억!

"커억!"

소녀는 복부를 잡고 고꾸라지며 뒤로 나가떨어졌다. 갑판에 나뒹구는 소녀의 모습을 본 황의사내는 검을 내지르며 뛰어나왔다.

"이노옴!"

뛰어나오며 뻗치는 사내의 손에서 시린 빛이 터져 나왔다. 두 개의 검이었다. 각기 목과 복부를 노리고 날아드는 검들은 빛살처럼 빠르고 맹렬했다.

계장수는 계집을 차버렸던 왼발을 사내 쪽으로 쭈욱 내밀면서 중심을 낮췄다. 목을 노리던 검이 머리끝을 스치고 지나갔다. 동시에 역으로 잡은 단도는 바깥으로 후려 그었다.

키앙!

복부로 꽂혀오던 검도 몸 밖으로 비껴났다. 불꽃이 명멸하는 그 찰나에 계장수의 몸은 발을 교차하며 돌았다. 팽이처럼 도는 그 몸의 외곽에서 그어지는 단도의 날은 사내와 검을 연결한 끈을 조각조각 흩어버렸다.

피피피피피핏!

황의사내의 눈이 경악으로 물들 때, 폭풍의 회오리처럼 회전하며 다가선 계장수의 몸이 핑글 떠올랐다. 사내의 얼굴 앞이었다. 그리고 천둥처럼 발이 휘돌았다.

퍼억!

"크흑!"

황의사내의 신형이 신음과 함께 갑판을 뒹굴었다. 바닥을 구르던 사내가 상체를 뒤틀며 바로 일어섰다. 하지만 곧바로 다시 주저앉았다. 사내의 얼굴은 고통으로 일그러졌다. 왼손으로 붙잡은 사내의 오른팔이 축 늘어져 있었다. 계장수의 발이 벼락처럼 휘돌려 차지는 순간, 본능적으로 오른팔을 들어 막은 덕분에 머리통이 깨지는 건 면한 것이다.

"이, 이, 죽일… 놈!"

주저앉은 사내는 이를 갈며 계장수를 노려보았다. 그러다가 자신의 옆쪽으로 서 있는 늙은 도인과 두 명의 젊은 도인에게 시선을 급히 돌렸다. 구원의 뜻과 왜 바라보고만 있냐는 질책의 뜻이 분명한 눈길이었다.

늙은 도인은 그 눈길을 무시하고 긴 수염을 매만지며 입을 열었다.

"원시천존. 젊은 아이가 손이 매섭구나. 아직 약관도 안 되었을 듯한데 어디 사는 누구며 이름은 무어냐? 누구에게 사사하였으며 나이는 몇이나 되었는고?"

늙은 도인의 눈이 가늘어지며 희미하게 웃는 듯했다. 하지만 흰 수염에 흰 눈썹을 날리는 늙은 도인의 표정이 계장수는 왠지 꺼림칙했다. 마치 웃는 얼굴 뒤에 날이 시퍼런 칼을 숨기고 있는 듯한 느낌이 강하게 왔다. 전생에도 겪어봤지만 저런 놈들은 꼭 뒤통수를 쳤다.

"내 볼일은 다 봤다. 안 끼어들 거라면 나도 이제 손을 거둔다."

계장수가 들려준 대답은 늙은이가 바라던 대답이 아니었다. 그걸 증명하듯 늙은 도인의 수염 끝과 늘어진 눈썹 끝이 파르르 떨림을 보였다.

"이런 시건방진 놈이! 대화산의 장로님 앞에서 그 무슨 말버릇이냐? 조그마한 손발의 재주가 있다고 세상이 발 아래로 보이느냐? 건방진 놈!"

소리치며 나선 자는 이제까지 구경만 하던 두 명의 젊은 도인 중 한 명이었다. 갸름한 얼굴에 선이 고와 보이는 또렷한 이목구비는 예민하게까지 보였다. 그 반면에 다른 한 명의 젊은 도인은 강인한 턱 선과 두드러진 광대뼈, 꾹 다물린 입술로 위엄이 엿보이는 얼굴이었다.

갸름한 얼굴 선의 젊은 도인을 힐긋 바라본 계장수는 대수롭잖게 물었다.

"화산?"

"그렇다! 어린 놈아! 이 어르신은 화산의 풍열자(風悅子) 어른이시다! 나는 어르신의 제자인 범여(範如)이고, 저분은 나의 사형 범수(範首)님이시다! 당장 엎드려 빌지 않으면 네놈을 당장 참수하리라!"

기세가 파릇한 젊은 도인 범여는 당장에라도 검을 뽑아 목을 칠 태세였다. 하지만 그런 범여와 범수라는 또 다른 도인, 그리고 풍열자라는 늙은 도인을 보는 계장수의 눈엔 심각함이 들어 있지 않았다. 다만 기억을 더듬는 중이었다.

'풍열자? 화산에 그런 놈이 있었던가? 장로인 풍오자(風悟子)와 그 사제인 풍현자(風賢子)를 꺾을 때 몇 놈이 더 있긴 했던 것 같은데……'

떠오르지 않는 기억을 애써 더듬던 계장수는 곧 포기했다. 그리고 상황을 직시했다. 저 풍열자라는 늙은 놈이 누구인지는 모르지만 화산의 장로쯤 되는 놈이라면 이기긴 글렀다. 전생의 조극강이라면 아침 해장거리지만, 지금은 열세 살 소년인 것이다. 더구나 범여라는 예민해 보이는 이놈 말고 또 한 놈이 눈에 거슬렸다. 범수라는 강한 턱 선을 보이는 저놈은 분명 고수였다. 직감이 그렇다고 뒤통수를 자꾸 찔렀다.

생전 처음 본 재수없는 계집년에게 동행이 있을 줄은 예상했지만, 이런 거창한 일행이 있는 줄은 짐작하지 못했다. 또한 경솔했다. 그저 피해 버리면 됐을 일을, 한 번만 다시 생각하고 또 한 번 참았더라면 됐을 일을 분기를 참지 못하고 손을 댄 것이다. 하지만 저 계집은 정말 미친년이 분명했다. 그렇지 않고서야 저런 광태를 보일 까닭이 없었다.

어쨌든 이미 돌이킬 수 없는 일이 돼버렸다. 뚫고 나갈지언정 뒤를 보이지 않는 것이 자신의 철칙이지만, 지금은 해야 할 일이 많다. 그 일들을 위해선 물러설 때 물러서야 한다. 지금이 그때인 것이다. 하지만 말로는 이미 해결될 상황이 아니었다. 계집은 얼굴이 피 범벅이고 수행하는 무사인 듯한 놈은 팔이 부러졌다. 기회를 틈타 도망가야 한다.

"내가 누군지 알고 싶다고?"

계속되는 계장수의 반말에 범여라는 젊은 도인은 그야 검을 뽑아 들었다.

"이놈이 그래도!"

치잉!

하지만 그 순간 늙은 도인 풍열자의 얼굴엔 가는 미소가 다시 떠올랐고 범수라는 도인의 눈은 파랗게 빛을 발했다. 계장수는 범여의 반짝이는 검날과 맑은 검명(劍鳴)을 무시한 채 다시 말을 꺼냈다.

"말해 주지. 나는 이름이 무(無)이고, 사문은 지옥(地獄)이며, 나이는… 다시 태어난 열셋이다."

말하는 계장수의 얼굴을 보고 있던 도인들의 얼굴에 제각각 미묘한 표정의 변화가 생겼다. 그중에서 가장 급격한 변화를 보인 범여는 검을 찔러댔다.

"말로는 안 될 놈!"

피잇!

인후로 섬전처럼 들어오는 검날을 계장수는 단도를 올려 그으며 막아냈다.

카앙!

검에 실린 힘을 이기지 못하는 듯, 후다다닥 뒤로 밀리는 발이 경황없어 보였다. 하지만 두 번째 검날을 들이밀어 범여가 이동하기도 전에 갑판을 박찬 계장수의 몸은 갑판 난간을 발로 밟으며 떠올랐다.

팡!

난간을 찬 소리와 옷자락 날리는 소리가 퍼덕이며 강물 위로 흩어졌다. 그렇게 몸을 던지는 그 순간, 새파란 검기(劍氣)가 자신에게 쏘아지는 걸 계장수는 보았다. 검기를 쏘아 던진 자는 범수였다. 파랗게 눈을 이글대던 놈은 상상도 못할 만큼의 빠르기로 검을 뽑았고, 휘둘러진 그 순간 검기는 이미 코앞이었다. 이를 악문 계장수는 몸을 비틀며 단도를 그어 올렸다.

파캉!

단도 끝에 부딪친 검기는 튀기듯 스쳐 오르며 왼 어깨를 베고 나갔다. 화끈한 그 통증이 찾아올 때, 풍열자가 유령처럼 앞으로 주욱 나오는 것이 또 보였다. 풍열자는 황의사내의 떨어진 검을 발로 차 던졌다.

피이잉!

직선으로 선을 그은 듯 비상하는 검이 가슴으로 쏘아져 왔다. 검기를 막아낸 몸을 수습하기도 전이었다. 도저히 피할 수 없는 속도였다. 날아오는 검을 향해 올려쳤던 단도를 내리찍었다. 격렬한 충격이 전신을 엄습했다. 검은 스며드는 것처럼 복부에 틀어박혔다. 벼락을 맞은 것 같은 충격이었다.

"커흐윽!"

공중에 떴던 계장수의 몸이 강물로 떨어졌다. 포말을 일으키는 누런 황하의 물결은 그 몸을 먹었다가 다시 뱉어냈다. 하지만 곧 다시 물에 먹혀 사라졌다.

❷

어두운 사방에서 습기 냄새와 썩은 이끼, 곰팡이 냄새가 났다. 코끝에 아물아물하는 그 냄새는 적응이 되지 않았다. 벌서 열흘이나 지났건만 온갖 오물이 한데 썩는 것 같은 냄새는 머리를 지끈지끈 아프게 했다. 온몸에 엄습하는 고통과 더불어 냄새는 또 다른 고통이었다.

냄새로 인한 두통 때문인지, 아니면 고문 때문인지 시야가 흐릿했다. 초점이 잘 잡히지 않았다. 흐린 눈에 보이는 고문실은 온갖 형틀과 기괴한 고문 기구로 벽을 도배하다시피 했다. 불이라곤 격자의 철문이

가로막은 입구 벽 위에 유등이 하나 있을 뿐이었다. 그 외에 불빛이라 곤 고문하러 들어오는 자들이 가지고 오는 촛불이 전부였다.

"크으으."

차가운 돌 바닥 위에서 계장수는 신음을 흘렸다. 움직일 때마다 복부의 고통이 전율처럼 괴롭혔다. 죽지 않은 게 다행이었다. 천행인지 귀신의 농간인지 검(劍)은 좌측 복부의 내장 사이를 비집고 들어갔다. 복강(腹腔)만 뚫렸던 것이다. 하지만 상처 입은 복부의 고통은 그 후에 시작됐다.

엽초희란 년, 그년은 자신을 잡아온 그날부터 고문을 시작했다. 화산의 도사 놈들은 선심 쓰듯이 자신을 사냥해 온 짐승처럼 넘겼다. 전후 사정을 전해 들은 천주상가의 가주 엽금성(葉金城)이란 놈은 자신을 지하 고문실에 바로 처박았다. 팔이 부러졌던 쌍비검(雙飛劍) 초량(楚梁)이란 놈과 그년의 고문은 그때부터였다.

열흘 동안 입은 고문의 상처가 검에 의한 상처보다 더 컸다. 온몸이 혈인(血人)이 되다시피 면도(面刀)로 난자당한 몸뚱이의 상처는 빈틈이 없을 정도였다. 형틀에 매어놓고 비틀어댄 팔다리는 너덜너덜했다. 그러나 무엇보다도 견디기 힘들었던 건, 뚫린 배로 집어넣는 엽초희란 년의 손이었다.

많은 사람을 겪었다고 생각했지만, 이렇게 사갈(蛇蝎) 같고 비할 수 없는 독심을 가진 년은 처음 보았다. 처음, 년은 검을 뽑아낸 배를 보고 히죽히죽 웃어대더니, 천천히 다가와서 피 흘리는 배를 쓰다듬었다. 그러다가 갑자기 손을 쑤셔 넣었다. 그리곤 뱃속의 것들을 주물러 댔다.

"씹어 먹을 년."

욕할 힘도 남아 있지 않았다. 그년이 배에 손을 넣을 때마다 짓는 미소를 떠올리면 천하의 조극강이었던 계장수 자신도 등골에 소름이 돋았다. 엽초희란 년은 매번 봉합한 배를 다시 뜯고 손을 넣어댔다. 하루에 한 번씩, 벌써 열흘이나 그 지경을 당하니 다른 고문은 장난처럼 여겨졌다.

천치 같은 짓이었다. 범여의 검을 받는 순간 충분히 도망칠 수 있으리란 생각은 오산이었다. 어쩌면 마음속엔 아직도 조극강 시절의 호기가 남아 있는지도 모른다. 하지만 열세 살 어린애의 몸으론, 그것은 호기가 아니라 오기와 만용이었다. 언제 어디서든, 현실을 정확하게 직시해야 하는 것이다. 그렇지 않다면 또다시 화를 자초할 게 뻔했다.

"살아야 돼. 죽을 수… 없어……."

붉은 적벽돌 천장을 보며 중얼대지만 지금 현재로서는 방법이 없었다. 몸은 망가졌고, 우리에 갇힌 짐승 신세였다. 하지만 한편 생각해 보면 죽음은 자신을 비껴 서 있다고 여겨졌다. 지금껏 겪은 일들이 그랬고, 복부에 박힌 검이 교묘하게 장기(臟器)를 피해 박힌 것만 봐도 그랬다. 어떻게든 위기를 넘기면 살 길이 생길 것이다. 또 그렇게 해야만 했다.

끼이이익.

철문이 밀리는 소리에 계장수는 반사적으로 이를 악물었다. 고문이 시작될 시간인 것이다. 보지 않아도 철문을 열고 들어오는 게 누구인지 알 수 있다. 하얀 얼굴로 하얗게 웃어대는 엽초희 년과 그년의 호위무사인 쌍비검 초량 놈이었다.

천천히 다가오는 촛불 빛에 눈을 찡그리던 계장수는 고개를 벽 쪽으로 돌렸다. 저벅대고 바닥을 울리던 발걸음은 얼굴 앞에서 멈췄다.

"자니? 이 누나가 너랑 놀아주려고 왔는데 자는 거니?"

고운 음색의 다정한 목소리. 하지만 그 목소리의 주인이 누구인지 아는 계장수는 어금니를 악물었다.

"호오, 이빨을 무는 걸 보니 자지는 않는 것 같은데… 돌아보지도 않니? 예쁜 누나 얼굴이 보고 싶지도 않아?"

그렇게 나긋하게 말하며 엽초희는 발을 들었다. 벽으로 돌려진 계장수의 옆얼굴에 그 발을 천천히 내리고 지그시 밟아 돌렸다.

"호호호, 이빨 아플까 봐 누나가 문질러 주는 거야. 어때, 시원하지?"

살껍질이 벗겨지도록 밟아 문지르는 엽초희의 눈엔 하얀 희열 같은 것이 넘실댔다. 하지만 피가 흐르는 지경에도 아무 반응을 보이지 않는 계장수의 모습에 그녀는 하던 걸 멈췄다. 잠시 그렇게 내려다보던 그녀의 미간이 주름으로 좁혀진 순간, 두 발이 계장수의 머리를 짓밟았다.

"이 새끼! 익! 익! 익!"

힘껏 내리 밟는 그녀의 발에 계장수의 안면은 금방 피투성이로 변했다. 하지만 밟는 대로 밟힐 뿐, 두 손과 발이 바닥의 쇠고리에 고정된 몸은 반항할 수도, 피할 수도 없었다.

정신없이 내리 밟던 엽초희는 계장수의 머리가 덜렁거릴 때쯤 발을 멈췄다. 숨을 몰아쉬며 이마에 맺힌 땀을 닦아낸 엽초희는 계장수의 머리를 퍽, 하고 찼다.

"야! 죽은 거야? 죽지 않았지? 그지?"

한마디 물을 때마다 엽초희는 계장수의 머리를 거듭 걷어찼다. 그러다가 뒤로 물러서서는 쌍비검 초량에게 말했다.

“정신 차리게 해봐.”

“예, 아가씨.”

초량은 고문실 한쪽의 커다란 목조 나무통 안에서 물을 퍼 올렸다. 퍼 담은 작은 목조 물통을 성한 한 손으로 들고 와 계장수의 머리에 쏟아 부었다.

“허어억!”

정신을 잃었던 계장수가 진저리를 치며 깨어났다. 그 모양을 물끄러미 바라보던 엽초희가 설핏설핏 웃으며 다시 다가왔다. 혹여 치마에 물이라도 묻을세라 조심조심 걸어온 그녀는 계장수의 얼굴 앞에 찬찬히 무릎을 굽혀 앉았다.

“쯔쯔쯔쯔, 측은하기도 해라. 어휴, 눈도 많이 부었네. 이래 가지고야 예쁜 누나 얼굴을 볼 수가 없잖아. 그지?”

친동기 간처럼 다정스레 지껄이는 엽초희의 손은 계장수의 얼굴을 천천히 쓰다듬었다. 그 손이 목을 거쳐 가슴을 지나 복부에 이르렀을 때, 계장수는 경련을 일으켰다.

“배의 상처는 다 아물었나? 어머, 추운가 보구나? 몸을 이렇게 떠는 걸 보니 감기 들었나 봐. 좋아, 이제부터 누나가 따뜻하게 해줄게.”

이를 악무는 계장수의 얼굴을 보고 하얀 이를 드러내는 엽초희는 시선도 돌리지 않고 초량에게 말했다.

“화로를 가져와.”

“예, 아가씨.”

기계처럼 고개를 숙여 보인 쌍비검 초량은 철문 밖으로 나가기가 무섭게 작은 밀차를 밀고 왔다. 밀차 위엔 후끈한 열기를 뿜어 올리는 화로가 놓여 있었다.

옆으로 다가온 밀차 위의 화로를 바라본 엽초희는 기쁜 미소를 피워 올렸다. 손을 내밀자 하얀 그녀의 섬섬옥수에 초량은 화로 속의 인두를 빼서 쥐어주었다. 인두를 받아 든 그녀는 웃는 얼굴로 계장수에게 말했다.

"아직도 추운가 보네. 하지만 이젠 괜찮아. 이 누나가 따듯하게 해줄게. 천천히 오래도록 두고두고, 이가 갈리도록 말이야!"

치이이익.

엽초희의 손에 잡힌 인두가 계장수의 왼쪽 가슴을 지졌다. 이미 상처투성이인 그 가슴에 불인두가 지져지자 금세 핏물이 터져 올랐다. 하지만 피는 인두의 열기에 증발하며 피딱지가 됐고, 새로운 핏물은 또 터졌다.

치이이이익.

새로운 인두가 옆구리를 지졌다. 먼저 지졌던 인두는 다시 화로 속에 박히고, 인두를 잡은 채 하얗게 웃는 엽초희는 계장수의 얼굴만 바라봤다.

"아프면 아프다고 소리 질러. 그럼 이 누나가 호~ 해줄게. 난 처음에 네가 내 또랜 줄 알았어. 근데 열세 살이라구? 정말 조숙해 뵈네. 뭐, 아무럼 어때. 이젠 다 소용없는 것들인데. 그지?"

옆구리를 지지던 인두를 떼어내고 엽초희는 부들대는 계장수의 얼굴에 바짝 제 얼굴을 들이대고 속삭였다.

"난 그날 외가에 다녀오는 길이었어. 선주(宣州)에 외가가 있지. 화산의 도사 놈들은 거기서부터 동행했어. 우리 아버지에게 돈을 뜯어낼 수작으로 동행한 거지. 뭐, 그것도 괜찮아. 우리 아버진 돈이 많으니까. 하지만 그놈들은 내가 쓰러질 때까지 손을 쓰지 않았어."

잠시 말을 끊었던 엽초희는 새로 달궈진 인두로 바꿔 잡으며 더욱 나직하게 속삭였다.

"난 그런 건 잊지 않아, 절대로! 그래서 네놈이 지금 여기 있는 거야. 이런 꼬라지로 말이지!"

벌건 빛이 반투명하도록 달궈진 인두가 계장수의 배로 다가왔다. 멈춰져 열을 식히는 곳은 검이 쑤셨던, 그리고 사람의 손이 쑤셨던 그 상처였다.

치이이익.

"크어어억!"

계장수의 입에서 처음으로 비명이 터졌다. 처절한 그 비명은 지하 고문실의 벽을 때리며 계속 울러 퍼졌다. 하지만 이 고문실에서 비명을 질렀던 모든 사람들이 그랬던 것처럼, 계장수의 고통스런 비명을 불러일으키는 손길은 멈추지 않았다. 그 끔찍한 손길이 멈춘 것은 한 시진이나 지난 뒤, 진짜로 죽은 사람처럼 계장수가 아무 반응도 보이지 않은 때였다.

"뭐야, 이거? 물 끼얹어!"

늘어진 계장수의 머리를 식은 인두로 툭툭 치며 엽초희는 초량에게 말했다. 질린 빛으로 엽초희의 행각을 지켜보던 초량은 깜짝 놀라 대답하며 물을 떴다.

"옛? 아, 예예, 아가씨."

부목 댄 팔을 조심스럽게 돌리고 한 손으로 물을 퍼 올린 초량은 문득 엽초희에게 물었다.

"저, 그런데 아가씨."

"뭐?"

뒤도 돌아보지 않는 엽초희의 음성은 아무 감정도 실려 있지 않았다. 침을 삼킨 초량은 뒷말을 꺼냈다.

"저기, 저놈을 아예 죽일 작정이신가요?"

"뭐라고?"

엽초희가 돌아보았다. 찔끔한 초량은 금방 얼버무렸다.

"아, 아닙니다요. 소인이 그저 생각없이 한 말입니다요. 저 상태면 얼마 안 있어 죽을 것 같아서……."

시선을 못 맞추는 초량의 얼굴을 보던 엽초희는 다시 몸을 돌려 계장수를 보았다. 그렇게 잠시 동안 의식없는 계장수를 보던 엽초희가 벌떡 일어섰다. 손에 든 인두를 집어 던진 그녀는 초량에게 다가오며 말했다.

"이놈을 살려. 반드시 살려야 해. 그리고 살아나면 석모도(石矛島)로 보내."

움츠린 시선으로 바라보던 초량은 조심스레 다시 물었다.

"석모도 말씀입니까?"

초량의 눈을 뚫어지게 바라보는 엽초희의 눈에 또다시 하얀 희열이 넘실대는 것 같았다. 나직하고 분명한 목소리 또한 그랬다.

"그래, 석모도."

엽초희의 음성이 찬바람처럼 휘돌며 고문실 안에 맴돌았다. 그 순간 계장수의 손가락이 꿈틀댄 건 벽에 늘어진 두 사람의 그림자만이 보았다.

❶

보름여 동안 배를 타고 다다른 곳은 황하 물길의 끝인 황하구(黃河口)였다. 그렇게 발해만으로 나온 배가 파도를 헤치고 하루를 더 간 후에 닻을 내린 곳은 안개에 싸인 이름 모를 섬이었다. 아니, 떠나기 전에 이름은 들었다. 쌍비검 초량 놈의 입에서 나온 이름은 석모도였다.

석모도. 바위와 돌이 창날처럼 꼿꼿이 몸을 일으켜 세운 기암괴석의 섬. 섬 주변의 모래사장을 지나 작은 평야와 구릉을 지나면 바로 암석들이 칼처럼 몸을 들이대는 곳. 그 안쪽에 죄수들만으로 구성된 작업장이 있다고 했다. 여긴 한번 들어가면 죽어서도 나올 수 없는 곳, 영혼마저도 바위산의 기세에 갇혀 빠져나가지 못한다는 그런 곳이었다.

아스라한 안개 뒤로 보이는 선착장 너머 섬의 모습은 음울하게 웅크린 짐승의 뿔처럼 가파랐다. 섬 중심에서 우뚝 솟은 바위산은 수많은 칼날들과 창날을 몸에 두른 것처럼 봉우리들이 연이었다. 그것들이 사방으로 퍼져 섬을 이루었다. 회색 빛 그 모양은 암울함으로 가슴에 자리잡았다.

덜컹.

배가 포구에 접안하는 진동이 전신을 울렸다. 짙은 안개 사이로 보이는 선창은 판옥선 한 척이 간신히 정박할 만한 규모의 시설이었다. 모래사장 저편으로 숲이 시작되는 지점에 통나무집 한 채가 보였다.

그뿐이었다. 다른 어떠한 구조물도 없었다. 다만 있는 것은 칼 차고 창을 든 몇몇의 병사들이었다. 들은 얘기로는 저들 모두가 관군(官軍)이라 했다.

“하선(下船)이다!”

호송을 책임진 무장(武將)이 외치자 동승했던 열 명의 병사들이 소리치며 일어섰다.

“자, 일어나라!”

“어서어서 일어서!”

“다 왔다! 여기가 네놈들 고향이다!”

삼십 명의 죄수들은 두려운 눈으로 두리번거리며 몸을 일으켰다. 모두가 손에는 쇠로 된 수갑(手匣)을 찼고, 발에는 족쇄(足鎖)가 채워졌다. 그 하나하나에 쇠사슬이 이어져 삼십 명 전원이 한 두름의 생선줄기처럼 얽어졌다. 계장수는 그들 중의 맨 후미에 묶여 후둘거리며 일어섰다.

“어서들 내려!”

한 병사가 등을 밀자 계장수의 몸이 휘청 하며 앞사람에게로 밀렸다. 그것이 신호가 되어 하선은 시작됐다. 목판교가 갑판에서 모래사장으로 놓여지고, 그 위를 걸어서 사람들은 땅을 밟았다. 고개는 숙이고 있지만 모두가 두려운 눈으로 사방을 훔쳐보기에 여념이 없었다.

"어이, 오랜만이로군!"

죄수들을 둘러싼 섬의 병사들 뒤에서 누군가 나서며 소리쳤다. 군관임에 분명해 보이는 사내는 갑옷과 갑주 등 아무것도 걸치지 않은 흑의 무복 차림이었다. 사내는 텁수룩이 자란 수염을 매만지며 사각진 얼굴로 배를 보고 웃음을 보였다.

"안녕하셨습니까, 선배님!"

죄수들을 인솔해 왔던 젊은 무관이 배에서 내리며 손을 흔들었다. 허물이 없는 사이인 듯, 반갑게 웃음으로 마주한 두 사내는 서로의 안부를 물었다.

"안 본 사이에 몸이 더 나셨네요? 섬에서 좋은 것만 드시나 봅니다 그려."

"예끼, 이 사람아. 이 지옥 유배지에서 뭘 좋은 걸 먹을 수 있겠나? 그냥 하루하루 복무 기한만 채우길 바라며 사는 거지. 저놈들도 다 마찬가지고."

수염 난 흑의군관의 말에 젊은 무관은 섬에 있던 병사들을 휘 둘러보았다. 그저 건성으로 창칼을 든 모습들은 군기라곤 찾아볼 수가 없었다. 짜증과 태만이 어린 얼굴들은 이미 돌이킬 수 없는 지경으로 보였다. 하지만 이해할 수밖에 없었다. 누구라도 이 섬에서 한 달만 갇혀 있으면 비명을 지를 테니까.

"많이들 피곤해 뵈는군요."

"뭐, 피곤이라기보다는… 여기 생활이 그렇지. 아무렴 내지(內地)하고 같을라구."

의도한 것인지는 모르지만 흑의군관의 어투에는 은근한 불만과 비꼼

이 담겨 있었다. 그걸 눈치챈 젊은 무관은 나직한 어투로 말을 꺼냈다.

"그렇지요. 이곳에서 생활하시는 선배님의 노고야 다른 누구보다도 제가 잘 알고 있지요. 해서 이번에 견과류를 포함한 각종 과일들과 육포 등속을 장부보다도 조금 더 신경 써서 챙겨왔습니다."

"그래?"

금세 밝아지는 흑의군관의 눈을 보며 젊은 무관은 조금 더 나직하게 말했다.

"그리고… 죽엽청 몇 동이도 몰래 가져왔습죠."

흑의군관은 동그래진 눈으로 젊은 무관을 쳐다봤다. 그러다가 너털웃음을 터뜨리며 젊은 무관의 두 손을 맞잡고 연신 흔들어댔다.

"고마우이, 고마워. 역시 내 고충을 알아주는 사람은 자네밖에 없다니깐. 하하하하!"

"별말씀을 다 하십니다그려. 하하하하!"

호탕하게 웃음을 교환한 두 사내는 겁먹은 모습으로 곁눈질하고 있는 삼십 명의 죄수들을 보며 다시 말을 꺼냈다.

"이번에도 살인 강도, 대역죄인, 그런 놈들인가? 하긴 뭐, 다른 놈들이 이곳에 올 수 있나. 죽을죄를 짓고도 뒷돈을 써댄 놈들만 목숨을 부지하기 위해 오는 곳이니까. 모두 이십구 명이라지?"

수염을 만지며 묻는 흑의군관의 물음에 젊은 무관은 맨 끝에 서 있는 한 명의 소년 죄수를 힐긋 바라보다가 대답했다.

"장부상으론 그렇습니다만… 한 명이 더 있습니다."

"한 명이 더 있다고? 그럼 삼십 명 아냐?"

계면쩍은 얼굴로 대답하는 젊은 무관의 얼굴을 보고 잠시 생각하던 흑의무관은 금세 알겠다는 얼굴빛이 되어서 나직하게 물었다.

"천주상가에서 끼워 넣었군."

젊은 무관은 고개를 끄덕였다.

"그렇습니다. 다른 사람도 아닌 초희 아가씨의 부탁인지라 거절하기 어려웠습니다."

"초희? 천주상가의 무남독녀 엽초희?"

"맞습니다."

흑의무관의 얼굴은 작은 놀라움에서 점점 더 흥미로움으로 변해갔다.

"그 변태 개망나니 년의 마수에 걸린 놈이 누군가? 이번엔 도대체 누굴 보낸 거지?"

죄수들에게 다시 시선을 돌리는 흑의군관의 시선을 좇으며 젊은 무관은 물었다.

"저 끝에 선 저놈입니다만, 이번이 처음이 아닙니까? 전에 누굴 또 보냈던 겁니까?"

젊은 무관의 질문에도 불구하고 죄수들의 끝에 선 소년, 계장수만 뚫어지게 바라보던 흑의군관은 희미하게 웃으며 대답했다.

"꼴을 보니 역시 반죽음을 내서 보냈군. 또 있었냐구? 당연히 있었지. 삼 년 전이던가? 장안에서 제법 큰 미곡상을 운영하던 사내라고 했어. 어느 날 상인들의 회합 장소에서 엽금성의 옆에 붙은 엽초희를 처음 보았다더군. 열세 살 어린 년의 모습이 너무 귀여워서 볼을 쓰다듬고 궁둥이를 두드려 주었다던데… 그런데 어찌 되었는 줄 아나?"

궁금함이 가득한 눈으로 젊은 무관은 흑의군관의 얼굴을 바라보았다. 습관처럼 천천히 수염을 쓸던 흑의군관은 여전히 소년 죄수 계장수를 쳐다보며 다시 입을 열었다.

"운영하던 미곡상은 하루아침에 풍비박산이 나고 식구들의 생사도 모른 채 어디론가 끌려갔다더군. 그곳에서 고문을 받으며 알았다는군. 자신은 사지에 끌려왔고, 그 원흉은 엽초희란 열세 살 난 어린 년이란 걸 말이야."

"그게 정말입니까?"

힐긋 젊은 무관을 쳐다본 흑의군관은 다시 시선을 돌리며 말을 이었다.

"그 사람은 여기서 죽었어. 죄수들 틈에서 바위를 깨다가 깔려 죽었지. 깔려 죽기 전에도 거의 죽은목숨이었지. 이곳 생활이 그렇지만. 어쨌든 그가 죽기 전에 엽초희란 년이 한 번 왔었지."

"이, 이곳에 왔었단 말입니까?"

"그래, 나도 그때 처음 보았지만 예쁜 아이더군. 하지만 소름 끼치는 년이야. 그년은… 짐승처럼, 벌레처럼 살아가고 있는 그 사람의 모습을 보고 웃더군. 그것도 아주 기쁘게, 껴안아주고 싶을 만큼 예쁘게 말이야."

젊은 무관은 입이 벌어진 줄도 모르고 흑의군관의 옆얼굴만 바라보았다. 얘기한 흑의군관은 그때 그 얼굴을 떠올리는 듯 미간을 강하게 찡그리며 죄수들을 보았다. 아니, 그중에서 고개를 들어 눈을 마주치는 소년 죄수, 계장수를 보았다.

젊은 무관은 경황없는 얼굴을 황급히 지워내며 품 안에서 묵직한 주머니를 꺼냈다. 그걸 흑의무관에게 내밀며 두서없이 말을 지껄였다.

"이, 이건 초희 아가씨가 선배님께 보내는 성의라고 하셨습니다."

고개도 돌리지 않는 흑의군관은 늘어진 머리카락 사이로 빛나는 소년의 파란 눈을 보며 건성으로 대답했다.

"전에도 받아봐서 알아. 어쨌든… 저놈이 죽기 전에 그년이 한 번은 오겠군."

그 순간 바람이 불었다. 엷어지던 안개는 그 바람에 밀리며 섬 안으로 밀려갔다. 죄수들의 옷자락과 풀어헤쳐진 머리카락들도 함께 휘날렸다. 흑의군관이 바라보는 소년 죄수 계장수의 눈이 그 순간 선명하게 드러났다. 파랗게 이글이글거리는 그 눈은, 꿈에 본 귀신처럼 섬뜩했다.

❷

콱! 콱! 콱!

힘차게 내리 꽂히는 곡괭이가 암벽을 부수며 돌가루를 튀게 했다. 사방에서 동시에 들리는 작업장의 곡괭이 소리는 이제 일상이 되었다. 벌써 반년이 흘렀다. 죽음을 또 한 번 넘긴 것이다. 무슨 팔자가 이런지는 모르겠지만, 죽음이 결코 두려워할 대상이 아니라는 것을 다시 깨달은 시간이었다.

"제기랄 놈들, 좀 쉬엄쉬엄 일 시키면 어디 덧나나. 젠장맞을."

작은 소리로 욕설을 내뱉은 사람은 중년 사내였다. 이름은 오자룡(吳子龍). 창주(滄州)에서 어물전을 하던 사람이라고 했다. 스스로의 얘기로는 누명을 써서 끌려왔다지만, 이곳에 온 다른 사람들과 마찬가지로 살인죄가 분명했다.

"이봐, 꼬마. 힘들지? 요령껏 해라, 요령껏. 아직 몸도 성치 않을 텐데."

계장수는 사내의 은근한 표정을 힐끗 본 후 관심없는 얼굴로 곡괭이질만 했다. 그런 계장수의 반응에 머쓱한 얼굴을 한 사내는 다시 고개를 돌렸다.

웃기는 놈들이었다. 처음에 몸도 제대로 놀리지 못했을 때는 개돼지 취급을 받았다. 군관 황남송(黃南宋)의 배려로 어차피 끝이 안 좋을 놈이니 며칠 쉬게 한 후 일을 시키라는 말에 밤마다 죽도록 맞아야 했다.

이를 악물고 버텼다. 고문 후유증으로 병신이 다된 몸을 추스르느라 밤낮으로 수단지도와 철령기를 운용했다. 이 할가량 생성됐던 철령기와 수단지도의 공력은 단전에 가라앉아 움직이지 않았다. 검에 맞은 상처에 엽초희 년의 손길로 하단전에서 중단전으로 오르는 단도(丹道)가 막힌 것이다.

반년 동안 그걸 복원하는 데만 매달렸다. 그사이에 당하는 노동의 고초와 주변 죄수들의 괴롭힘은 죽음만큼 힘들었다. 하지만 보름여 전, 드디어 막혔던 기의 경로가 실낱처럼 뚫렸다. 처음이 어렵지 한번 나기 시작한 물고는 다시 메우기가 힘든 법. 천천히 온몸을 일주천한 후 다시 하단전으로 돌아간 철령기의 공력은 움츠린 용처럼 꿈틀댔다. 절증을 치료할 때 전신 세맥이 뚫린 공효가 뒷받침이 된 것이다.

이제 다시 시작해야 한다. 이곳에서 살아야 한다. 이곳까지 오게 된 일은 경술하다 못해 바보 같은 짓의 결과였다. 칠십 평생의 경륜으로도 한순간을 참지 못해 화를 자초했다. 다시는 그 같은 일이 없어야 한다. 하지만 은혜와 원수를 구분하는 것이 삶의 원칙이었던 만큼, 그것들을 그냥 둘 수는 없다. 절대로. 반드시 그것들을 다시 찾아갈 것이다. 다시 그것들의 얼굴을 보게 되는 날이 오면, 화산과 천주상가는 기왓장도 남지 않으리라.

생각이 엽초희의 하얀 얼굴과 풍열자의 희미한 웃음, 범여의 예민한 얼굴과 범수가 검을 휘두르던 모습, 쌍비검 초량의 야비한 눈매를 떠올리자 계장수는 이가 갈렸다.

"이익!"

콱, 콱, 콱, 콱!

정신없이 암벽에 박히는 계장수의 곡괭이질에 옆의 사내 오자룡이 꺼리는 눈빛으로 돌아보았다. 경계하는 빛이 분명했다. 그도 그럴 것이 닷새 전 사건은 소년 계장수를 다시 보게 만든 것이다. 항상 괴롭혀 오던 서쪽 막사 패거리의 다섯 놈을 짓밟아 버린 것이다. 언제나 짓밟히던 것은 계장수였다. 그런데 그날은 다섯 놈을 곤죽으로 만들어 버렸다.

그 사건 이후로 닷새가 지난 지금까지 계장수를 건드리는 자는 아무도 없었다. 놈들은 아직도 자리보전을 하고 누워 있는 상태였다. 군관 황남송도 보고를 받고 놈들의 상태를 보러 왔었다. 하지만 희미하게 웃는 얼굴로 놈들을 한번 둘러보았을 뿐, 사건 당사자인 계장수를 따로 불러 취조를 하지도, 제재를 가하지도 않았다.

사건은 섬 전체의 죄수들에게 바로 퍼졌다. 곧 죽을 줄 알았던 어린 소년이 다섯 명의 살인 죄수를 때려 눕혔다는 사실은 관심과 흥미를 불러일으켰다. 더군다나 맞은 놈들은 하나같이 기동(起動)을 못한다는 이야기는 궁금증을 증폭시켰다. 백오십 명 섬 죄수들에게 계장수는 관심 그 자체였다.

댕, 댕, 댕.

종소리가 울리자 계장수를 곁눈질하던 중년 사내 오자룡은 곡괭이를 놓고 작업 현장에서 물러났다. 힐끗힐끗 쳐다보는 눈에는 아직도 그날의 영상이 떠오르는 모양이었다. 범처럼 솟구치고 귀신처럼 날뛰던 계장수의 손과 발이 기억에 박힌 모양이었다. 그러나 자신처럼 곡괭이를 놓고 뒤돌아서는 계장수를 보는 순간 얼굴에 웃음을 바로 띄워 올렸다.

"저, 저녁 먹으러 가자구. 오늘도 야간 작업을 해야 할 텐데, 먹어야 힘을 쓰지."

사내의 얼굴을 쳐다보지도 않는 계장수는 암벽 웅덩이에서 나와 막사 쪽으로 걸음을 옮겼다. 뒤에서 오자룡이 손가락질하며 속으로 욕설을 퍼붓겠지만 신경 쓰지 않았다. 저자도 죽지 못해 사는 인생인 것이다.

다른 죄수들의 뒤를 따라 해안까지 뻗은 암벽 줄기의 모퉁이를 돌자 막사가 보였다. 죄수들이 기거하는 막사는 모두 셋, 각기 일호 막사, 이호 막사, 삼호 막사로 불렸다. 가운데를 공터처럼 비워두고 벌려 지어진 막사는 일호가 숲과 섬 중심을 등진 북쪽, 이호가 작업장으로 가는 쪽인 서쪽, 삼호가 식수원인 개울이 바다로 흐르는 동쪽이었다.

백오십 명의 죄수들은 정확히 오십 명씩 세 군데에 나뉘어 기거했다. 해안으로 가는 유일한 방향인 남쪽에는 칠십 명의 병사들이 기거하는 막사가 있었다. 병사들의 막사래 봐야 죄수들하고 똑같은 기다란 통나무집을 연이어 지은 것에 불과하지만, 그곳은 자유를 가로막은 관문이었다.

"자, 줄 서라! 줄 서!"

"얌전히 줄 서서 빨리빨리들 처먹어! 술시(戌時:19시~21시)부터 해시(亥時:21시~23시)까지 야간 작업이다! 굼뜨게 움직이는 놈은 국물도 없어!"

병사들의 외침 소리에 죄수들은 일사불란하게 줄지어 배식대 앞에 늘어섰다. 배식조가 퍼주는 석식(夕食)은 목기에 담긴 멀건 국물과 만두처럼 익혀진 곡식덩어리 하나가 전부였다. 속없이 주먹만한 그것은 여러 가지 잡곡을 섞어 만든 듯한데, 아무 맛은 없지만 생명을 유지하는 유일한 수단이었다.

나무 그릇에 담긴 국물과 찐 곡식덩어리를 들고 계장수는 서쪽 막사 쪽으로 걸어갔다. 모래와 자갈이 섞인 넓은 공지의 막사 앞에는 오십여 명의 인원들이 여기저기 흩어져 식사를 했다. 막사의 문 앞 계단에는 막사장(幕舍長) 진태구(眞太狗)가 거드름을 피우며 앉아 있었다. 천천히 앞을 지나가는 계장수를 진태구는 대머리를 빛내며 쳐다보았다.

강렬한 눈빛을 보내는 진태구를 무시하고 계장수는 막사의 끝 쪽으로 가 해안 쪽을 바라보며 앉았다. 그 외중에도 동쪽 막사의 막사장 노대호(盧大狐)와 북쪽 막사의 막사장 금와(金蛙)가 줄곧 시선을 보내왔다. 측근들에 둘러싸인 그들은 말은 안 하지만 모두가 계장수를 주시하고 있는 게 틀림없었다.

만두 비슷한 곡식덩어리를 씹으면서 계장수는 생각했다. 최대한 자신을 드러내지 않아야 하지만, 그날의 일은 결국 자신을 드러내게 만들었다. 철령기가 실낱이나마 운기가 되었고 또한 살기 위한 몸짓이었다. 추측이 맞는다면 놈들은 자신의 목숨을 노리고 있는 게 분명했다.

다섯 놈과 붙던 날, 그날 확실히 그런 걸 느꼈다. 목숨까지는 아니더라도, 최소한 병신으로 만들거나 더 참혹한 지경으로 몰기 위한 계획된 일임을 감지했다. 이 섬에 계장수 자신이 아는 자는 아무도 없었다. 외모는 열대여섯으로 보인다지만, 열세 살짜리에 불과한 자신을 죽이기 위해 애쓸 죄수들도 없었다. 그렇다면 결론은 하나였다.

사주. 누군가의 사주를 받은 놈들의 소행이 분명했다. 그렇다면 또 생각나는 인물은 하나였다. 엽초희. 그년의 사주가 분명했다. 군관 황남송 몰래 그년이 죄수들을 조종한 것이다. 자신을 죽음에 이르도록 괴롭히기 위해서, 더욱더 잔인하고 처절한 고통을 주기 위해서 그년이 벌인 짓이 분명했다.

"꿀꺽, 꿀꺽."

깔깔한 곡식덩어리와 분노로 메어오는 목에 국물을 들이켰다. 건더기 하나 없는 국물은 밋밋하게 넘어갔다. 하지만 생각해야 했다. 그리고 대비해야 했다. 자신에게 집단 뭇매를 주려 했던 놈들은 자신과 같은 서쪽 막사의 놈들이지만, 그놈들을 사주한 게 서쪽의 이호 막사장 진태구인지는 확신할 수 없었다. 오히려 늘어진 볼살로 가는 눈을 들이대는 음흉스런 북쪽 일호 막사장 금와나 긴 얼굴만큼 늘어진 귓불을 흔들어대는 동쪽 삼호 막사장 노대호일 수도 있는 것이다.

놈들은 막사의 인원만큼 오십 명의 죄수들을 제 수하처럼 부리고 있었다. 지금 상태로는 위험하다. 섬에 잡혀오기 전의 몸 상태라면 아무 문제 될 것 없이 놈들을 한주먹에 해치울 수 있다. 하지만 지금은 겨우 내력의 끈이 이어지고 있는 상태인 것이다. 시간을 벌어야 했다, 시간을.

"이보라구, 꼬마. 이거 더 먹어."

불쑥 손을 내민 자는 오자룡이었다. 그 손에는 저녁으로 제공된 곡식덩어리가 쥐어져 있었다. 잠시 손과 얼굴을 번갈아 보던 계장수는 말없이 받아 들었다.

"고맙수."

옆으로 주저앉은 오자룡은 제 것을 뜯어 먹으며 다시 말을 걸었다.

"쩝쩝, 고맙긴 뭘. 배식하는 놈하고 친분이 있어서 음음, 하나씩 더 얻었지. 쩝쩝쩝, 그건 그렇고 덩치가 이만한데 나이 어리다고 계속 꼬마라고 부르기도 뭐 하고. 그거참 그렇네. 후르륵, 쩝쩝."

은근히 친분을 쌓아보려는 사내의 수작에도 불구하고 계장수는 새 곡식덩어리를 씹으며 해안 쪽을 바라보았다. 병사들의 막사와 수풀로 가려진 해안은 파도 소리만이 아스라이 들릴 뿐 아무것도 보이지 않았다.

"이봐, 우리가 캐는 암석이 뭔지 알아?"

오자룡은 묻지도 않은 말을 계속 지껄였다.

"고령토(高嶺土)라네. 왜 알지? 고릉(高陵) 지방에서 나와 유명해진 도자기 만드는 흙 말이야? 우리가 바위를 헤치고 그 밑에서 깨내는 암석 부스러기들이 바로 그거라는 거야. 말 그대로 귀한 흙이지."

어느새 다 먹었는지 중년 사내 오자룡은 나무 그릇을 옆으로 내려놓으며 다시 말을 꺼냈다.

"이곳에서 채취한 암석들을 가루 내서 백자(白瓷)의 태토(胎土)로 쓴다는 거야. 그 품질이 고릉의 그것보다도 월등해서 엄청난 값에 거래된다는군. 서역 등으로 팔려 나가는 도자기가 부르는 게 값인 건 두말하면 잔소리라지? 피부가 까만 놈, 하얀 놈, 눈이 파란 놈, 머리가 노란 놈 할 것 없이 모두가 환장을 한다는군."

생소한 이야기에 계장수는 처음으로 시선을 돌렸다. 흥미를 이끌어 냈다고 생각한 오자룡은 더욱 열을 내며 말했다.

"그리고 우리가 왜 섬의 서쪽에서만 작업하는지 아나?"

계장수의 눈이 왜냐고 묻는 걸 본 오자룡은 입술에 침을 바르며 계속 얘기했다.

"선착장이 있는 해안과 서쪽 작업장을 제외한 저 암벽산 너머, 저곳에 귀신이 살고 있다네."

기대를 가졌던 계장수의 눈이 실망으로 풀어졌다. 해안 쪽으로 다시 돌아가는 그 시선을 잡으며 오자룡은 다급하게 다시 말했다.

"정말이야! 자네는 아직 나이가 어려서 귀신을 본 적이 없겠지만, 나는 봤네! 그것도 이 섬에서 봤지! 처음 이 섬에 왔을 때 동쪽 작업장에서 말이야!"

계장수가 다시 본 오자룡의 눈은 공포와 떠올리기 싫은 기억으로 조금씩 흔들렸다. 진동하는 그 눈을 보고 계장수는 생각했다. 자신도 이미 귀신을 본 것이다. 그런 것이 귀신이 맞다면, 죽은 귀도문 식구들을 본 것은 분명 귀신과의 조우였다. 어쩌면 오자룡도 그랬는지 몰랐다.

"처음에… 작업장은 동쪽에 있었지. 개울 건너 저편으로. 그곳에서 야간 작업을 하던 날이었어. 지금 같은 늦여름이라 모두가 모기에 쫓기며 곡괭이질을 했지. 해시 말쯤 되었을까? 갑자기 작업하던 암석 바닥이 꺼지면서 굉음이 일어났지. 엄청나고 진저리쳐치는 소리였어."

뭔가 끔찍한 기억이었던 듯, 부르르 소름을 떨어낸 오자룡은 침을 삼켰다. 그리곤 멍한 시선으로 다시 말을 이었다.

"꺼져 버린 바닥으로 떨어진 죄수들을 구하려고 달려간 순간, 그것이 튀어나왔지! 꼭 피를 머금은 반투명의 공처럼 생긴 그것이 허공에 떠올랐어. 끔찍한 소리는 그것이 질러대는 거였고, 소리가 들릴 때마다 그것의 내부에서 붉은 화염 같은 것이 넘실댔지. 그리고 그놈이……"

흔들리는 눈동자로 오자룡은 계장수를 똑바로 쳐다보았다. 이어지는 말도 격하게 흔들렸다.

"그놈이 죄수들을 먹어치웠어! 놈이 소리칠 때마다 놈의 내부에서 넘실대던 붉은 화염 같은 것이 사방으로 줄기줄기 뻗쳐 나갔어. 꼭 늘어나는 채찍처럼 허공을 뻗어온 그것들은 죄수들의 머리통을 뚫고 들어갔지. 공격당한 죄수들은 나무토막처럼 말라서 쓰러졌어. 그래, 푸석푸석한 나무……."

그렇게 뚫어지게 계장수의 눈을 바라보던 오자룡의 눈에 한겹 습막이 어렸다. 계장수는 처음으로 질문을 던졌다.

"그게 대관절 뭐요?"

오자룡은 대답 대신 제가 하던 이야기를 이어갔다.

"그날 다 죽었지. 넋 놓고 바라보던 병사들도 죽고, 죄수들도 다 죽었어. 산 자는 막사장인 진태구와 금와, 노대호, 그리고 나, 군관 황남송과 그의 무장 두 사람, 이렇게 뿐이었어. 그마저도 정신없이 도망친 덕분이었지."

죽은 사람들에 대한 연민이 아닌, 스스로의 공포로 인해 흘러내리는 오자룡의 한줄기 눈물을 보며 계장수는 천천히, 그리고 나직하게 물었다.

"그런 것한테서 도망친다고 살 수 있었소?"

후드득, 다시 한 번 어깨를 털어낸 오자룡은 계장수와 시선을 맞추며 다시 말했다.

"처음엔 몰랐지. 이 섬에 결계(結界)가 있는 줄 말이야."

"결계라구요?"

"그래, 식수원 너머 동쪽 작업장을 도는 암석벽에 엄청나게 큰 남근(男根)이 그려져 있지. 그 밑에는 금역(禁域)이라는 글자가 고문(古文)으로 음각(陰刻)되어 있지."

"남근이요?"

"맞아, 남근. 그게 결계의 주력(呪力)을 지닌 부적 같은 것인 게야. 그곳까지 우릴 쫓아온 붉은 공은 그곳에서 처절한 소릴 지르며 더 이상 쫓아오지 못했어."

"얘길 들어보면 그게… 귀신인지 뭔지는 모르지만 봉인(封印)되어 있던 힘 같은데, 누군가가 그 봉인을 풀었단 말이오?"

왕성한 호기심으로 묻는 계장수의 얼굴에서 천천히 시선을 뗀 오자룡은 해안 쪽으로 눈길을 두며 대답했다.

"나중에 들은 얘기지만, 작업하던 누군가가 암벽 밑에서 머리통 둘레만한 쇠고리를 발견했다더군. 그걸 주변의 몇이 달려들어 잡아당겼고, 그 순간 붕괴가 일어난 거지. 그리고 결과는… 얘기한 대로야."

예리한 눈으로 바라보던 계장수는 의심스럽게 다시 물었다.

"그게 귀신이란 말이오? 그리고 그런 정체 불명의 것이 있다면, 군대를 파견하던가 무당이나 도사를 보내던가 해서 조치해야 하지 않소?"

해안 쪽으로 시선을 둔 오자룡은 고개도 돌리지 않고 대답했다. 어느새 목소리에 공포 따윈 남아 있지 않았다.

"그건 겪어보지 않아서 하는 말이야. 군관 황남송도 긁어 부스럼 만들고 싶지 않은 게지. 어떻게든 세월은 흐르게 되어 있고, 복무 기한만 채우면 이 섬을 떠날 텐데 뭐 하러 그런 짓을 해. 더군다나 귀신은 그 뒤로 흔적도 보이지 않고 결계만 넘어가지 않으면 안전한데 말이야."

"그럼 그때 다 죽었다면 지금 이 사람들은 어떻게 된 거요?"

"괴질(怪疾)이 돌았다고 장계를 올렸지. 시체와 병의 원인이 될 만한 것들은 모두 소각하고, 괴질을 물리쳐서 이젠 안전하니 인원을 보충해

달라고 말이야. 그때가 팔 년 전이니… 내가 이 섬에서 꼬박 십 년을 있었군.”

회한에 젖는 오자룡의 눈을 옆으로 보며 계장수는 속으로 되뇌었다.

‘귀신이라…….’

그때였다. 얼굴에 긴 칼자국이 있는 사내가 옆으로 다가와 말을 걸었다. 사내는 막사장 진태구의 오른팔인 장서동(張西東)이란 놈이었다.

“야, 어린 놈아. 막사장님이 보자신다. 일어서라.”

살기가 넘실대는 사내의 얼굴과 눈을 마주 보던 계장수는 천천히 고개를 숙이고 일어섰다. 어차피 겪어야 할 일이었다. 하지만 극복할 수 있을 때까지, 몸이 힘을 찾을 때까지는 고개를 숙여줄 것이다. 그건 스스로를 위해서도 꼭 필요한 일이기도 했다.

누구에게라도 무릎 꿇고 고개 숙이는 일을 이젠 아무렇지도 않게 할 수 있다. 전생의 조극강이던 시절엔 꿈도 꾸지 못할 일이다. 하지만 지금 자신은 조극강이 아니다. 열세 살 소년인 것이다. 살아남기 위해선 남의 집 종으로 자처해 들어가던 그 심정으로 살아야 한다. 풍열자에게도 쓰지 않던 존댓말을 하찮은 죄수인 오자룡에게 쓴 이유도 그런 것이었다.

천천히 걸음을 옮기는 계장수를 뒤돌아보며 장서동이 피시식 웃었다. 웃음이 주는 의미는 너 같은 놈쯤 언제든지 죽여줄 수 있다는 무언의 경고였다. 그런 놈의 너머로 막사 계단에 앉은 진태구가 보였다. 소도(小刀)로 나뭇가지를 깎아내고 있는 놈의 대머리가 번들거렸다.

계장수는 눈빛을 죽이며 놈의 앞으로 다가갔다. 행여 꼬투리를 잡힐까 팔과 다리의 힘도 뺐다. 마침내 놈의 시선이 돌아왔다. 고집스럽게 비틀린 입에서 뭐라고 말이 나오려는 순간, 작업 시작종이 저녁 하늘을 때렸다.

댕. 댕. 댕. 댕.

싸늘한 눈으로 쳐다보던 진태구는 저음의 목소리로 말했다.

"밤에 다시 보자."

제3장
석모도에 부는 바람

석모도에 부는 바람 1

❶

　야간 작업은 자시(子時:23시~1시)를 조금 넘겨서까지 계속됐다. 중간중간에 식수가 공급됐고, 늦은 여름밤의 모기를 쫓으며 죄수들은 땀을 흘렸다. 작업이 끝난 후 동쪽 삼호 막사의 뒤편 개울에서 목욕을 한 죄수들은 늘어진 파줄기처럼 침상에 쓰러졌다. 그리고 바로 코들을 곯아댔다.

　막사의 문 안으로 들어서던 계장수는 자신을 주시하는 시선에 의도적으로 눈을 맞추지 않았다. 막사의 오른쪽 맨 끝에는 진태구가 앉아 육포를 질겅이는 모습이 보였다. 걸터앉은 침상 위엔 작은 술잔과 술병도 보였다. 곁에는 장서동도 보였고, 그 밖의 인물들도 몇이 보였다.

　확실히 수완이 좋은 자였다. 구할 수 없는 물건들을 이런 구속된 환경에서 저렇게 버젓이 향유하는 걸 보면 대단한 뒷배가 있거나 또 다른 능력이 있다는 이야기였다. 분명 군관 황남송과 선이 닿고 있음은 틀림없었다.

천천히 막사의 왼편 끝, 자신의 자리로 계장수는 걸어갔다. 못 본 척하고는 있지만 밤에 보자고 했으니 분명 기별이 있을 것이다. 하지만 자신이 먼저 아는 척할 필요는 없다. 놈이 부를 때까지 기다려야 한다.

아니나 다를까. 장서동 놈이 몸을 일으켰다. 천천히 건들대며 막사를 가로질러 온 놈은 희미하게 웃는 얼굴로 앞에 섰다. 놈의 눈빛과 얼굴이 어떤 것인지 계장수는 고개를 들지 않아도 알 것 같았다.

"야, 일어서라."

놈의 음성에 고개를 들어 시선을 맞춘 계장수는 머뭇대지 않았다. 매만지던 머리를 질끈 동여매고 바로 일어섰다. 가는 미소를 입에 문 놈의 얼굴이 뒤돌아 막사 끝으로 걸어가자 그 뒤를 조용히 따라갔다.

장서동이 진태구의 옆으로 서자 진태구는 입에 댔던 술잔을 내리면서 계장수를 보았다. 고집스런 개새끼의 입매처럼 입꼬리가 선명한 얼굴에 강한 집착과 욕심 등이 어우러진 눈빛은 서늘하게 빛났다. 더구나 밤인데도 맨질맨질 빛을 내는 앞이마의 대머리는 잔인하게까지 여겨졌다.

"앉아라."

자신의 맞은편에 비워놓은 침상을 가리키며 진태구가 말했다. 계장수는 천천히 그 자리에 앉았다.

"열세 살이라고?"

질문을 던진 진태구는 술잔 대신 술병을 집었다. 가만히 바라보던 계장수는 작게 대답했다.

"그렇소."

계장수의 대답은 무뚝뚝하게 들렸다. 하지만 그런 것은 개의치 않는

듯, 술병목을 잡고 슬슬 돌리던 진태구는 손을 들어 한 모금을 들이켰
다. 그런 움직임 속에서도 시선은 계장수의 얼굴에서 떠나지 않았다.

"크음, 그런데 체구가 크구나. 열세 살이 아니라 열여섯은 되어 보이
는걸?"

계장수는 시선을 내리고 대답하지 않았다. 진태구는 또 물었다.

"무공을 배웠더구나?"

내렸던 시선을 올린 계장수는 진태구의 눈을 보며 말했다.

"살기 위해서였소."

또다시 손목으로 술병을 돌리던 진태구는 고개를 까닥였다.

"책임을 묻자는 게 아니다. 어린애한테 맞아죽을 놈들이면 아무짝에
도 쓸모없지."

진태구의 대답에 계장수는 일단 안도했다. 들창 너머로 넘어오는 별
빛에 번들대는 놈의 두 눈이 뭘 생각하는지는 모르겠지만, 막사의 중간
에서 신음을 흘려대는 다섯 놈들의 일을 추궁하지는 않겠다는 뜻이었
다. 그렇다면 놈이 노리는 것은 무엇일까? 뭘 바라고 자신을 불렀을까?

"오자룡이 놈과 말을 섞더구나."

대답없이 바라만 보는 계장수에게 진태구는 곧 다시 물었다.

"재미있는 얘기라도 들은 게냐?"

잠시간 더 말이 없던 계장수는 선선히 대답했다.

"옛날얘기, 귀신 얘기를 들었소."

"귀신 얘기라. 놈이 할 만한 말은 다 했겠군."

술병은 또다시 진태구의 입으로 올라갔다. 꿀꺽이는 그 목젖을 보며
계장수는 거짓을 말하지 않은 걸 다행으로 여겼다. 예상대로 놈은 제
부하들 앞에서, 혹은 스스로의 마음에 대범한 자로 여겨지길 바라는 자

였다. 하지만 저런 자일수록 속속이 잔인하고 탐욕스럽다는 걸 계장수
는 잘 알고 있었다.

천천히 술병을 입에서 내린 진태구는 불그스름하게 충혈되어 가는
눈으로 입을 열었다.

"그래, 그놈 말대로 이 섬엔 귀신이 있다. 그게 뭔지는 모르지만, 그
걸 본 사람이라면 그게 귀신이라고 생각하는 게 당연하다. 또한 이 섬
에는 귀신과 얽힌 옛이야기가 있다. 오래전 옛적, 세상에 해악을 끼치
는 귀신들을 모두 잡아다가 이 섬에 가두었다는 이야기지."

술병 든 반대 손으로 슬그머니 빈 이마를 쓸어 올린 진태구는 낮은
목소리를 다시 꺼냈다.

"그 얘기가 사실인지, 혹은 그냥 옛얘기인지, 사실이라면 그런 일을
한 것이 신(神)인지 사람인지, 또는 그 밖의 다른 존재인지 알고 싶지도
않고 중요하지도 않다. 다만 한 가지 확실한 것은 이 섬의 위치가 중원
에서 볼 때 귀방(鬼方), 즉, 점술가(占術家)들이 말하는 귀신이 드나드
는 동북방(東北方)이란 사실이지. 바로 귀문(鬼門) 말이야."

말끝을 흐리는 진태구의 눈은 파란 귀기가 넘실대는 것 같았다. 하
지만 그 빛은 곧 사그러들고 다시 말은 이어졌다.

"오자룡 놈이 네게 해준 말은 다 사실이지만, 그놈이 모르는 게 한
가지 있지. 귀신이 나오는 저 동쪽 작업장엔… 바로 이런 게 있단다."

술병 잡았던 손을 내려놓은 진태구는 살며시 그 손을 내밀었다. 털
이 북실한 손이 뒤집어져 손바닥이 펴지자 손 안에서 광채가 났다. 엄
지손톱만한 금강석(金剛石) 한 알과 작은 새알만한 묘안석(猫眼石) 한
알. 그것들이 영롱하게 빛을 뿜어 올렸다. 꼭 흘리는 것 같았다.

"이게."

“우리가 발견한 거지.”

계장수의 시선 앞으로 보석들을 바짝 들이민 진태구는 이를 드러내고 소리없이 웃었다. 술 냄새 풍기는 그 입으로 그는 숨겨진 얘기를 꺼냈다.

“팔 년 전 그때, 암석을 깨다가 작은 동혈들을 발견했지. 꼭 토끼굴만한 그것들은 여기저기 벌집처럼 뚫려 있었다. 그런데 그 작은 동혈들은 가장 동쪽에 치우친 암벽에만 뚫려 있었지. 거기서 이것들이 나온 거야. 보고 받은 군관 황남송의 눈에서 빛이 나오는 것 같더군.”

계장수의 얼굴 앞에 내민 제 손을 한번 내려본 진태구는 와락, 주먹을 쥐며 손을 끌어당겼다. 얼굴 앞의 광채가 사라진 계장수는 진태구의 얼굴만 바라봤다. 진태구는 다시 또 말을 시작했다.

“그날 저녁에 그 귀신이 나온 거야. 보석 문제를 놓고 군관 황남송이 말할 게 있다길래 작업장을 나와 있었지. 나와 노대호, 금와 이렇게 셋이 말야. 그때 쇠고리가 발견됐지. 그리고 우리가 시선을 돌렸을 때 그게 튀어나왔어.”

목이 타는지 진태구는 술병을 입에 대고 벌컥벌컥 마셨다.

“크으으, 어쨌든 우리 몇은 살아남았지. 그리고 후사를 얘기했어. 후사란 뭐냐? 죽은 놈들 버려두고 거짓 장계를 올리는 일? 그건 그렇게 참혹한 꼴을 겪고도 뭍으로 도망가지 않은 황남송 놈의 몫이고 우린…….”

문득 빤히 바라보고 있는 계장수의 눈을 본 진태구는 말을 멈췄다. 그리고는 입가를 씰룩대더니 키득키득 웃었다.

“큭큭큭큭, 이상하구나. 너 같은 어린 놈한테 보고하듯이 이렇게 주절대다니.”

자조의 웃음을 웃는 진태구의 뒷말이 무엇인지 계장수는 듣지 않아
도 알 수 있었다. 아마도 세 놈은, 아니, 군관 황남송까지 네 놈은 저희
들끼리 협정을 맺었을 것이다. 이곳이 아무리 유배된 땅이지만 돈만
있다면 귀신도 부리는 게 세상이었다. 때문에 황남송도 거짓 장계를
올렸고, 복원된 인원으로 섬을 채우고 보석을 계속 찾았을 것이다. 거
기다 죄수들을 부리고 비밀리에 보석을 취하자면 황남송은 세 놈이 필
요했고, 세 놈 역시 황남송의 비호가 필요하기에 손발을 맞춘 것이다.

혼자서 키득대던 진태구는 천천히 술을 한 모금 다시 마시고 계장수
를 바라보았다.

"우린 언젠가 이 섬을 떠난다. 군관 황남송도, 일호 막사장 금와 놈
도, 삼호 막사장 노대호도 모두 떠날 거다. 그래서 모두들 보석을 하나
라도 더 차지하려고 혈안이 되어 있지. 네가 그 일을 해줘야겠다."

어렴풋이 짐작은 했지만, 막상 얘기를 들은 계장수는 어떤 말을 꺼
내야 할지 혼란스러웠다. 그런 계장수에게 진태구는 쐐기를 박듯이 말
했다.

"네가 박살 낸 놈 중에 한 놈이 동쪽 작업장을 드나들던 놈이었다.
스물둘인데도 동정(童貞)을 가지고 있던 놈이지. 섬에서 유일한 놈이었
다."

그제야 계장수는 자신이 불려온 이유를 알게 되었다. 동정. 그 사내
아이의 오줌. 사실인지는 모르지만, 그건 귀신이 꺼린다는 것들 중의
하나였다.

진태구는 또다시 말을 이었다.

"동정인데다 몸이 빠른 놈이었지. 그놈이 작업을 해오면 우린 그것
의 반을 황남송에게 바치고 나머지 반을 분배해 왔다. 그런 귀중한 놈

을 박살 냈으니… 그 책임도 이젠 네가 져야겠다. 물론 계집을 품어본 적은 없겠지?"

가느다래지는 진태구의 눈매를 보고 계장수는 순간적으로 생각했다. 만약 동정이 아니라고 대답하면 저놈은 가차없이 자신을 목을 딸 거라는 것을.

"그런 건… 모릅니다."

흡족한 미소가 진태구의 얼굴에 떠올랐다.

"그래, 그렇겠지. 이제 열세 살이라니. 그리고 권각(拳脚)의 수가 아주 대단하더구나. 저놈들도 뭍에서는 주먹질깨나 한다던 놈들인데 다섯을 한꺼번에 쓰러뜨리다니, 흔치 않은 조예다. 누구의 문하냐?"

궁금증을 나타내는 진태구의 얼굴을 보고 계장수는 잠시 생각했다. 눈앞의 진태구 저놈은 뭍에서 자기 세력을 거느렸던 놈이었다. 어렴풋이 들리는 말로는 하남(河南) 땅 팔로문(八路門)의 제자였던 놈이 사부의 애첩과 사통하여, 그것이 들통나자 사부를 죽이고 팔로문의 문호를 칼로 장악했다는 놈이었다.

그 와중에 손을 보탠 것이 삼호 막사장 노대호였고, 둘은 팔로문을 장악하고 하남 땅을 휘저었다고 했다. 하지만 밤이 길면 꿈도 많은 법. 둘 사이에 문주의 자리를 놓고 틈이 벌어졌고, 전임 문주의 조카이던 금와가 문도들의 지지를 얻어 득세하자 칼부림이 일어난 것이다.

세 세력의 다툼 와중에 팔로문도들뿐 아니라 수많은 민간인들이 참혹하게 죽어가자 방관하던 소림이 결국은 무승들을 보내 세 놈을 붙잡았다. 민간에 끼친 죄가 너무도 큰 세 놈은 곧 관에 넘겨진 것이다. 하지만 용케도 남은 잔당들이 뒷돈을 써서 죽음을 면한 놈들은 이곳 석모도에 보내졌다. 그리고 오늘처럼 서로 간격을 유치한 채, 협력과 반

목을 반복하고 있는 것이다.

자신은 왜 조극강이던 시절 그런 일을 몰랐을까 하고 생각하던 계장수는 진태구의 호기심 가득한 눈을 바라보며 공손하게 대답했다.

"몰락한 가문의 무예올시다."

잠시 바라보던 진태구는 고개를 끄덕였다.

"그래? 몰락한 가문의 무예라고?"

되묻는 얼굴이지만 수긍하는 눈빛이었다. 그도 계장수가 죄인이 아니며 천주상가의 농간으로 들어온 신세라는 걸 아는 까닭이었다. 뭔지는 모르지만 천주상가의 손에 계장수의 가문이 걸려들었고, 계장수는 그중에서도 엽초희란 년의 미수에 걸려든 것이다. 예전에 죽어버린 그자, 엽초희가 처음으로 보냈던 그자를 생각하면 진태구 자신도 엽초희란 년의 독심에 진저리가 쳐졌다.

"재수가 없었던 게지."

의미 모를 한마디를 혼잣말처럼 내뱉은 진태구는 계장수의 눈을 똑바로 직시하며 천천히 또박또박, 다짐하듯 말했다.

"이제부터 너는 내가 시키는 대로 한다. 의문은 필요없고 항명도 소용없다. 시키는 대로만 하면 후일 내 수하가 되어 영화를 누리겠지만, 딴마음을 품거나 엉뚱한 수작을 부릴 시엔 바로 목이 떨어질 것이다."

서슬 돋은 말을 내뱉는 진태구의 옆에서 장서동이 그 순간 하얗게 웃음을 보였다. 그 웃음의 의미가 뭔지 알기에 계장수는 고개를 끄덕였다.

"특히 노대호나 금와와의 접촉을 피해라. 만일 그런 모습이 적발될 시엔 눈알을 뽑고 혀를 자르겠다. 알겠느냐?"

다시 한 번 다짐하는 진태구에게 계장수는 거듭 고개를 끄덕이며 작게 대답했다.

"알겠습니다."

대머리를 습관처럼 쓸어 올린 진태구의 얼굴에 작은 미소가 다시 떠올랐다.

"아무렴. 놈들은 그저 허수아비에 지나지 않아. 일을 진행시키는 건 언제나 이 몸이지. 군관 황남송도 불로소득을 취하고 있지만, 때가 되면……."

순간, 계장수의 눈을 본 진태구는 말을 다 끝내지 않았다. 그저 가만히 바라보다 술병을 들어 한 모금을 넘기고는 나직하게 마지막 말을 했다.

"내일부터 밤잠을 설치게 될 게다. 그만 물러가 자라."

일그러지는 것처럼 다시 다물리는 진태구의 입술을 보고 계장수는 침상에서 일어섰다. 꾸벅 고개를 숙여 보인 후 돌아서는데, 장서동의 하얀 미소가 또 눈에 들어왔다. 못 본 척 뒤돌아서며 걸어갔다.

침상으로 다가가며 드는 생각은 오직 한 가지였다. 이 죽음의 올가미를 벗어나기 위해서는 어서 빨리 무공을 되찾는 길, 그것뿐이라는 것을.

오십여 명이 주욱 늘어져 자는 막사를 가로질러 맨 끝의 침상에 계장수는 몸을 뉘었다. 그리고 곧바로 운기를 시작했다. 하지만 잠 대신 해야 할 운공은 그날 밤 할 수 없었다. 막사문이 거칠게 열리며 몇 사람이 들어왔기 때문이다.

한밤에 갑자기 나타난 사람들. 그 사람들의 사이로 두 사람이 걸어나왔다. 밀고 들어오는 두 사람의 인영이 누군지 계장수는 침상에 누워 똑바로 보았다. 열린 문과 들창의 사이로 들어오는 밝은 별빛들은 그들의 얼굴을 확실하게 구분해 주었다. 그들은 노대호와 금와였다.

"뭐야? 밤잠도 없이 남의 집에 무슨 일인가?"

동요함이 없는 진태구의 물음에 두 사람은 아무 표정도 보이지 않았다. 하지만 굳은 얼굴만큼이나 노대호와 금와는 무겁게 말을 꺼냈다.

"시간이 없다는 걸 잘 알 텐데?"

"저놈 때문에 닷새나 밀렸어."

늘어진 귓불의 키 큰 노대호와 작달막한 키로 늘어진 볼 살을 흔드는 금와가 동시에 계장수를 쳐다보았다. 그 눈길을 따라 진태구의 시선도 돌아왔고, 어둠 속에서 세 사람의 시선을 받은 계장수는 주춤주춤 일어나 앉았다. 오늘 밤의 일을 피할 수 없다는 걸 알았기 때문이다.

가만히 막사 끝의 어둠 속에 앉은 계장수를 보던 진태구는 장서동에게 명령했다.

"준비시켜라."

귀신과의 조우는 그렇게 시작됐다.

❷

유일한 섬의 식수원인 개울을 건너면서 계장수는 문득, 물의 발원지가 어디일지 궁금했다. 창날처럼 솟구친 암벽산에서부터 흐르는 것은 분명한데, 암벽산 어디를 봐도 물이 흘러나올 만한 곳은 없어 보였다.

"아무렴 어떠랴."

철벅대며 개울을 건넌 계장수는 허리춤에 매단 장비들을 확인했다. 작은 손 곡괭이 하나와 빈 곡식 자루, 호리병에 담은 닭 피 한 병과 자신의 오줌 한 병. 거추장스럽기도 하고 단출하기도 한 그것들이 귀신의 땅으로 넘어가는 준비의 전부였다.

닭은 병사들의 막사 옆에서 기르던 것이었다. 군관 황남송이 꾀를 내어, 병사들에게 부족하나마 계란(鷄卵)이라도 먹이겠다는 요청에 상부에서 보내준 것들이다. 물론 백여 마리에 달하는 닭들은 병사들에게 좋은 음식을 제공해 주기도 하지만, 하루에 한 마리씩 도축되는 닭들은 피를 모두 쏟아내야 했다.

출발하기 전, 왜 낮에 가지 않냐고 장서동에게 물어봤다. 잔인하게 웃어 보인 장서동은 낮의 안개를 뚫고 갔던 놈들은 아무도 돌아오지 않았다고 대답했다. 놈은 오히려 밤이 더 안전하다고 말했다. 또한 대부분의 병사들과 죄수들은 일의 전말을 모르며, 그저 전염병이 돌았던 장소로 여겨 출입이 금지되고 있다고 대답했다. 귀신과 보석은 소수만이 알고 있는 것이다.

생각에 잠겨 있다 보니 발길은 어느새 동쪽 작업장이 있다던 암벽의 모퉁이 앞까지 다다랐다. 잠시 걸음을 멈추고 숨을 고른 후 암벽을 올려다봤다. 말대로 그것이 보였다. 거대한 남근의 형상. 부조화스럽고 흉측하게까지 보이는 그것이 '금역(禁域)'이라는 두 글자 위로 선명하게 음각되어 어둠 속에서 보였다.

"누가 그렸는지 무지하게 크게도 그려놨군."

주력(呪力)을 지닌 그림이 분명한 그것을 보면서도 계장수는 심각함이 느껴지지 않았다. 귀역이 바로 코앞이지만 귀신 따위에게 죽으려면 이렇게 다시 살아나지도, 또 죽을 고비를 거푸 넘기지도 않았을 거란 생각이 들었다. 하지만 오자룡이나 진태구가 기억을 더듬어내던 말들은 거짓이 느껴지지 않았다. 그리고 자신이 다시 환생할 때 보았던 그

것은… 거대한 암흑의 공동 속에서 번쩍이던 핏빛 눈동자는 과연 무엇
인지. 의문이 꼬리를 물었다.

"귀신이라… 가보면 알겠지."

마음을 다잡은 계장수는 남근상이 그려진 암벽을 돌아 나갔다. 별빛
아래 풍경은 순식간에 바뀌었다. 넓은 작업장이 한눈에 보였다. 그 위
에 백골들이 가득했다. 흩어놓은 것 같은 백골들은 팔 년 전 당시의 참
상을 말해 주는 것 같았다. 그런 백골들의 위로 아지랑이처럼 귀기가
흘렀다.

천천히 발을 내딛은 계장수는 바로 발 아래의 백골들이 다름을 알았
다. 옷이 다 삭지 않고 뼈 위에 입혀진 백골들은 작업장 안쪽의 유해들
과 달리 손에 곡식 자루 같은 것들을 쥔 모습이었다. 그건 자신이 가져
온 것과 동일한 용도임에 분명했다. 그런 백골이 좌우에 모두 세 구였
다.

처음 임무를 맡겼다던 그자들이 틀림없었다. 넷이 가서 셋이 죽고
하나만 살아왔다던 그자들의 유해였다. 살아 돌아온 자가 그 당시 유
일한 동정의 총각이었고, 그자만이 임무를 계속한 것이다. 하지만 사
년간 이곳을 드나들던 그자도 어느 날 아침 일어나지 못하고 죽었다.

죽음의 원인은 밝혀지지 않았다고 했다. 그저 동정인 총각만이 보석
을 가져올 수 있다는 사실이 중요했고, 후속 작업을 위해서 발빠른 인
선이 행해졌다. 하지만 황남송의 노력에도 불구하고 동정의 살인 죄수
를 끌어오는 일은 쉽지 않았다. 결국 삼 년 전에 열아홉 살의 살인자를
구했고, 놈은 여태까지 이 일을 하다가 계장수 자신에게 맞아 누운 것
이다.

공교롭다면 공교로운 일이었다. 하지만 처음 넷 중에 살아남은 자는

왜 자다가 죽었을까? 그리고 아무리 동정의 몸이라지만 동료들이 죽는데 혼자서 살아남을 수 있었을까? 자신 직전에 이 일을 하던 놈은 과연 삼 년 동안 어떻게 일을 해나갔던 것일까? 의문스럽고 궁금했다.

맞아 누운 놈의 말에 따르면 삵쾡이처럼 기어서 보석을 찾는 작업을 하다 귀신이 나타나면 닭 피와 오줌을 뿌리고 도망왔다는 것이다. 상식적으로 납득이 가지 않는 말이었다. 백여 명이 넘는 사람들을 일시에 몰살시킨 귀신이란 것에게 겨우 그따위 것으로 목숨을 부지했다는 걸 믿을 수 없었다. 더구나 그 일이 삼 년이나 지속됐다면……

계장수는 생각을 멈추고 계속 앞으로 나아갔다. 조심조심 걸음을 옮겨 백골들을 넘어가니 붕괴가 있었다던 바닥의 지점이 보였다. 조금 더 동쪽으로 걸어가니 보석이 발견됐다던 작은 동혈들이 암벽 곳곳에 보였다. 꼭 어른의 머리 하나가 들어갈 만한 크기인 그것들은 벌집처럼 시커먼 구멍으로 별빛마저 잡아먹었다. 그 안에 손을 집어넣었다.

겨드랑이 끝까지 집어넣어 더듬자 손끝에 뭔가가 잡혔다. 빼내서 보니 암석 가루와 흙이 묻은 금강석이었다. 아래쪽으로 시선을 내리니 곡괭이로 암석을 쪼아 작업한 흔적이 보였다. 최근의 흔적이 분명했다.

"여기서 작업을 했군."

직전에 일을 했던 놈은 여기서 보석을 줍거나 채취해 간 게 틀림없었다. 귀신이 두려웠겠지만, 어차피 빈손으로 가거나 일을 거절할 경우엔 목숨을 부지하기 힘들다는 걸 알았을 테니 할 수밖에 없었으리라. 하지만 놈이 사나흘 걸러 한 번씩 가져오던 보석은 이렇게 가져간다 처도, 귀신의 존재는 과연 어떻게 된 것일까? 그냥 내버려 두었던 것일까?

의문에 사로잡히던 계장수는 암벽의 한쪽에 뿌려진 거뭇한 자국을 보았다. 밝은 빛깔의 암벽은 밤하늘 아래서도 그 자국을 선명하게 드러냈다. 가까이 다가가 살펴보니 지릿한 냄새도 풍겼다. 뭔지 바로 알아보았다. 닭 피와 오줌이었다. 놈은 그걸 여기에 버린 것이다.

"흐흠."

고개를 끄덕거린 계장수는 일의 전말을 알아차렸다. 귀신을 쫓기 위해서 가지고 온 닭 피와 오줌을 버렸다는 건 쓸 곳이 없다는 얘기였다. 그걸 쓸 곳이 없다는 말은 귀신이 없다는 얘기이기도 했다. 놈은 여기서 밤을 지내며 시간을 죽이다가 제가 마음 내키는 날에만 보석 몇 개를 주워서 가지고 간 것이다. 그 대가로 특별 대우를 받고 총애를 받으며 목숨을 부지했으리라.

"그럼 그렇지."

피와 오줌을 쏟아버린 바닥의 한쪽에 비죽 솟은 천 조각이 보였다. 교묘하게 엎혀진 돌 사이로 보이는 그것을 잡아당기니, 바닥에 묻힌 곡식 자루가 모습을 드러냈다. 자루를 열어보니 안에는 금강석과 묘안석, 자수정과 호박 등, 갖가지 보석들이 하나 가득 들어 있었다.

놈은 언제가 될지 모르나 섬을 벗어날 때를 대비해서 제 몫의 보석을 챙겨두었던 것이다. 어차피 이곳엔 아무도 오지 않을 테니 무척 수월했으리라. 이렇듯 놈들은 모두 갖가지의 꿈을 꾸고 있는 것이다. 그 꿈은 보석을 통해 잉태되었다. 하지만 이것은 정체 모를 귀신의 보석이었다. 보석의 양이 도대체 얼마나 되는지 또한 알 수 없었다. 지난 팔 년 동안 긁어모았는데도 이렇게 지천으로 있는 걸 보면 분명 비정상적인 일이었다.

"시간이 없다고 했겠다?"

막사 안으로 들어왔던 노대호와 금와가 했던 말이 떠올랐다. 놈들의 말은 분명 어떤 시한을 두고 있음이 틀림없었다. 그 시한이 임박했고, 때문에 남은 시간 동안 한 개의 보석이라도 더 거둬들이기 위해 진태구를 독촉한 것이다. 놈들이 보석을 모으는 이유는 하나, 섬을 벗어난 후를 위해서다. 그런 놈들이 밤중에 찾아오면서까지 안달하는 이유는?

"보급선(補給船)이구나!"

그랬다. 정확히 열흘 후면 보급선이 오는 날이다. 놈들은 보급선을 탈취해 섬을 벗어날 계획인 것이다. 그날이 오면 황남송과의 협정도 깨질 것이고, 그 또한 목숨을 부지하기 어려우리라. 더불어 그간 상납받았던 보석까지도.

<u>그그그그그.</u>

갑자기 지면이 미세한 진동을 일으켰다. 귀를 작게 울리는 소리는 저 아래의 어디선가 울리는 것 같았다. 소리와 진동의 진원을 찾아 걸음을 더듬던 계장수는 땅이 붕괴하며 귀신이 나왔다던 곳, 쇠고리의 존재가 있었다던 커다란 구덩이 앞에 멈춰 섰다. 암반이 무너진 아래는 시커먼 어둠으로 보이지 않았다. 그 안에서 소리가 들려왔다.

암흑의 구덩이를 보며 잠시 망설이던 계장수는 가장자리를 붙잡고 몸을 들이밀었다. 들어가 보기로 작정한 것이다. 아무것도 분간할 수 없을 만큼 어두웠지만, 구덩이는 이곳저곳 암벽의 돌출부가 있어 잡고 내려갈 만했다. 그렇게 내려가기를 일 다경(一茶頃) 정도 했을 때 바닥에 닿았다.

예상대로 동굴이었다. 바닥에 가까워질 때부터 보았던 붉은 기운이 저 끝에서부터 넘실댔다. 망설이지 않고 붉은 빛과 기운을 좇아 걸음을 옮겼다. 동굴은 무척 길고 컸다. 다가갈수록 붉은 빛과 기운은 점점 강해지고 피부를 자극했다. 또한 공기가 차가워지고 요동을 쳤다.

이유없이 소름 돋는 서늘함을 털어내며 계장수는 우측으로 휘어져 들어가는 동굴을 계속 걸어갔다. 막연한 불안감이 가슴에 가득했지만 이 끝에 과연 무엇이 있을까 하는 호기심은 불안을 눌렀다. 그리고 마침내 붉은 빛과 기운이 넘쳐 나오는 동굴 끝에 다다른 순간, 계장수는 저도 모르게 숨을 들이켰다.

"허어억!"

오자룡에게 들었던 그것. 붉은 기운의 반투명한 공 같은 것. 안쪽에 붉은 화염 같은 기운들이 터질 것처럼 넘실대는 그것. 그것이 허공에 떠 있었다. 하지만 뭔가에 고정되어 제약을 받는 듯, 허공의 한곳에서 벗어나려 안달하는 붉은 구체는 쉬지 않고 요동쳤다. 그 힘의 여력으로 동굴 전체가 울어댔다.

미세하게 떨어지는 돌가루와 먼지 속에서 붉은 구체를 고정하고 있는 힘이 무엇인지 계장수는 바로 알아보았다. 구체의 양 옆으로 기다란 거미줄처럼 몇 가닥의 빛줄기가 늘어진 것이 보였다. 왼쪽은 노란 빛줄기, 오른쪽은 파란 빛줄기로 이어져 동굴 양 옆에서 뻗친 그것들이 붉은 구체의 몸통에 붙어 움직임을 제약하고 있었다. 희한하고 놀라운 광경이었다.

빛줄기를 거미줄처럼 뻗어낸 근원에는 역시 두루뭉실한 빛무리가 존재했다. 각기 노랗고 파란 빛무리들은 양쪽 동굴의 벽 중간에 붙어서 붉은 구체를 팽팽하게 잡아당겼다. 그런 셋의 모습은 꼭 놀이 하는 아이들 같았다. 하지만 동굴 가득한 기운은 결코 저들의 존재가 간단치 않음을 알게 해주었다.

"죽었다 살아났더니 별꼴을 다 보겠군."

저들이 무엇이든, 한 가지 확실한 것을 알 수 있었다. 붉은 기운의 구체는 동굴을 벗어나려고 애를 쓴다는 것이고, 노랗고 파란 두 빛무리는 그걸 막기 위해서 용을 쓴다는 점이었다. 셋 다 귀신이든 아니든 이젠 중요하지 않았다. 팔 년 전 그날 이후로 귀신은 움직이지 않았다. 아니, 저 빛무리들에게 붙잡혀서 움직이지 못한 것이다. 저들이 움직이지 않는다는 게 중요했다.

그러면 맨 처음 보내졌던 자들은 어떻게 죽은 것일까? 살아남았던 자에게는 무슨 일이 있었던 걸까? 그자는 왜 나중에서야 원인 모르게 죽었을까? 궁금함이 꼬리를 물고 연쇄적으로 일어났다. 하지만 계장수는 확실히 깨달았다, 이곳에 더 있어봐야 득될 것이 없음을.

궁금함을 접어두고 몸을 돌리던 계장수는 갑자기 움직임을 멈췄다. 돌아서던 그의 시선에 이상한 것이 들어왔다. 허공에 떠 있는 구체의 아래 작은 피 웅덩이가 보였다. 분명 구체가 땅에 앉았던 자리가 분명한 듯한데, 그곳에 비죽 솟은 쇠뭉치가 보였다. 얼핏 검이나 도의 손잡이처럼 보이는 그것에 붉은 구체는 계속 피를 떨어뜨렸다. 핏방울은 쇠뭉치에 닿자마자 부그르르 끓어올랐다. 웅덩이도 그렇게 끓었다.

"뭐야?"

몸을 다시 돌려세운 계장수는 천천히 구체의 아래로 다가갔다. 그런데 이상한 일이었다. 그가 다가갈 때마다 붉은 기운의 구체는 더 험하게 요동쳤다. 그렇기는 양쪽의 두 빛무리 또한 그러했다. 꿈틀대고 요동치는 그 모습들은, 꼭 다가오지 말라고 경고하는 것 같았다.

하지만 계장수의 발걸음은 이미 붉은 구체의 아래에 당도했다. 험악하게 요동치는 구체를 꺼림칙하게 바라보던 계장수는 피 웅덩이를 내려다봤다. 발 바로 앞에서 부글부글 끓는 피 웅덩이는 역한 느낌을 불러일으켰다. 하지만 그 안에 담긴 길쭉한 쇠뭉치는 손을 뻗게 했다.

마침내 계장수의 손이 쇠뭉치 끝을 잡았다. 곧바로 들어 올리자 묵직한 중량의 길쭉한 몸통이 모습을 드러냈다. 길이는 손잡이까지 넉 자가 훌쩍 넘을 듯, 날씬하고 좁은 몸통의 모양은 수련용 도(刀)를 시커먼 묵철(墨鐵)로 만들어놓은 것 같았다. 하지만 묵철도를 집어 든 그 순간, 계장수는 죽음보다 더한 전율과 고통을 느껴야 했다.

끼아아아악!

귓속을 찢어발기는 듯한 귀곡성과 함께 구체의 아래쪽에서 붉은 화염 같은 기운이 뻗쳐 나왔다. 순식간에 묵철도의 끝을 그것이 휘어 감았다. 곧바로 엄청난 기운이 몸 안에 밀려들었다. 마치 용암 속에 빠져드는 것 같은 기운은 순식간에 전신에 밀려들며 온몸을 치달았다.

"커어헉!"

묵철도를 놓지도 못한 채 계장수는 신음을 흘렸다. 입은 저절로 벌어지고 눈은 흰창으로 순식간에 돌아갔으며 후들대는 손발은 갈대처럼 흔들렸다. 일찍이 체험해 보지 못한 그 엄청난 고통 속에서 계장수는 수많은 사람들의 얼굴을 보았다. 알 수 없는 옛날 병사의 얼굴부터 무사, 청년, 아이, 아낙네, 그리고 이 섬에서 죽은 게 확실한 죄수들과 병사들의 모습. 그것들이 꿈속의 영상처럼 찬연히 펼쳐지며 눈앞을 스쳐갔다. 그리곤 온 몸속을 치돌아서 붉은 구체로 다시 빨려갔다.

정신이 혼미해졌다. 왜 그런지 몸과 정신이 점점 떨어지는 느낌이 왔다. 계속해서 쏟아져 들어오며 다시 구체로 들어가는 수많은 사람들의 모습이 자신을 잡아당기는 것만 같았다. 가면 안 될 것 같았다. 하지만 점점 더 버티기가 힘들었다. 거추장스러운 몸을 던져 버리고 저들처럼 흘러 다니고 싶었다. 그렇지만 자신에겐 해야 할 일들이 있었다, 꼭 해야 할 일들이.

몸에서 정신이 이탈해 가는 가운데서도 계장수는 죽은 귀도문의 가족들을 떠올렸다. 해야 할 일을 떠올린 순간 전생의 원수보다도 그들의 모습이 먼저 생각난 것은 의외였다. 하지만 그들의 얼굴 하나하나와 마지막도 보지 못한 계은범의 자상했던 모습이 떠오른 순간, 단전에서 한줄기 기운이 힘차게 솟구쳐 올랐다. 철령기와 수단지도의 힘이었다.

"크윽!"

혀끝을 깨물어 정신을 차린 계장수는 천천히 바닥에 주저앉았다. 손은 여전히 묵철도를 잡은 채로 구체의 붉은 화염 같은 기운과 연결되어 있었다. 엉덩이가 바닥에 닿자 정신을 모으며 수단지도를 운용했다. 엄청난 사람들의 모습들과 기운은 온몸의 피를 빼고 새로 채워 넣는 일을 반복하는 것처럼 몸을 휩쓸었다. 몸속에서 격류가 휘몰아쳤다.

끼아아아아악!

구체는 또다시 귀곡성을 내뱉으며 출렁댔다. 그 순간 이전보다도 더욱 엄청난 기운이 몰려들었다. 정신은 다시 아득해지고 영혼이 빨려 나가는 느낌이 자욱하게 엄습했다. 혀를 깨물어도 소용없었다. 어느새 영혼과 분리되는 얼굴이 아래로 보였다. 이를 악문 그 모습과 점점 더 사이가 벌어져 갔다. 그런데 그 순간 구체를 붙잡았던 노랗고 파란 빛 무리가 날아왔다. 그것들이 몸의 좌우로 달라붙었다.

"흐읍!"

분리되어 가던 영혼은 다시 몸과 합쳐졌다. 그 순간을 놓치지 않고 계장수는 수단지도의 비결을 다시 운기해 갔다. 마음속의 울림이 천둥

같았다.

수시반청(收視反聽).

먼저 눈을 안으로 돌려 마음을 보아야 한다. 이것은 소위 반신귀사(返神歸舍)라… 마음은 도(道)에 향하고, 귀를 고정시켜 다른 소리를 듣지 않도록 한다.

공정정정(空正定靜).

공(空)이라 함은 마음속에 아무런 사념과 걱정이 없는 것이고, 정(正)이라 함은 밖으로는 몸을 기울이지 않도록 바로잡는 것이고, 안으로는 마음을 바로잡아 사(邪)하지 않게 하는 것이다. 마음과 뜻이 융합되면 자연히 고정(定)되고, 신(神)과 기(氣)가 응결되면 자연히 정(靜)해진다.

의개신심(意開神心).

뜻을 고정하여 현관(玄關)에 주입시킨다. 의(意)는 마음에서 일어나는 것이다. 의(意)가 주입되는 곳에 신(神)도 멈추고, 신(神)이 멈추면 기(氣)도 따라 멈추게 되며 기혈(氣血)이 모이게 된다.

폐기요정(閉氣腰挺).

폐기를 하지 않으면 정(精), 기(氣), 신(神)이 부실하니 반드시 숨을 참을 수 없을 때까지 폐기하다가, 또한 침을 삼켜야 할 때는 기를 약간 내보내며 즉시 폐쇄해야 한다. 허리는 일신의 중류저주(中流砥柱)이므로 반드시 허리를 세워야 정신을 진작시킬 수 있다.

물착의(勿着意).

의(意)를 떠나지 않고 있는 듯 없는 듯해야 진의(眞意)이다. 만약 너무나 의를 움직이면 후천(後天)이 되므로 이익이 없을뿐더러 해가 있다.

잡념기(雜念忌).

앉는 것은 공우(空宇)를 위주로 한다. 공(空)을 모르고 공연한 공(空)을 추구하면 항공(頑空)이 된다. 안으로 색(色)이 있어도 색(色)이 없게 보이는 것인 진공(眞空)이다. 그러므로 덧없는 사념과 잡념은 가장 금기해야 할 색이니, 즉 경색(景色)이다.

사혈심(死血心).

즉, 연(煉)이다. 마음이 죽어야 신(神)이 산다. 이것은 심혈(心血)이 음(陰)에 속하고, 신(神)은 양(陽)에 속하여 양이 성하면 음이 쇠하게 된다. 그러므로 앉을 때에는 심(心)은 허정(虛靜)하고 신(身)은 무(無)에 들어가야 한다. 동정(動靜)이 없고 물아(物我)를 잊어 내외합일(內外合一)해야 얻게 된다.

영내후(寧耐候).

공자께서 이르시기를 어려운 것이 항심(恒心)이라 했다. 항심으로써 성(聖)이 되는 기본을 삼아야 하는데 이를 행하지 않으면 이룩할 수 없다. 그래서 견실한 인내력이 있고, 꿋꿋하게 진(眞)을 지켜야 물이 빠지고 돌이 나오게 된다. 훗날 공(功)을 이루려면 완전히 영(寧)을 믿어야 한다.

마음의 울림을 좇아 운기를 시작한 지 얼마나 되었을까. 물밀듯이 밀려들어 오고 썰물처럼 빠져나가는 수많은 혼령들과 그들의 기운이 이젠 자연스럽게 느껴졌다. 더군다나 몸에 스며든 두 가지 빛무리의 기운들은 수단지도의 기운을 이끌고 북돋우며 몸의 평정을 찾아주었다.

하지만 그때, 예기치 못한 일이 벌어지고 말았다. 수단지도와 섞여 흐르던 철령기의 기운이 갑자기 분리되어 몸속을 흐르기 시작했다. 무리를 이탈한 망아지처럼 날뛰는 그것이 구체에서 흘러 들어온 혼령들, 그것들의 기운을 휘감아 뭉치기 시작했다. 당황스러웠다. 놀라기는 두 개의 빛무리 기운도 같은 모양이었다. 그러나 삽시간에 대해처럼 뭉쳐 나간 철령기는 점점 더 많은 기운들을 구체로부터 빨아들였다.

구체가 저항하는 것이 느껴졌다. 뺏기지 않으려고 안간힘을 쓰는 것도 느껴졌다. 하지만 철령기는 끝이 없는 무저갱처럼 구체의 기운을 빨아들였다. 그 속도와 양이 너무도 과도하고 엄청나 구체가 소리를 질렀다.

끼아아아악!

그 순간 계장수는 반개했던 눈을 떴다. 그리고 붉은 화염처럼 허공에서 요동치는 붉은 구체를 보았다. 크기가 반 정도로 줄어든 모습이었다. 놈은 이젠 묵철도와 연결된 화염의 끈을 놓아버리기 위해 요동을 쳤다. 하지만 몸속의 철령기는 그걸 거부했다. 그러나 이대로 계속 있다가는 몸이 터져 버릴 것만 같았다. 그래서 묵철도 잡은 손을 놓았다.

그러나 손을 놓으려던 그 순간, 몸속에서 해일처럼 출렁대던 철령기의 기운이 드디어 흘러넘쳤다. 하단전에서 중단전, 중단전에서 상단전, 머리끝을 돌아 목과 어깨를 거쳐 팔과 두 손, 가슴을 내려 회오리처럼 몸을 휩쓸며 발끝에 이르기까지, 온몸의 모공 하나하나에까지 차고 넘친 기운이 폭발해 나갔다.

꽈과과과과과광!

온몸의 구석구석과 머리끝에서 터지는 엄청난 벼락 소리를 들으며 계장수는 하얗게 눈을 뒤집고 쓰러졌다. 그러나 쓰러지는 그 순간에 손에 잡은 묵철도를 타고 철령기의 기운이 터져 나갔다. 붉은 구체를 강타하며 휘감은 철령기는 폭풍처럼 하늘 높이 솟구쳐 올라갔다.

쿠와아이아앙!

동굴 천장이 종잇장처럼 터져 오르는 것을 보며 계장수는 눈을 감았
다. 하늘은 아직도 까맸다.

석모도에 부는 바람 2

❶

계장수는 꿈을 꿨다. 자신은 수많은 사람들의 손에 이끌려 세상을 날아다녔다. 저 아득한 천산산맥 넘어 흑수(黑水:바이칼호)의 물결을 차며 어린아이처럼 웃었고, 파내류산(파미르 고원)의 이름 모를 고성(古城)에서 무사들과 환담을 나누었다. 산과 초원을 건너다 목동에게는 젖을 얻어먹고 배를 두들겼으며 밭 가는 노부부의 밥상에서는 곡주를 얻어 마셨다.

꿀처럼 달콤하고 꽃처럼 향기로웠다. 사방천지에 화사한 햇빛과 벌나비들이 가득했고, 눈에 보이는 땅 전부에는 천지화(天指花:무궁화)가 흐드러지게 피었다. 너무나 평화롭고 따사로워 마냥 졸음만 쏟아졌다. 사람들은 모두가 평화에 취해 행복한 얼굴이었다. 천국이 따로 없었다.

그런데 갑자기 바람이 불었다. 햇빛 가득하던 하늘은 금세 어두워지

며 벼락이 떨어졌다. 불타는 천지화들 위로 천둥 소리가 짐승의 울부
짖음처럼 퍼졌다. 평화롭던 사람들은 놀라서 이리저리 뛰었다. 꽃은
짓밟히고 사람들은 소리 질렀다. 그런 사람들의 머리 위로 검은 그림
자가 덮쳤다.

그림자는 모두 셋이었다. 철탑처럼 거대한 팔 척 장신의 그림자가
검은 피풍의를 휘날리며 사람들 사이를 휘저었다. 그에는 못 미치지만
칠 척에 가까운 또 한 사내가 역시 똑같은 피풍의를 펄럭대며 사방을
누볐다. 같은 색의 피풍의를 칼날처럼 휘두르며 달리는 세 번째 그림
자는 여자였다. 긴 머리카락을 휘날리는 그 여자의 손이 닿을 때마다
사람들은 사방으로 흩날렸다.

세 명의 검은 그림자는 사람들 사이를 종횡으로 누볐다. 양떼 속에
풀어놓은 호랑이들 같은 그 모습에 사람들은 공포의 비명을 외치며 도
망갔다. 하지만 휘둘러대는 그들의 손이 닿을 때마다 사람들은 꽃잎처
럼 흩어져 날렸다. 비단 날릴 뿐 아니라 땅에 떨어졌을 땐 나무토막처
럼 말라비틀어졌다.

남자 둘과 여자 하나, 그들은 사람들의 정기(精氣)를 빨아먹었다. 그
들의 손이 닿고 스칠 때마다 사람들의 몸에선 푸르고 흰 정기들이 연
기처럼 빠져나왔다. 그들의 손은 그걸 잡아 뽑듯이 빨아들였다. 그때
마다 그들의 몸에선 작은 뇌전(雷電)들이 파지직거리며 피어올랐다.

사람들은 삽시간에 정혈 빨린 나무토막이 되어 쓰러졌다. 오색찬란
하던 천지화의 동산엔 이미 시체만이 가득했다. 남은 사람들은 살기
위해 도망치며 울부짖었다. 그 혼란의 가운데에 어미의 손을 놓친 어
린 여아가 목 놓아 울음을 터뜨렸다. 한데 그 아이에게 검은 그림자 중
의 하나, 긴 머리의 여인이 다가섰다.

등을 보인 여인은 여자 아이의 앞에 우뚝 섰다. 얼굴이 보이진 않지만 웃고 있을 거라 여겨졌다. 여자의 손이 천천히 내밀어졌다. 검푸른 손등에 돋은 혈관들이 꿈틀 하는 순간, 여자의 활짝 펴진 손바닥 안으로 여자애가 떠올랐다. 마치 박통처럼 붙잡힌 여자애의 머리가 너무도 끔찍했다.

"안 돼!"

계장수는 소리쳤다. 긴 머리 여자의 손에 잡힌 여자 아이는 그 순간 눈을 부릅떴다. 놀란 눈동자가 한없이 커진 그 순간, 가뭄에 말라비틀어지는 오이처럼 여자애는 순식간에 쭈글쭈글해졌다. 끔찍했다. 창졸간에 생명을 빨린 그 몸뚱이가 떨어졌다. 바로 그때 긴 머리 여자가 뒤돌아섰다. 시뻘겋게 번쩍이는 혈광의 눈동자가 소름 끼쳤다.

"으아아아아!"

계장수는 미친 듯이 소리치며 여자에게 달려갔다. 그런데 달리는 계장수의 몸이 하나하나 흩어졌다. 팔과 다리, 배와 가슴, 목과 머리… 차례로 허공 중에 흩어진 몸에서 존재감이 사라져 갔다. 여자는 바라보며 귀신처럼 웃었다.

짝! 짝! 짝!

"으허억!"

소리치며 눈을 뜬 계장수가 제일 먼저 본 것은 뻥 뚫린 구멍 위로 보이는 하늘이었다. 하늘은 파랗고 높았으며 구름 한 점 없이 맑고 쾌청해 보였다.

"야, 이 자식, 깼다, 깼어."

"살살 때리랬잖아, 임마."

“뭐 어떻다고 그러냐? 네 뺨따구도 아닌데?”

“드런 새끼, 성질머리 하고는.”

옆에서 들리는 말소리에 계장수는 머리를 흔들며 상체를 일으켰다. 아직도 흐릿한 눈과 멍한 정신으로 사방을 둘러보니 동굴 안의 정경이 눈에 들어왔다. 천장에 뚫린 커다란 구멍에서 들어오는 햇빛이 계장수 자신이 누웠던 동굴 중앙을 내리비췄고 사방은 그늘 같은 어둠으로 괴괴했다.

“저 자식 아직도 정신이 없는 모양인데?”

“너 같으면 정신있겠냐? 귀신하고 싸우고, 귀신같은 놈한테 뺨 맞고, 그놈이 옆에서 지걸여 대는데 말야?”

“뭐? 이게 무슨 귀신 씻나락 까먹는 소리야!”

버럭 소리치는 파란 빛무리를 계장수는 멍한 눈으로 바라다봤다. 가만히 보니 빛무리는 그냥 빛무리가 아니었다. 빛무리 안에 사람의 형체가 보였다. 투명하게 빛의 선처럼 윤곽만이 보이는 그것은 노인이었다.

“너, 이 자식! 내가 폭력적이라고 말하려는 거지? 그렇지?”

날카로운 눈매를 가진 파란 빛무리 노인이 노란 빛무리 노인에게 고함치며 물었다.

“그럼 아니냐? 넌 살아생전 젊었을 적에도 그 성질 때문에 손가락질 받았잖아, 임마.”

대수롭잖게 대꾸하는 노란 빛무리 노인은 홀쭉한 일굴이었다. 하지만 처진 눈꼬리가 어딘지 여유롭게 보이는 인상이었다.

“뭐? 내가 언제 손가락질 받았어? 암왕(暗王) 천수비천(千手飛天) 하면 사람들이 우러러봤지 손가락질했냐? 그러는 너야말로 뒷구녕으로 꿍수 쓴다고 욕 많이 처먹었잖어? 안 그러냐, 이 독구렁이 자식아?”

파란 노인의 반격에 노란 노인의 여유로운 얼굴은 잠시 침묵을 지켰다. 흥분한 얼굴은 아니었다. 하지만 곧 조분조분하게 다시 말을 꺼냈다.

“뭐, 그럴 수도 있겠지. 하지만 적어도 나는 싸움 도중에 던질 게 없다고 똥까지 던지는 그런 짓은 안 해. 생각은 나냐? 까맣고 구리구리하던 염소똥?”

“그, 그건 주변에 던질 게 아무것도 없었고, 때마침 우리가 있던 곳은 염소 우리 앞이라 어쩔 수 없이… 이익! 이 치사한 자식아! 어쨌든 그거 맞고 암흑마궁 놈들이 뒈졌잖아! 그러면 됐지 뭘 더 바래!”

“호오, 그래서? 하긴 똥 맞고 뒈진 놈들이 이상한 거지. 염소똥.”

“쌍노무시키! 그러는 너는? 그러는 너는 그렇게 잘나서 설사약을 하늘 높이 뿌렸냐? 적, 아군 구분 없이 뿌려댄 네놈 설사약 때문에 내가 얼마나 고생했는 줄 알아? 그리고도 독왕(毒王)이라고? 개가 웃겠다, 이 추접한 새끼야!”

“무, 무슨 소릴, 그땐 갑자기 역풍이 불어서… 그, 그리고 분명 마비산(痲痺散)인 줄 알았는데 그게… 어쨌든! 그때 내 할 도리는 다했어! 네놈처럼 숨어서 놀고 그러지는 않았단 말씀야! 내가 너 같은 줄 알아, 임마!”

“이 자식이!”

두 노인네는 푸드득 서로의 멱살을 잡았다. 그 모양을 바라보고 있던 계장수는 자신이 아직도 꿈을 꾸고 있는 것만 같았다. 그래서 깨고 싶었다.

“꿈이 참 질기기도 하구나.”

중얼거리는 계장수의 말을 들은 두 노인네가 동시에 시선을 돌렸다. 두통 환자처럼 머리를 짚는 계장수의 모습을 본 두 노인은 스르르 멱 살 잡은 손을 풀었다. 그리고 가벼운 헛기침과 함께 계장수에게 말을 걸었다.

"야, 이놈아. 너 귀도 계문설이와 무슨 관계냐?"

파란 노인의 말에 계장수는 숙였던 고개를 들며 눈을 동그랗게 떴 다.

"그분을 아십니까? 그분은 가문의 시조가 되시는 분입니다만……."

자기가 누구에게 말을 하는지도 분간 못하는 상황인데다가, 자신의 말에도 구분하기 힘든 부분이 있음을 자각한 계장수는 말끝을 흐렸다.

"계문설의 후예라고?"

"흐흥, 그럼 그렇지. 안 그러고서야 그놈의 수단지공(修丹之功)을 어 찌 알겠나?"

수긍의 표정을 보이는 두 노인의 얼굴을 보고 계장수는 난감함에 빠 졌다. 도왕(刀王)으로 불렸던 귀도 계문설의 후대라고 말하기도 그렇고 아니라고 하기에도 이상한 처지가 자신인 것이다. 하지만 그 순간 한 가지 사실이 떠올랐다. 스스럼없이 계문설을 부르는 태도나 두 노인의 대화 도중에 나왔던 암왕과 독왕의 호칭. 그렇다면 저 두 사람은…….

"혼령(魂靈)이십니까?"

마음속의 궁금함을 접고 계장수는 전혀 엉뚱한 질문을 했다. 속으로 생각한 그들이라면 삼백 년 전의 인물들인데 여태 살아 있다는 건 말 도 안 되는 얘기였다. 하지만 혹시나 하는 생각에 말까지 바꿔 물어봤 다.

마뜩찮게 쳐다보던 파란 노인이 바로 대답했다.

“이 자식 봐라? 너 귀신 아니냐고 물어보려고 했지? 그렇지? 이거 아주 맹랑한 놈이네? 그럼 네놈 눈엔 우리가 뭘로 보이냐? 이런 꼬라지 한 사람 봤냐?”

너무 천연덕스런 대답에 계장수는 일순 말문이 막혔다. 이번엔 노란 노인이 말을 걸었다.

“귀신 처음 보지? 너무 놀라지 말아라. 네 선조 계문설이의 옛친구들이다. 그리고 엄밀히 따지면 귀신이라기보단⋯ 우린 스스로 육신을 버린 반선체(半仙體)다. 뭐, 보기에 따라선 귀신이라고 생각할 수도 있겠지.”

자상한 눈매로 웃어 보이는 노란 노인의 얼굴에 계장수가 꾸벅 고개를 숙여 보였다. 하지만 그때 파란 노인은 심통 맞게 주절댔다.

“체, 친구는 무슨 빌어먹을 친구. 그 자식 땜에 선계(仙界)로 승천(昇天)하지도 못하고 이 모양 이 꼴인 걸 생각하면 잠도 안 오는구만.”

샐쭉 흘겨본 노란 노인은 바로 지청구를 줬다.

“야 임마, 몸도 없는 놈이 무슨 잠을 자? 너 지난 삼백 년 동안 잠잔 적 있냐?”

“어? 뭐, 말인즉슨 그렇다는 얘기지. 허험.”

파란 노인을 흘겨보던 노란 노인은 다시 계장수에게 눈길을 돌리고 자상하게 물었다.

“그건 그렇고, 귀도의 후예인 네가 이 섬에는 어떻게 오게 된 것이냐? 내가 알기로 여기는 살인 죄수들만 오는 곳이라던데? 살인죄를 진 게냐?”

파란 노인의 눈도 궁금함을 담고 넌지시 건너다보았다. 계장수는 잠시 두 노인, 정확히 두 반선(半仙)의 눈을 직시하다 천천히 입을 열었다.

"제가 실은 계문설 어른의 후대가 아니오라……."

그렇게 시작된 계장수의 이야기는 햇빛이 기울어질 때까지 계속됐다. 수직으로 들어오던 햇빛은 동굴 벽으로 기어올라 가며 점점 스러져 갔다. 하지만 두 반선 노인은 이야기에 빠져 시간 가는 줄도 몰랐다.

"그래서? 그 깜찍한 년이 널 이리 보냈단 말이냐?"

"허어, 이런 일이 있나."

격분하고 탄식하는 두 노인의 얼굴을 보며 계장수는 마지막 말을 꺼냈다.

"그러니, 다른 사람으로 살던 제가 이 몸을 빌어 환생했으니 계씨 문중에 죄를 짓게 되었습니다."

마지막 계장수의 말에 무거운 표정을 보이던 두 노인은 서로를 쳐다보고는 고개를 끄덕였다. 두 노인의 시선은 다시 계장수에게로 돌아갔고, 그중 파란 노인이 먼저 말을 꺼냈다.

"식솔들의 혼령을 보았다며? 그들이 그렇게 너에게 나타난 건 이미 너를 한가족으로 여긴단 얘기다. 속에 든 건 조극강이란 놈일지 몰라도 계장수란 아이의 몸을 빌어 태어났으니 너는 곧 계장수인 것이지."

노란 노인도 거들었다.

"맞다. 혼령이란 무심히 사람 앞에 드러나는 게 아니지. 그렇지 않았다면 계문설 놈이 감춰놓은 도법의 후반부를 찾을 수도 없었을뿐더러 이렇게 우리와 마주 볼 이유도 없었겠지. 이런 걸 인연이라 하는 게다."

잔잔히 웃음을 보이는 노란 노인의 얼굴을 보며 계장수는 마음의 짐이 덜어짐을 느꼈다. 한데 그 순간 파란 노인은 갑자기 생뚱 맞은 트집을 잡았다.

"그런데… 너, 뭐? 철혈무제 조극강이라고?"

가늘게 째려지는 파란 노인의 눈을 보며 불현듯 계장수는 불안감을 느끼며 더듬댔다.

"그렇… 습니다만……."

아니나 다를까, 파란 노인은 바로 핏대를 세웠다.

"이 싸가지없는 핏덩어리 자식아! 너같이 어린 놈이 무제(武帝)는 무슨 얼어죽을 무제야? 엉? 네가 감히 우리랑 같이 놀자는 거냐? 감히 육왕(六王)하고 같이?"

버럭 달려드는 기세에 계장수는 앉은 채로 엉덩이를 밀었다. 노란 노인이 말리지 않았다면 손이라도 쓸 기세였다.

"어휴, 이 자식은 육신의 탈을 벗어서까지 이 지랄이냐? 제발 정신 좀 차려라, 엉?"

시끌대는 파란 노인과 그걸 잡아 말리는 노란 노인을 보며 계장수는 확신했다. 두 노인이 육신을 버린 다른 존재임은 물론이고, 중원육왕 중의 두 명인 암왕(暗王) 천수비천(千手飛天) 석중달(石仲達)과 독왕(毒王) 만독수(萬毒手) 당천성(唐天星)임을. 둘은 물경 삼백 년 전에 살던 사람들이었다.

"어르신들, 그런데 이곳엔 어인 일로… 옛적에 돌아가신 걸로 알려진 분들이……."

계면쩍은 얼굴로 묻는 계장수의 얼굴을 돌아보며 노란 빛무리의 노인, 독왕 만독수 당천성이 히죽 웃었다.

"저승이나 뭐 그런 데 있지 않고 왜 귀신같은 꼬라지로 여기 있냐고?"

잔잔하게 떠오르는 그 웃음에 계장수가 고개를 끄덕일 때, 파란 빛 무리의 노인 암왕 천수비천 석중달은 버럭 고함쳤다.

"왜? 너 같은 놈도 이상한 주문 외워서 살아나는데 우린 이러면 안 되냐? 엉? 말해 봐, 이 자식아! 말해 보라구! 너 때문에 삼백 년 공이 무너졌잖아!"

암왕 석중달이 삿대질을 해대자 푸른 빛에 싸인 손이 계장수의 안면 앞을 오르내렸다. 정신이 산란해진 계장수는 주춤주춤 엉덩이를 뒤로 물리며 우물거렸다.

"제, 제가 뭐, 뭘……."

더 이상 보고 있기가 한심스러웠던지 독왕 당천성은 석중달의 손목을 나꿔채며 바락 고함쳤다.

"제발 대충해라! 응? 이 씹어 먹을 놈아!"

파르르한 기세를 보이던 석중달이 움찔, 돌아보며 기세를 누그러 뜨렸다. 자신보다 더 굵은 핏대를 목에 세운 당천성을 보며 그는 작게 궁시렁댔다.

"내가 뭐를… 괜히 성질이냐?"

뾰로통해지는 석중달을 외면하고 당천성은 계장수를 보며 찬찬히 입을 열었다.

"궁금한 게 많겠지. 간단히 얘기해 주마. 여긴 삼백 년 전에 우리가 싸우던 암흑마궁의 제단(祭壇)이 있던 곳이다. 이곳은 귀문이며, 여길 열어 명계(冥界)의 사악한 힘을 이끌어내던 그놈들의 삼대성지 중의 하나다."

계장수는 눈을 동그랗게 치켜떴다.

"그, 그런 일이……."

놀람을 예상했다는 표정으로 당천성은 말을 이었다.

"나머지 두 곳은 어딘지 우리도 모른다. 다만 이곳이 열리면 세상의 균형이 무너지고 인세(人世)는 도탄에 빠지게 된다는 것이다. 그래서 우리는 목숨을 걸고 놈들과 싸웠지. 그 결과로 암흑마궁 삼대궁주 중의 하나인 지옥마녀(地獄魔女) 마고지나(麻姑支那)의 영체(靈體)를 붙잡는 데 성공했다."

가만히 듣고 있던 계장수는 조심스럽게 다시 물었다.

"그럼 혹시… 붉은 화염의 공 같던 그것이……."

"맞아, 임마! 삼백 년 동안 붙잡고 있던 걸 네놈 때문에 놓친 거야!"

또 한 번 버럭 소리친 석중달은 하얗게 흘겨보는 당천성의 눈을 보고 입을 다물었다. 당천성은 시선을 누그러뜨린 후 다시 얘기했다.

"다른 두 궁주인 아마간(阿馬干)과 아보기(阿保基)는 검왕(劍王) 최염(崔炎)과 네 선조 귀도 계문설의 손에 죽었지. 그 전투에서 검왕을 비롯한 창왕(槍王) 오세명(吳世明)과 권왕(拳王) 용정필(龍正筆)이 부상을 입었지. 해서 계문설은 혼자 몸으로 우리에게 달려왔다. 우리 둘을 돕기 위해서 말이다."

옛 생각이 나는 듯 당천성은 잠시 생각에 잠겼다. 그렇기는 비죽대던 석중달 역시도 같았다. 하지만 생각은 오래가지 않았고 당천성은 다시 말을 꺼냈다.

"스스로 몸을 버려 영체가 된 마고지나와 싸우느라 우리도 거의 죽음 직전이었지. 그때 계문설이 도착했다. 놈은 저 검은 칼, 귀신도(鬼神刀)로 마고지나를 땅에 박았다. 그때서야 우리는 겨우 숨을 돌렸지."

계장수는 당천성의 눈이 가리킨 자신 앞의 시커먼 묵철도를 바라보았다. 기억이 났다. 저걸 잡은 순간에 벌어졌던 붉은 화염 공과의 끔찍했던 기억이. 하지만 다시 벌어지는 당천성의 입으로 바로 고개를 들었다.

"하지만 늦은 감이 있었어. 우린 그때 이미 죽음 앞에 있었지. 마고지나의 공격은 상상을 초월하는 것이었거든. 그때 계문설 놈이 얘기하더군. 어차피 죽을 거, 몸을 버리고 스스로 탈각(脫殼)해서 삼백 년 동안만 마고지나를 잡고 있으라고 말야."

"예? 그게… 어떻게……."

"보고도 모르냐, 이 자식아! 삼백 년 후엔 저것이 다시 깨어나니 삼백 년만 붙잡고 있으면 명계의 힘이 다해 스스로 소멸한다고 했단 말야! 네 조상 놈이 우릴 그렇게 꼬드겼단 말이다! 죽어가는 놈들한테 말야!"

바르락대는 석중달은 꽤나 성질이 나는 모양이었다. 하지만 당천성은 허탈하게 웃었다.

"내 잘못이야. 팔 년 전 그때, 이미 삼백 년의 시한을 넘겼기에 마고지나는 곧 소멸할 줄 알았지. 해서 당문 후손들의 제삿밥이나 좀 얻어먹을 요량으로 사천(四川)에 다녀왔건만… 그날 일이 벌어지고 말았어."

뒷이야기는 인상을 구기는 석중달이 했다.

"제삿밥은 밀어먹을, 안 하던 짓을 하니 그리됐지. 어쨌든 그년이 삼백 년 동안 저 칼을 뽑아내는 데만 힘을 썼던 거야. 거기다 포박하던 힘이 반으로 줄어들자 바로 나를 밀치고 뛰쳐나갔지. 그날 백여 명이 넘는 사람들의 생혈과 정기를 빨아들인 년은 정말 미쳐 날뛰었어. 하루가 지난 뒤에야 이 늙은이가 와서 겨우 붙잡을 수 있었지."

생각하기도 넌덜머리가 나는 듯, 석중달은 고개를 설레설레 저었다.

그러다가 곧, 눈을 치켜뜨고 계장수에게 바락 소리쳤다.

"어찌 되었든, 그 이후엔 다 네놈 탓이니 네놈이 이젠 책임져라! 암, 시작도 조상 놈이 했으니 끝도 후손 놈이 맡아야지! 야! 안 그러냐?"

동의를 구하는 석중달의 얼굴을 보고 잠시 멍한 표정을 짓던 당천성은 자신보다 더 멍한 얼굴을 하고 있는 계장수를 돌아보며 말이 없다가 갑자기 히죽 웃음을 물었다.

"그래, 우린 이제 할 만큼 했지. 젊고 힘있는 새싹이 있는데 우리가 길을 막아서야 쓰나. 더군다나 마고지나의 힘을 반이나 잡아먹은 몸인데 말야."

이상하게 변하는 계장수의 얼굴 표정도 아랑곳 않고 두 늙은이는 서로 얼굴을 보며 흐흐거렸다. 그러다가 뭐가 그리도 기분 좋은 일인지 석중달은 소리 내서 웃었다.

"으헤헤헤헤헤! 이걸로 계문설이 놈한테 한 방 먹이는 거지?"

안 그런 줄 알았던 당천성은 한술 더 떴다.

"크흐흐흐흐흐, 그럼, 그렇고말고. 야, 우리 기분도 그런데 오랜만에 바다 구경이나 나갈까?"

계장수는 두 늙은이의 수작에 기가 막혔다. 힐긋 천장을 보니 해는 이미 꼴딱 넘어간 후였다. 왠지 모르게 똥 밟은 기분이 자꾸만 들었다.

"헉, 헉, 헉, 헉, 허억, 헤엑."

심장이 터질 것 같은 느낌에 계장수는 눈앞이 노랬다. 숨은 턱끝까지 차 올랐고 입술은 말라서 쩍쩍 갈라졌다. 가을이 깊어가는 하늘은 파란 물이 떨어질 만큼 높고 푸르렀다. 하지만 햇볕은 장난이 아니었다.

"헉, 헉, 헉, 훅, 후욱, 훅, 훅."

모래사장에 자꾸만 깊이 묻히는 발이 마음을 따라주지 않았다. 그럴 수밖에 없는 것이 벌써 네 시진째 섬 주변을 달리고 있는 중이었다. 동이 틀 때 시작한 달리기는 일체 경공을 사용하지 않고 육체의 힘만으로 해야 했다. 그것이 벌써 중화참을 훨씬 지나 해가 조금씩 기우는 시각이었다.

온몸엔 덕지덕지 짐까지 매달았다. 섬의 곳곳에서 주워낸 곡식 자루와 천 쪼가리에 보석을 가득 담고, 그걸 등과 허리, 팔과 다리, 심지어 머리 위에까지 꽁꽁 동여맸다. 영락없는 피난민의 모습이나 장돌뱅이의 모습이었다. 지독한 늙은이들, 아니, 늙은 귀신 비스무리한 것들이었다. 사람을 그 모양으로 만들어놓고 하는 얘기가 섬을 뛰란 거였다.

뛸 수밖에 없었다. 무공 수련 같은 것이라면 스스로의 방식대로 하겠다는 말을 했었지만 본전도 찾지 못했다. 눈매가 치켜 올라가는 암왕 석중달의 몸 주위에서 수많은 돌멩이들이 날아왔다. 막을 수도 피할 수도 없었다. 코밑, 눈두덩, 귓불과 목젖, 젖꼭지와 낭심, 심지어 겨드랑이와 뒤통수까지 때리는 작은 돌멩이들의 세례를 피하려면 달릴 수밖에 없었다.

"야, 임마! 더 빨리 달려! 앞으로 반 시진 동안 스무 바퀴는 돌아야 돼! 못하면 저녁 없어, 자식아!"

소리치는 쪽을 바라보니 나무 그늘 아래서 뒹구는 석중달이 보였다. 그 꼴을 보니 저절로 이가 갈렸다. 하지만 때리는 시어미보다 말리는 시누이가 더 밉더라고, 옆에서 흘흘대며 웃는 얼굴로 말리는 척하는 당천중이 더 미웠다. 오히려 암암리에 부추기는 그 얼굴은 계문설 시조에 대한 복수의 희열이 틀림없어 보였다.

더군다나 둘은 계명성이 지고 해가 떠도 아무런 지장을 받지 않았다. 자신들은 말했듯이 명신(明神)이고 반선체이기 때문에 아무 상관없다는 얘기였다. 잡귀신과 명신의 차이가 뭐냐고 물어봤지만, 날아온 건 돌멩이였다.

"헥헥, 허억, 제기랄!"

숨을 몰아쉬며 계장수는 암벽 모퉁이를 돌았다. 조금만 더 가면 개울이 나오고 개울을 건너면 죄수들의 막사가 나올 것이다. 하지만 지금은 빈 막사였다. 계장수 자신이 정신을 잃었던 열닷새의 시간 동안 섬에선 일이 벌어진 것이다.

보급선에서 나온 병사들의 시체까지 합쳐 물경 구십여 구의 시체가 발견됐다. 거의 대부분 병사들의 시체였다. 처참했다. 막사 주변의 곳곳에 널린 병사들 시체는 당시의 상황을 말해 주는 것 같았다. 그런데 군관 황남송의 시신은 보이지 않았다. 만약 그가 살았다면 진태구과 노대호, 금와 등과 한 배를 타고 섬을 나갔다는 것인데, 그건 정말 이상했다.

어쨌든 귀신이 폭발해 하늘로 솟구치던 그날, 자신이 정신을 잃던 그 시각, 놈들은 보았을 것이다. 붉은 유성 같은 귀신의 솟구침과 귀곡성은 죄수와 병사들 모두의 혼을 빼놓았을 게 분명했다. 놈들은 위기감을 느꼈을 것이다. 더 이상 섬에 남아 있다간 무슨 일을 당할지 모른다는 불안감에 휩싸여 거사를 앞당겨 실행했음이 분명했다. 놈들은 열흘 후 당도한 보급선을 빼앗고 섬을 탈출한 것이 틀림없었다.

마고지나라는 붉은 화염공, 아니, 귀신은 계장수 자신이 뿜어낸 철령기의 힘으로 순식간에 하늘 높이 밀려났다고 했다. 그 존재에게도 그 순간이 탈출의 기회였다. 섬을 돌아볼 여유 따윈 없었으리라. 두 늙은이와의 대치 중에 나타난 자신을 취함으로써 힘의 역전을 노렸던 것이지만, 결과는 스스로가 가지고 있던 생령(生靈)들의 기(氣)를 반이나 빼앗기고 만 것이다.

철령기가 그런 작용을 할지는 정말 몰랐었다. 순식간에 벌어진 일련의 상황들은 제어가 되질 않았다. 그렇게 마고지나와 생명의 기운을 밀고 당기는 와중에 두 늙은이의 힘마저 일부 흡수해 버렸다. 마고지나가 도망간 건 어쩌면 당연한 것인지도 몰랐다. 하지만 대적할 힘을 키워 그걸 붙잡으라니, 터무니없는 덤터기를 씌우는 두 늙은이의 심보는 정말 어처구니없었다.

지금도 달리는 몸속엔 측정치 못할 정도의 기운이 꿈틀거렸다. 다스리지 못할 힘은 오히려 화를 불러오는 것이라, 두 늙은이는 몸의 곳곳에 힘을 나누어 봉쇄시켰다고 했다. 그럼에도 한번 운기를 시작하면 전신의 모공으로 우주의 기운이 드나드는 것 같았다. 예삿일은 분명 아니었다.

"헉, 헉, 헉, 헉, 허어억, 허억."

생각에 빠져 달리다 보니 어느새 다시 동쪽 작업장 아래 모래사장이었다. 해는 여전히 뜨거웠고, 앞으로 돌아야 할 횟수는 열아홉 번이나 남았다. 마른 입술을 혀로 축이며 계속 달려갔다. 달리는 도중에 해를 보며 시간을 쟀다. 조금씩 더 서편으로 기울어가는 해는 점점 뜨거움이 잦아들었다. 그리고 마침내 스무 번째 섬을 돌았을 때, 아물거리는 눈앞으로 다가선 석중달은 바다에 뛰어들 것을 명했다.

"저녁 먹기 싫으냐? 싸게싸게 움직여!"

몸에 걸었던 보석 뭉치들을 떼어놓으며 계장수는 숨을 몰아쉬었다. 쿵쿵 소리를 내며 떨어지는 보석들은 일반 철이나 암석보다 무게가 다섯 배나 더 나갔다. 처음 보는 것들이었다. 묵강석(墨剛石)이라 불리는 그것들이 다른 보석들의 보기(寶氣)와 더불어 음기(陰氣)를 지키고 확장하는 역할을 한다고 했다. 귀기란 본시 음한 기운이 흘러 고이는 곳에 발생하는 법. 섬에 보석이 지천인 이유를 이제야 알 것 같았다. 암흑마궁은 제단을 지키고 명계와 소통하기 위해 보석들을 비치했던 것이다.

"이 자식이 고거 돌고 아주 정신을 놓고 있네? 야, 너 오늘 밤새 뺑뺑이 한번 돌아볼래?"

"어허, 저놈 저거 아주 애를 잡네 잡아. 야, 살살 좀 해라. 애가 얼마나 힘들면 그러겠니?"

후드득 생각이 달아나도록 호통 치는 석중달이나 여전히 모래사장에서 뒹굴대며 말리는 척하는 당천중이나 밉긴 매한가지였다. 무슨 놈의 팔자가 전생에 걸쳐 지금까지 이런지 알다가도 모를 일이었다.

"칼 잡고 어서 가, 임마!"

석중달의 거듭된 호통에 계장수는 시커먼 묵철도, 귀신도를 들고 바다로 뛰었다. 바다엔 예상대로 높다란 파도가 밀려들어 왔다. 배가 드는 남쪽 선창이 아닌 이곳 동쪽 해안엔 파도가 항상 거세게 밀려왔다.

성큼성큼 바다로 걸어 들어가 파도를 보고 섰다. 허리 아래로 잠긴 몸은 물에 휩쓸리지 않도록 세심한 힘의 분산과 균형 감각이 필요했다. 천천히 두 손으로 잡은 칼을 머리 위로 들어 올렸다. 묵직한 무게감이 아래로 쏠렸다. 웬만한 거부(巨斧) 두 자루 이상을 들고 있는 느낌이었다.

칼은 계장수가 처음에 깎았던 수련용 목도처럼 길쭉하고 날씬했다. 칙칙하게 시커먼 빛은 마음을 안정시켰고, 묵직한 중량은 손 안에 꽉 차는 호승심을 주었다. 전체가 쇳덩어리인 칼은 도갑 표면에 용이 양 각되어 있었다. 손끝에 우둘두둘 만져지는 용 몸통의 비늘을 따라 손 잡이로 거슬러 오르면, 태극 무늬로 굳게 물린 손잡이가 드러난다.

귀신도는 반드시 수단지도를 운기해야만 빠지는 칼이었다. 어떻게 만들었는지 모르지만, 칼집마저 쇳덩이인 그 칼의 손잡이를 잡아 빼면 묵빛의 도신이 은은하게 빠져나왔다. 마음에 감기는 칼날의 검은빛은 세상 모든 걸 베어버릴 것만 같았다. 그것이 사람이든 귀신이든 다른 무엇이든 간에.

도갑을 그대로 씌운 귀신도의 모습은 그저 얼핏, 수련용 철도 같았 다. 그걸 머리 위로 치켜들고 계장수는 밀려오는 파도를 노려봤다. 미 친 황소처럼 거침없이 밀려온 파도가 몸을 덮치는 순간, 시커먼 귀신도 를 내려그었다.

파아악!

두 길 크기의 파도가 갈라지며 계장수의 몸을 힘없이 덮쳤다. 휘청 하던 계장수는 중심을 잡고 다시 칼을 들었고, 두 번째 밀려오는 파도 를 향해 칼을 횡으로 그었다.

파아아앗!

파도의 몸 가운데가 절단나며 또 계장수를 덮쳤다. 출렁, 한 발을 물 러났던 계장수는 몸을 다시 세우며 칼을 치켜들었다. 곧바로 뒤를 잇 는 파도를 향해 십자로 칼을 휘둘렀다.

팟, 파앗!

파도의 몸이 열십자로 갈라지며 계장수의 몸을 지나 백사장을 덮쳤다. 계장수는 쉬지 않았다. 공력을 쓰지 않고 육체의 힘만으로 휘두르는 칼 쓰기는 쉽지 않았다. 하지만 이를 악물고 칼을 휘둘렀다. 두 늙은이의 말처럼 마고지나를 풀어준 책임이 자신에게 있다면 자신이 책임져야 했다. 그 귀신이 힘을 모아 세상을 뒤엎는다면 그걸 막아야 했다.

어찌 되었든 마고지나를 도망가게 한 것은 자신이었다. 책임을 회피하는 건 스스로의 성정에도 맞지 않을뿐더러, 은원(恩怨)이 확실해야 한다는 건 전생에서부터의 소신이었다. 다행히 그것 역시 힘을 모으기 위해선 시간이 필요할 거라고 했으니 시간은 번 셈이었다. 그러나 그 사이에 어떻게 희생될지 모르는 사람들을 생각하면 마음에 돌이 걸린 것처럼 답답했다. 더군다나 숨어버린 마고지나를 찾기란 불가능한 일, 그걸 생각할 시간에 칼을 휘두르는 것으로 위안을 삼았다.

처음 보석을 찾으러 갔다가 돌아온 남자, 사 년 후에 까닭없이 죽어버린 그 남자의 일도 이젠 알았다. 넷이 가서 혼자 살아 돌아온 이유는 그 남자가 나머지 셋을 죽였기 때문이다. 사람도 음기가 유난히 승해 귀신과 쉬 접응(接應)하는 자들이 있다. 그 남자가 그런 자였던 것이다. 놈은 마고지나와 접응되어 조종을 당했고, 사람들 틈에 끼어 자신도 모르게 생기(生氣)를 빨아들이는 창구 역할을 한 것이다.

다른 사람들과의 접촉으로 생기를 빨아들이던 남자는 결국 사 년이 지난 후에 죽었다. 아마도 몸에 한계가 왔으리라. 그 남자 이전에 낮의 안개를 뚫고 침입했던 자들, 돌아오지 않은 그자들 역시 모두가 죽었다. 밤과 달리 낮의 안개는 마고지나가 스스로를 보호하기 위해 내뿜은 짙은 음령(陰靈)의 호흡이었다. 그것을 장시간 들이마신 자들은 결국 공기 중에 정기를 토해놓고 죽은 것이다. 또한 그 정기들을 마고지나는 호흡으로 빨아들였다. 그게 두 늙은이의 추측이었다.

죄수들은 계속 죽었지만 군관 황남송과 진태구를 비롯한 막사장들의 욕심은 보석 찾는 일은 계속했다. 때를 노리던 마고지나는 힘을 숨기고 두 늙은이를 속이며 지냈으리라. 그사이에 쉬 접응되지 않는 마지막 놈은 날마다 조금씩 보석을 거둬왔고, 모두를 속이던 운수 좋은 그 일은 계장수 자신을 만나 깨진 것이다. 그리고 그건 마고지나도 마찬가지였다. 두 늙은이를 떨치고 섬을 휩쓸려던 계획이 도망으로 끝난 것이다.

모든 의문은 이제 풀렸다. 하지만 한 가지, 시조인 계문설의 존재가 의문스러웠다. 그는 마치 지금에 일어날 모든 일을 알고 미리 준비한 것 같은 느낌이 왔다. 왜 그런지 모르지만 일의 줄기를 거슬러 올라가면 그 끝에 계문설이 있었다. 두 친구에게 삼백 년이 지나도록 마고지나를 지키게 했던 것이 그렇고 하필 다시 태어난 자신이 그의 후손이 된 것도 그러했다.

과연 그는 오늘과 같은 일을 예견했던 것일까? 자신의 존재를 그 옛날에 이미 알아차렸고 환생과 생사기로를 반복하리란 걸 알았으며, 두 노인네의 혼령과 만날 것도 알았단 말인가? 그리고 마고지나의 일도? 그렇다고 생각하기엔 왠지 실감이 들지 않았고, 그렇지 않다고 생각하기엔 계장수 자신이, 아니, 조극강 시절부터 겪은 일이 너무도 공교로웠다.

조극강이던 시절, 유령문의 비급이라던 생사비결의 존재 또한 그러했다. 두 늙은이 석중달과 당천성의 말을 빌리면, 그런 비결은 암흑마궁의 암흑경서(暗黑經書)밖에 없다고 단정했다. 그렇다면 유령문은 실존하던 암흑마궁의 잔당이었던 것이 확실했다. 하지만 그것이 자신을 다시 살렸다. 또한 공교롭게도 죽기 직전의 자신에게 소유되었다.

이 모든 일들이 그저 우연이라고만 생각하기엔 너무 석연치 않고 설명 안 되는 부분들이 많았다. 하지만 딱히 답을 찾을 수도 없는 일이었다. 만약 선조인 계문설이 안배한 것이라면 그만한 이유가 있을 것이다. 또한 피할 수 있는 일도 아니었다. 어차피 자신은 어떤 섭리에 의한 것이든 다시 살아났다. 그것이 중요했다. 원수들을 죽일 수 있는 기회가 온 것이.

피잉!

"윽!"

등판을 때리는 뜨끔한 느낌에 계장수는 와락 뒤돌아섰다. 잔뜩 성질난 눈으로 바라보니, 아니나 다를까 석중달이 돌멩이를 만지작거리며 버럭버럭댔다. 옆에선 당천성이 헤죽거렸다.

"야, 이 자식아! 잡생각 그만 하고 저녁거리 마련해 와! 별 뜨잖아!"

석중달의 말을 듣고 하늘을 보니 어느새 해가 지고 사위는 거무스레했다. 파도를 가르며 생각에 골몰하느라 시간 가는 줄도 몰랐던 것이다. 이젠 얄미운 늙은이 말대로 저녁거리를 마련해야 할 시간이었다. 이 시간이 하루 중에 제일 위험했다. 공력을 쓰지 않는 몸으로 바다에서 상어를 잡는 일이기 때문이다.

섬 주변엔 흉포한 백상어들이 늘 득실거렸다. 때문에 군선(軍船)처럼 크고 튼튼한 배가 아니고선 죄수들도 탈출할 엄두를 못 냈던 것이다. 그런데 저 얄미운 늙은이들은 상어를 매일 저녁 처먹어댔다. 실제로 상어 몸뚱이를 먹어치우지는 않았지만, 계장수의 눈엔 정말로 두 늙은이가 먹는 것이 보였다. 이상야릇한 광경이 아닐 수 없었다.

어쨌든 이제 상어를 잡아야 했다. 수련이기도 하고 먹을 걸 마련하기도 해야 하니 들어갈 수밖에 없었다. 처음엔 반항했었다. 이미 오 년간의 수련을 혼자서 해냈다고 항변도 하고, 수영은 못한다고 변명했지만 군소리는 통하지 않았다.

두 늙은이의 대답은 이러했다. 아직 성장 중인 어린 몸이기에 지속적인 수련을 해야 하고, 몸 안에 들어 있는 미증유의 공력을 다스리기 위해선 잠력을 사용하는 법을 알아야 한다는 것이었다. 해서 모든 수련은 공력을 배제한 채로 순수 육체의 힘만으로 하고, 상어가 우글대는 바닷속에서 생존에 대한 본능과 잠력을 이끌어내야 한다는 말이었다.

궤변으로밖에 들리지 않았지만 군말없이 따를 수밖에 없었다. 죽을 고비를 날마다 넘겼다. 바다로 깊이 들어가는 순간부터 긴장을 놓아선 안 되었다. 놈들은 빠르고 흉맹하며 바다에선 무엇보다도 강한 힘을 가진 존재였다. 철령기를 쓴다면 얘기가 달라지지만, 순수한 육체의 힘만으로 놈들을 잡아야 하는 것이다. 목숨을 걸어야 했다.

"제길, 상어 고기 이젠 질리는데."

바다 쪽을 본 계장수가 중얼대자 답신이 바로 날아왔다.

"뭘 꽁알대! 빨리 안 들어가!"

힐끗 뒤를 돌아본 계장수는 눈을 부라린 석중달과 여전히 헤실대는 당천성에게 버럭 고함쳤다.

"갑니다! 간다고요!"

계장수는 어두워진 바닷속으로 몸을 던졌다. 흰 포말 위로 파도는 여전히 높고 거셌으며 별은 하나둘씩 드러나 밤바다를 비춰 내렸다. 가을은 그렇게 계속 깊어만 갔다.

❶

쾅! 쾅! 쾅! 쾅!

엄청난 굉음 소리는 석모도의 중심, 암벽산의 한쪽에서 들렸다. 창날처럼 가파르게 솟은 암벽산의 위용은 여전히 가파랐다. 그런데 동쪽 해안에 잇닿은 그 한쪽 면이 흙처럼 무너지고 부서지며 사방으로 튀었다.

시커멓게 그을린 몸뚱이가 정신없이 암벽에 부딪쳤다. 쾅, 하고 암벽이 흔들리는 순간 떨어진 몸뚱이는 커다란 청년이었다. 키는 육 척을 훌쩍 넘겨 칠 척에 가까워 보였고, 웃통을 벗어부친 상체는 강철 같은 근육으로 꾸불텅거렸다. 검은 쇠로 빚은 것 같은 청년은 계장수였다.

"이거 왜 이렇게 버텨?"

암벽에 전신으로 부딪쳤던 몸을 털며 계장수는 암벽의 줄기를 노려봤다. 몸 자국이 선명하게 함몰로 보여지는 암벽은 아직도 돌가루를 흘리는 모습이었다. 위로는 높다란 암벽산의 주봉(主峰)을 겹겹이 덧대듯 받친 많은 새끼봉들이 보였다. 지금 부딪치는 것도 그중의 하나였다.

잠시 노려보던 계장수는 돌가루 섞인 침을 옆으로 퉤, 뱉었다. 그리고 곧바로 암벽으로 달려들었다. 두 팔을 벌리고 돌벽을 향해 달려드는 모습은 꼭 미친 소 같았다.

쾅!

이번엔 몸이 아니라 머리가 들이박혔다. 정말 소처럼 들이받은 것이다. 한데 그 순간 이제까지의 몸통 세례에도 버티던 암벽이, 아니, 새끼봉이 울음을 울었다.

기이이이이.

솥단지 긁어대는 소리를 내며 암벽은 쩍쩍 금이 가기 시작했다. 그리고 잠시 후, 거미줄처럼 퍼진 금이 벌어지고 돌들이, 바윗덩이들이 무너져 내렸다.

쿠르르르르르릉!

깔려 죽을 사람처럼 가만히 올려다보던 계장수는 갑자기 허리를 비틀었다. 그 순간 머리는 아래로 돌고 오른 다리는 하늘로 솟구쳤다. 그 끝에서 찍어누를 듯이 떨어지던 바윗덩이가 폭죽처럼 터졌다.

콰앙!

산산이 조각나 부서지는 바윗덩이 아래서 이번엔 계장수의 왼발이 뒤로부터 휘돌아 오르며 천둥을 때려 올렸다. 커다란 원의 궤적을 질풍처럼 돌린 그 발이 바위를 치자, 바위는 비가 되어 사방으로 흩어졌다.

쿠아앙!

두 번의 발길질은 시작이었다. 발끝이 땅에 닿음과 동시에 왼손 권배가 휘둘러 터지며 바위가 깨져 날았다. 연속해서 오른손 역수도(逆手刀)가 도끼날처럼 휘돌아 나오고, 팔이 접히자 팔꿈치가 뻗어져 또 다른 바위를 부쉈다. 뒤로부터 휘돌아 나오는 반대팔의 팔꿈치가 떨어지는 바위를 또 깨부수고, 퍼져 돌아가는 주먹에는 조각조각 흩어졌다.

콰콰콰콰콰콰쾅!

쉬지 않고 돌아가는 연환기(連環技)의 육체 속에서 어깨와 머리도 좌충우돌했다. 정신없이 함몰되어 내리는 돌과 바위들은 어깨에 받치고 머리에 충돌해 부서졌다. 두 무릎은 꺾어질 수 없는 각도와 궤적의 속도를 보이며 바위를 난타했다. 흩어지는 그 돌덩이들을 두 발의 그림자가 쫓아가며 유린했다.

쿠콰콰콰콰콰콰쾅!

한동안 작은 산사태처럼 무너져 내리는 바윗덩이들과 그 속에서 시커먼 잔영만을 보여주는 계장수의 신형이 섬을 흔들었다. 진동은 계속됐고, 굉음과 자욱한 돌 먼지는 해안까지 밀려 나갔다. 그렇게 차 한 잔 마실 시간이 흐른 뒤에야 먼지가 가라앉고 시커먼 계장수의 신형이 드러났다.

"퉤!"

입 안에 지금지금한 돌 먼지를 침으로 뱉어내며 계장수는 몸을 털었다. 갑주를 씌워놓은 것 같은 어깨와 가슴, 팔의 근육이 그때마다 꿀렁댔다. 여간한 여인네의 허벅지보다도 굵어 보이는 팔을 들어 머리를 털 때는 아찔한 느낌마저도 들었다.

육 척 반에 달하는 장신, 철갑을 씌워놓은 것 같은 몸뚱이, 또다시 흐른 오 년의 세월은 열세 살 소년을 열여덟의 헌앙한 청년으로 탈바꿈시켜 놓았다. 세월은 긴 듯하면서 짧고, 짧은 듯하면서도 길었다. 뼈를 깎고 살을 바르는 오 년의 고련은 비단 계장수의 몸뚱이만 바꿔놓은 것이 아니었다.

얼굴은 몰라볼 정도로 달라졌다. 준령처럼 우뚝 솟은 코에 눈썹은 말 그대로 검날을 붙여놓은 것 같았다. 선명하게 윤곽을 그리고 들어간 눈은 이글이글 불타는 용광로처럼 번쩍였다. 강인하게 두드러진 광대뼈와 매끄럽게 뻗어 내린 턱 선은 범접 못할 기상이 엿보였다. 두툼하고 굵게 다물린 입술은 사내대장부의 전형을 보는 것만 같았다. 그리고 다른 무엇보다도, 철령기의 대성으로 인한 검은 피부는 독특한 강렬함과 매력을 동시에 뿜었다.

"이제 칼 좀 써볼까?"

자신의 주변을 둘러보던 계장수는 뒤돌아 걷기 시작했다. 계장수가 걷는 주변은 한마디로 돌들의 무덤이었다. 어찌 보면 암벽산의 삼분지 일은 동쪽 해안부터 없어진 것 같았다. 휑하니 사방이 둘러 보이는 바닥엔 부서진 돌들만이 소리 내며 밟혔다.

지난 오 년의 시간은 홀로 했던 어린 시절의 오 년 수련보다도 더 많은 걸 계장수에게 안겨주었다. 우선 철령기의 대성(大成)이었다. 끊임없는 수단지도의 공부(工夫)가 주효한 덕분이지만, 마고지나로부터 빨아들인 기운은 스물도 되기 전에 철령기의 대성을 이루게 했다.

놀라운 일이 아닐 수가 없었다. 전생의 조극강이던 시절엔 사십이 다 되어서야 육성의 경지를 이루고, 끊임없는 전투와 비무 속에서 가까스로 칠성의 경지를 이루었건만, 아무리 전생의 경험과 심득 등이 보태졌다고 해도 지금의 경지는 스스로도 놀라운 것일 수밖에 없었다.

철령기의 대성은 전신을 새까맣게 그을린 어부나 농부처럼 피부색을 변환시켰다. 점점 강해지는 철령기를 받아내기 위해서 온몸을 혹사시키는 와중에 타기도 했지만, 철령기 자체의 특이한 공능 때문인 것으로 여겨졌다. 하지만 피부색 따위는 아무래도 상관없었다. 때가 되면 수단지도와 완전하게 융화시켜 새로운 경지를 볼 수 있을 것이다.

그때가 되면 선조가 남긴 책에서 말하던 선계를 볼 수 있을런지, 그것이 궁금했다. 하지만 지금은 역시 그런 걸 생각할 때가 아니었다. 지난 시절 스스로 제어할 수 없을 만큼 점점 강대해지는 철령기를 견뎌내기 위해서 육체를 단련해 왔다. 금종조, 철포삼, 심삽태보횡련 등 알고 있는 모든 외가기공을 동원해 육체를 담금질했다. 때때로 위험한 고비도 있었다. 단기간에 급격한 성취를 보이는 철령기를 몸이 못 따른 때문이었다. 그러나 그때마다 죽을 각오로 암벽에 몸을 던졌다.

고비를 넘기는 몸은 더욱더 강해져 갔다. 칠성을 넘기며 피부색은 점점 더 짙어져 갔고, 마침내 전생에도 이루지 못했던 대성을 성취한 날, 물에 비친 자신의 얼굴은 시골 농부의 것처럼 짙은 구릿빛, 아니, 쇠빛으로 변했다. 하지만 좋은 점도 있었다. 섬에 오기 전에 엽초희 년에게 당했던 고문 자국들, 면도로 저며댔던 그 흉터들이 피부색 밑으로 가라앉았다. 지금은 그저 희미한 선만이 보일 뿐이었다.

해안의 모래사장에 다다른 계장수는 모래 속에 박아두었던 검은 철도, 귀신도를 뽑아 들었다. 이젠 어렴풋이 알 것 같았다. 왜 이 시커먼 묵철도의 이름이 귀신도이고, 계문설 시조의 도법이 멸혼귀도법인지를.

이 궁극의 도법은 사람을 상대하기 위한 것이 아니었다. 후삼초의 위력은 상상을 초월했다. 특히 맨 마지막 ‘멸(滅)’의 초식은 말 그대로 모든 것을 소멸시키는 도법이었다. 그것이 생물이든 무생물이든, 사람

이든 귀신이든 도법의 위력 앞에서 우주의 먼지로 소멸해 버리는 것이
다.

소름 끼치도록 강맹한 도법이었다. 그런데 대성은 이루었지만 마지
막 심득을 찾지 못한 철령기에도 그런 위력이 숨어 있었다. 칠성의 경
지에선 상상도 못한 힘이 숨겨져 있었던 것이다. 이것 역시 사람이 아
닌 존재, 비인간적인 존재조차도 바수어 버리는 가공할 힘이 감추어져
있었다. 하지만 이상한 건 두 힘의 공통점이 느껴진다는 점이었다.

둘 다 다른 듯하지만 어딘지 모르게 같은 바탕의 흐름과 힘을 가진
기공이란 생각이 들었다. 계문설 시조께서 동방 삼신산의 신인들에게
서 도법을 받으셨다는 내용이 그러했고, 자신이 철령기를 얻었던 고묘
가 배달족(倍達族)의 주류였던 고조선의 묘였다는 점이 그런 생각을 부
추겼다. 하지만 확신은 없었다. 그저 막연한 느낌일 뿐. 때문에 시조
계문설 어른에 대한 의구심과 궁금증이 더욱 커져만 갔다.

"과연 어떤 분이셨을까? 나라는 존재를 예견하셨던 것일까?"

귀신도를 들고 계장수는 바다를 보며 중얼댔다. 파도는 여느날처럼
높게 넘실댔다. 하지만 해안을 덮쳐 누르는 그 파도는 답을 주지 않았
다.

꿈틀, 눈썹을 치켜올린 계장수는 해안으로 걸어갔다. 의문은 어차피
시간이 알려줄 것이라고 생각했다. 지금은 해야 할 일을 하면 그뿐이
었다.

철컥.

스르르릉.

태극 문양으로 맞물린 귀신도를 천천히 잡아 뽑았다. 맑은 도신의
울음을 귀로 들으며 해안에 선 계장수는 도갑을 다시 모래사장에 꽂았

다. 그리고 두 손으로 잡은 귀신도를 머리 위로 치켜들고 바다를 노려보았다. 잠시 후, 한 발 두 발 덮쳐 오는 파도를 향해 계장수는 발을 옮겼다. 그러다 곧 뛰기 시작했다. 모래를 차며 해안선을 향해 뛰던 발이 물과 뭍의 경계 위로 떠오른 순간, 계장수는 커다랗게 외쳤다.

"강(罡)!"

벽력같은 외침과 함께 칼이 내리그어졌다. 그 순간 가공할 일이 벌어졌다. 높다란 파도를 해안에 밀어붙이던 바다가 반으로 갈라졌다. 칼끝에서 뻗친 별빛 같은 푸른 광선은 바다를 찍어 내렸다. 유성처럼 내리 덮친 광선은 바다의 속살을 깊이 헤집었다. 찰나에 속이 갈라진 바다는 두 개의 절벽처럼 나누어졌다. 깊고 푸른 두 개의 절벽은 잠시 그렇게 서로를 마주 보았다.

쿠루루룽.

바다가 아픈 소리를 내며 다시 합쳐졌다. 파도는 방향을 잃고 사방으로 출렁대며 서로 부딪쳤다. 요동치는 바다는 속 깊은 상처를 드러내지 않으려고 애쓰는 열일곱 처녀 같았다. 하지만 그 처녀의 마음을 계장수는 처참하게 유린했다.

"뢰(雷)!"

수면을 밟고 떠오른 계장수는 묵빛 귀신도를 십자로 그어 내렸다. 칼끝에선 또다시 빛이 터져 나왔다. 하지만 이번엔 유성이 아니라 번개였다. 번쩍 하는 빛이 터진 순간 망막이 파열될 듯한 번개의 빛무리가 바다에 내리 꽂혔다. 번개는 하나가 아니었다. 십자의 초승달 날처럼 터진 두 개의 번개는 핑글핑글 돌며 수많은 날로 쪼개졌다. 그것들이 분산하며 바다 위를 가득 메웠고, 떨고 있는 바다의 몸을 잔인하게 찢어발겼다.

푸파파파파파파파파팡!

검푸른 바다의 몸이 흰 포말로 자욱하게 일어났다. 눈이 미치는 범위의 모든 바다가 비명을 질러댔다. 물경 삼십여 장이 넘는 공간이 한순간에 초토화되었다. 바다는 태풍을 맞은 것처럼 넘실댔고, 그 안에 몸을 숨기고 살던 수많은 생명들이 수면 위로 날아올랐다. 하지만 다시 바다에 떨어진 그것들은 물속으로 들어가지 못했다. 다만 배를 까뒤집어 보였다.

"후욱, 후욱."

호흡을 조절한 계장수는 눈앞에 펼쳐진 바다를 보았다. 뜨거운 여름의 태양 아래 바다는 더없이 풍요롭고 온화해 보였다. 하지만 지금은 아니었다. 자신의 손에 의해 유린된 바다는 늘어진 짐승의 몸처럼 힘없고 작아 보였으며 넘실대는 수면의 파도는 가엾고 슬퍼 보였다.

계장수는 시선을 내려 손에 잡힌 귀신도를 보았다. 묵빛 예기가 흐르는 도신은 육중한 중압감을 불러일으켰다. 뭔가 알 수 없는 짜릿함과 성취감이 가슴 깊은 곳에서부터 치고 올라왔다. 도를 잡은 손에는 흥분의 전율이 아직도 남아 손을 떨게 했다. 여운은 강하고도 진했다.

"이제 마지막만 남았다!"

바다를 보며 그 한마디를 던진 계장수는 뒤돌아 백사장으로 걸어갔다. 모래에 박아두었던 도갑을 들어 도를 갈무리한 그는 다시 바다를 보고 돌아 털썩, 주저앉았다.

그랬다. 바다를 향해 던진 말처럼 이제 도법은 마지막 단계인 '멸'의 초식만 남겨놓고 있었다.

멸혼귀도법. 귀도 계문설 어른이 남긴 가공할 도법. 그것의 완성을 바라보고 있는 것이다. 여기까지 오는 데 십 년 세월이 넘게 걸렸다.

물론 중간중간 죽음을 맞닥뜨린 순간에 찾아든 기연이 없었다면 요원한 성취였다. 하지만 피를 말리는 노력이 없었다면 가능하지 않을 얘기이기도 했다.

여섯 단계의 초식으로 이루어진 도법. 말이 여섯의 초식이지, 이것은 강인한 정신력을 바탕으로 한 수련과 깨달음이 뒷받침되지 않는다면 일 보 전진도 어려운 공부였다. 그걸 자신은 견뎌내고 해냈다. 거기엔 칠십 평생을 살았던 전생의 기억들과 수많은 경험들, 무공에 대한 깊은 이해와 심득이 바탕으로 작용했기에 가능했을지도 모른다.

하지만 무엇보다도 가슴 깊은 곳에 웅크린 복수심. 그것이 커다란 작용을 했다. 말 그대로 이야기 같은 일생을 살고 정상에 오른 자신을 한순간에 나락으로, 죽음으로 내동댕이친 두 연놈. 그것들의 존재가 가슴의 화덕에 불을 지폈다. 또한 그것들은 다시 태어난 자신의 가족들마저도 무참하게 참살했다. 아버지라고 부를 수 있는지는 모르지만, 계은범의 처참한 죽음은 꼭 자신 때문인 것만 같았다. 그래서 더욱 죄스러웠다.

이제 마지막이 남았다. 마지막 단계만 성공하고 나면 세상을 향해 나갈 것이다. 나가서 원수들을 도륙할 것이다. 다시 태어나 처음으로 사람의 정을 가르쳐 준 귀도문 가족들의 복수를 할 것이고, 계은범과 자신의 원수인 두 연놈을 천참만륙할 것이다. 그리고 마고지나… 암흑마궁의 존재를 찾아서 부술 것이다. 그것이 자신이 할 일이었다.

귀찮은 생각이나 의문은 이제 접어두기로 했다. 알지도 못할 일에 궁금함을 보태봐야 자신의 가슴만 탔다. 이제까지처럼 부딪치면 알게 될 것이고, 앞으로 나가다 보면 적과 친구의 구별이 드러날 것이다. 하지만 한 가지, 자신의 환생이 결코 우연이 아니란 것만은 확실하게 깨달았다.

계장수는 문득, 뜨거운 발밑의 모래를 한 줌 쥐어 들었다. 움켜쥔 주먹을 무심히 내려다보다가 천천히 주먹을 폈다. 넓게 펴지는 손바닥과 손가락 사이로 모래는 흘러내렸다. 때마침 부는 바람에 흩날리는 모래들은 백사장에 흩어졌다. 허망했다. 이젠 어느 것이 손에 쥐었던 것인지, 어느 것이 본래부터 백사장의 모래였는지 구분할 길이 없었다.

"인생이란 이런 것이 아닐까? 세상이란 바다에 들어서면 저렇게 구분도, 모양도 없이 휩쓸려 살아가게 되는 거겠지. 서로 알아보지도 못하고 남이란 얼굴을 하고서… 나는 무엇 때문에 그리도 치열하게 살았던가."

허무한 얼굴로 모래를 바라보던 계장수는 고개를 후두둑 털었다. 스스로에게 어울리지도 않는 생각일뿐더러 그런 걸 염두에 둘 처지도 아니었다. 더군다나 의문을 갖지 않기로 한 스스로의 결의에도 어긋나는 생각이었다. 좀 전의 결의처럼 몸으로 부딪쳐 알아가면 될 일이었다.

계장수는 아직 완성하지 못한 마지막 초식을 떠올리며 몸을 일으켰다. 그런데 그때 바다 저쪽에서 노랗고 퍼런 빛무리가 날아왔다. 순식간에 바다를 날아온 두 개의 빛무리는 계장수의 머리 위 상공을 휘돌면서 바락바락 소리쳤다. 놀러 나갔던 석중달과 당천중이었다.

"야이, 거지발싸개 같은 자식아! 한참 재밌게 놀고 있는데 바다는 왜 뒤집어 올려!"

"어허, 저거 좀 보게. 상어하고 물고기들이 떼죽음을 당했구먼. 쯔쯔쯔, 아까워라."

혀를 차는 당천중의 말대로 도법을 시전했던 바다 위에는 물고기들의 잔해가 자욱했다. 그걸 본 석중달은 특유의 목소리로 더욱 바락

댔다.

"이 자식아! 네놈이 저 지랄을 해놓는 바람에 배들이 도망갔잖아! 너, 일부러 그런 거지? 그지? 말해 봐, 이 시커먼 소도적 같은 놈아!"

"맞아. 맞다니까. 요새는 섬에 오는 배들도 없어서 멀리까지 나가서 귀신놀이 하잖아. 근데 바다가 갑자기 요동치니 귀신을 본 것보다 더 놀라서 배들이 도망갔다니까. 어, 아쉽지. 암, 안타깝지."

계장수는 한숨을 쉬었다. 석중달이 언제부턴가 자신을 소도둑놈이라고 부르는 건 이제 아무렇지도 않았다. 하지만 당천중이 말하는 저 귀신놀이, 저것이 문제였다.

지난 세월, 섬에는 관의 군선이 수시로 들이닥쳤었다. 하지만 퍼렁고 노란 빛무리로 날아다니는 두 늙은이의 존재는 군선을 도망치게 만들었다. 그러나 포기하지 않는 군선은 도사와 무당 등을 배에 태우고 섬을 다시 찾았다.

결과는 뻔했다. 도사의 부적이 불타고, 상투가 뽑혔으며, 무당의 주문 외우는 입은 돌아가 버리고 말았다. 그렇게 도망치는 군선을 쫓아가 돛을 찢어버리고 배 위에 백상어들은 던져 버린 후에야 늙은이들은 돌아왔다.

문제는 그때부터였다. 군선은 다시는 섬을 찾지 않았지만, 오히려 늙은이들은 혹시나 하고 기다렸다. 그 기다림이 늙은이들을 바다로 내몰았다. 기다리는 게 아니라 배를 찾아 나선 늙은이들은 귀신놀이라는 미명 하에 배들을 들쑤셨다. 뱃길로 뭍과 하루 거리인 섬 주변엔 지나는 배들이 많았다. 각종 상선과 어선, 군선 등 늙은이들은 닥치는 대로 놀아났다.

이젠 배들도 섬을 멀찍이 돌아 다녔다. 귀신 나오는 섬이라고 소문이 돌았을 게 뻔한 이치였다. 하지만 한번 들인 재미는 결코 쉽게 버려지지 않는 법. 놀이를 향한 두 늙은이의 욕구는 오늘도 배를 찾아 나서게 했던 것이다.

"너, 이 자식아! 우리가 놀 때는 칼 휘두르지 말라고 했지? 내가 그랬어, 안 그랬어, 임마!"

계장수는 어이없는 얼굴로 대꾸했다.

"아니, 노시는 건 좋은데요들, 너무 지나치신 거 아닙니까?"

"뭐, 지나쳐?"

석중달의 눈매가 바짝 치켜 올라갔다. 당천중은 또 옆에서 은근히 말을 넣었다.

"네가 참아라. 쟤도 이젠 애가 아니잖아. 머리가 많이 컸지. 암, 그렇구말구."

말은 참으라는 말이었지만 내용은 그게 아니었다. 아니나 다를까, 은근한 부추김을 받은 석중달은 더욱 악을 썼다.

"뭐? 이 자식이 지금 몸뗑이 좀 커졌다고 한번 엉겨보자는 거야? 야! 너, 그런 거야? 응? 그거 맞아?"

짜증이 확 몰려든 계장수는 실실 웃고 있는 당천성의 얼굴과 눈 부릅뜬 석중달의 얼굴을 번갈아 보았다. 그러나 보고 있기만 해도 힘이 빠지는 두 늙은이의 면상을 보니 대꾸조차 부질없게 여겨졌다. 계장수는 긴 한숨을 내밀고 뒤돌아섰다.

"후우, 피곤해서 먼저 쉬겠습니다."

하지만 가만히 놔줄 석중달이 아니었다.

"어쭈? 이 자식 봐라? 누가 너더러 쉬랬어? 너 쉴 시간 있어? 마고지나 년이 어떻게 변할지 모르는데 네가 쉰다는 소리가 나와? 네 마누라

뺐었다는 놈은 지금도 그년 엉덩이에 대고 아랫배 부딪치는지도 모르는데 네가 쉬어? 엽초희란 년이 누굴 또 잡는지도 모르는데 쉰단 말야? 너, 걔네들 다 네 손으로 해결한다며? 근데 쉰다고? 이거 웃기는 자식이네?"

목소리가 점점 커지며 석중달은 악을 써댔다. 그 목청을 막아버린 것은, 미간이 일그러져 돌아서는 계장수가 아니라 당천중의 작은 한마디였다.

"야, 석가야, 배다."

"뭐?"

고함치던 얼굴로 훌떡 돌아본 석중달은 바다를 보았다. 그리고 희열에 찬 얼굴로 변하며 당천중에게 말했다.

"지나가기 전에 또 놀자!"

후잉, 하고 또다시 빛무리로 날아가는 두 늙은이를 보며 계장수는 깊고 깊은 한숨을 쉬었다. 왠지 저 늙은이들하고 더 있다간 자신마저도 이상해질 것만 같은 기분이었다. 하지만 달리 방법도 없었다.

❷

눈발이 바다에 날리는 모습은 자못 신비롭기까지 했다. 막막하게 떨어지는 하얀 눈송이들이 바다를 덮고 섬을 덮자 온통 하얀빛이 천지를 휘감았다. 하염없이 내리는 그 눈 속에서 계장수는 석중달과 당천성을 보고 섰다.

삼 년이 또 흘렀다. 눈 깜짝할 사이에 스물하나가 되어버렸다. 오늘

은 지난 팔 년간 두 늙은이에게 배운 늙은이들의 절기를 시험하는 날
이다. 아침부터 설쳐 댄 두 늙은이가 저렇게 눈을 치켜뜨고 바라보는
것도 그 때문이다.

매일 칼만 휘두르는 자신에게 은근히 다가와서는 한번 배워보지 않
겠느냐고 꼬드겼다. 밑질 것 없다는 생각에 그러겠다고 했더니 태도가
돌변했다. 아까운 걸 억지로 건네주는 것처럼 온갖 유세를 다 부렸다.
하지만 참을 수밖에 없으니 그러려니 하고 배웠다. 팔 년 동안 화병 걸
려 죽을 뻔했다. 미치지 않은 게 정말 용하다는 생각이 들었다.

"내가 누누이 말했지만! 천수비성류(千手飛星流)는 최강의 무공이
다!"

소리치는 석중달의 몸 주위에서 퍼런 빛이 일렁거렸다. 옆에서 딴청
부리는 당천성은 웬 개가 짖느냐는 얼굴이었다. 계장수는 그러려니 하
고 바라보았다.

"특히 만폭비영(萬爆飛影)은 천 개의 손으로 만 개의 암기를 던지는
궁극의 경지로써! 그것이 시전되면 천지가 자욱한 암기의 막으로 뒤덮
힌다! 그걸 당하는 상대는 그것이 개인이든 단체이든, 모두 초토화된
다!"

날카로운 눈매의 석중달은 계장수를 무섭게 바라보았다. 그러나 곧
입가에 작은 미소가 걸렸다. 득의한 미소였다. 목소리도 그랬다.

"피한다는 것은… 꿈이지!"

석중달의 미소는 더욱 짙어졌다. 미소는 점점 커져서 결국은 웃음으
로 튀어나왔다.

"으헤헤헤헤헤헤!"

옆에서 관심없는 듯 내리는 눈만 바라보던 당천성은 혼잣소리처럼

중얼댔다.

"진짜 꿈꾸고 있구나."

입 벌려 웃던 석중달의 얼굴이 팩 돌아갔다.

"너, 이 쌍노무새끼!"

계장수는 바로 끼어들었다.

"아아, 그만요. 지금 해볼게요."

때마침 끼어든 계장수의 만류에 석중달은 콧숨만 내뿜고 터지지 않았다. 당천성은 여전히 아무렇지도 않은 얼굴이었다. 계장수는 그런 두 늙은이의 얼굴을 잡아 돌렸다.

"자자, 여기들 보세요. 지금 시작합니다."

눈을 부라리던 석중달이 험악한 콧바람을 내뿜고 시선을 돌렸다. 당천중은 심드렁한 표정으로 계장수를 보았다. 두 늙은이의 시선을 받은 계장수는 묘기 부리기 전의 약장수 같은 심정으로 몸을 돌렸다.

'빌어먹을 늙은이들!'

속으론 욕설을 집어삼키면서도 계장수는 암벽산을 바라보며 몸에 기운을 끌어올렸다. 발 아래 수북하게 쌓아두었던 콩알만한 묵강석들이 두둥실 떠올라 손에 잡혔다. 큰 것들은 버리고 미리 준비한 자잘한 것들이었다. 그것들이 벌 떼처럼 손과 팔을 감싸며 시커멓게 달라붙었다.

수단지공이 있으니 자신의 심법은 필요없다며 석중달은 따로 심법을 가르쳐 주지 않았다. 그의 말처럼 수단지공은 천수비영류를 익히는 데 아무런 문제가 없었다. 모든 걸 포용하는 힘은 조화롭게 어우러졌다.

천천히 계장수는 두 손에 힘을 모아갔다. 시선은 나풀대며 떨어지는 눈송이들의 사이, 허공의 어느 한 점에 고정했다. 눈빛을 번득이며 천수비영류의 요결을 떠올렸다. 만상(萬象)의 일멸(一滅). 그걸 위해 만 가지 기운을 손끝에서 뻗어내는 일수(一手)의 그림자[影]. 그 손 그림자가 천 개가 되는 순간, 석중달의 말처럼 초토화가 이루어진다.

진의(眞意)를 생각하던 계장수는 오른발을 앞으로 내밀었다. 물결처럼 흘러나온 그 발이 쌓인 눈을 밟고 멈춘 순간, 시커멓게 뒤덮힌 두 손이 앞으로 내뻗쳤다.

슈아아아앙!

계장수의 두 손에서 공기가 밀려 나갔다. 공기가 밀리자 눈송이들이 밀리고, 그 뒤로 검은 묵강석들의 유성이 허공을 휘감아 올라갔다. 꼭 검은 유성의 비 같았다. 그것들이 자욱한 눈송이 하나하나를 뚫고 나가며 허공 가득 막을 쳤다. 터지는 눈송이들의 비명 소리가 작게, 그러나 가득히 주위를 덮었다. 하지만 유성들의 비행(飛行)은 암벽산의 몸을 비집고서야 멈춰졌다. 살 터지는 암벽산의 울음소리가 요란했다.

퍼퍼퍼퍼퍼퍼퍼퍼퍼퍼퍼퍼퍼퍼퍽!

환상 같은 순간이었다. 눈 내리던 허공에 한순간 뻥 뚫린 공간이 생긴 것 같았다. 짧은 그 순간 뒤에 터진 암벽의 비명은 화려한 폭죽처럼 섬을 뒤흔들었다.

투두두두두두둑.

묵강석에 터져 나온 돌가루와 조각들이 멀리서 떨어져 내렸다. 그것들이 떨어지고 난 뒤 암석 표면에 커다란 글자가 보였다.

만폭비영(萬爆飛影).

선명하게 암석벽을 파고들어 간 글자들은 묵강석이 박힌 흔적이었다.

“호오, 제법인데?”

제일 먼저 당천성이 반응을 보였다. 눈을 동그랗게 뜬 그는 적잖이 놀란 표정이었다. 석중달의 반응은 달랐다. 처음엔 당천성처럼 눈을 동그랗게 만들었던 그가 표정을 굳히며 투덜거렸다.

“저게 뭐야? 글자의 획이 균일하지 못하잖아? 저건 아직도 개개의 암기에 대한 조절이 부족하단 얘기야. 진정한 만폭비영이 되려면 아직도 멀었어. 많이 노력하고 더욱더 공을 들여야 한다 이 말씀이야.”

입을 닫는 석중달의 표정은 심통난 영감쟁이 같았다. 하지만 슬쩍슬쩍 암벽으로 돌아가는 시선과 누그러진 목소리는 그의 심정을 드러내는 것이었다.

“자식이, 맘에 들면 그렇다고 하지 뭔 흰소리는.”

퉁을 놓는 당천중을 설핏 돌아본 석중달은 헛기침하며 작게 주절댔다.

“흠흠, 뭐, 팔 년 만에 저 정도면 그럭저럭 쓸 만은 하지. 가르친 게 나니까. 허허흠.”

“내 저 소린 왜 안 하나 했지. 곧 죽어도 제 자랑은, 이잉.”

고개를 가로젓는 당천성의 얼굴로 석중달의 쌍심지가 돌아왔다. 그 순간 당천성은 막 떠올랐다는 듯이 급하게 입을 열었다.

“엇, 그러고 보니까 넌 이미 죽은 놈이구나? 눈은 왜 그러냐? 창피해서 그러냐?”

“이, 이, 씹어먹을 자식이!”

“나도 죽었는데 뭐 씹을 게 있을라구?”

“네놈 혼령이라도 씹을 테다!”

“이빨도 부실한 자식이 씹긴 뭘 씹어?”

"이 개노무시키!"

흥분한 석중달이 그에게 달려들었다. 반선체의 빛무리들인 둘의 멱살 잡이가 또다시 시작됐다. 공중으로 떠올라 휙휙 돌아가는 둘을 물끄러미 건너다보던 계장수는 다 포기한 얼굴로 돌아서서 자리에 주저앉았다.

마음을 차분히 가라앉히고 지난 팔 년간 같이 수련해 온 당천성의 비기를 떠올렸다.

독정(毒精).

삼백 년 전 당문의 최고수였던 당천성이 가르쳐 준 건 오직 하나였다. 독의 정(精)을 기르는 법. 그걸 다스려 언제 어디서든 독공(毒功)을 자유로이 펼치는 것. 가벼이 흔드는 손, 내미는 발걸음 한 번에 주위를 모두 독의 아수라장으로 중독시키는 경지. 그것은 독인(毒人)의 경지를 넘어선 또 다른 독공의 경지였다. 계장수는 그걸 수련했다.

"후우우욱."

가부좌로 앉은 계장수의 입에서 긴 숨이 흘러나왔다. 눈은 어느새 반쯤 감겼고, 두 손은 가슴 앞에서 삼각의 인(印)을 맺었다. 엄지와 검지가 삼각형을 그리고 맞닿은 두 손이 차츰 검푸르게 물들어갔다. 그것은 본래 검던 계장수의 피부색을 능가하는 짙은 자주색이었다. 얼굴도 그렇긴 마찬가지였다. 옷 밖으로 드러난 모든 피부가 삽시간에 변했다.

"후우우우."

짙은 자주색을 뒤집어쓴 것 같은 계장수가 또 숨을 가늘게 내쉬었다. 그런데 그 숨결에 색깔이 있었다. 자주색의 안개처럼 입김으로 나온 숨결에 떨어지던 눈송이들이 녹아버렸다. 눈송이들만 녹는 게 아니었다. 계장수가 앉은 주변으로 둥그런 원을 그리듯이 쌓인 눈들이 녹아버렸다. 그 크기가 반경 삼 장에 달했다. 열기에 녹는 것이 아니었다. 눈들은 계장수가 전신으로 내뿜는 독기에 녹고 있는 것이었다.

참으로 기이한 광경이고 변화였다. 기이한 변화는 그것뿐이 아니었다. 삼각으로 결을 맺은 계장수의 두 손 사이에서 짙은 자주색의 기류(氣流)가 회오리쳤다. 미친 듯이 돌던 그것이 뭉쳐 작은 구슬만해지더니, 종내에는 주먹 반만한 크기로 뭉쳐 무섭게 회전했다.

삽시간에 눈들이 녹아내리는 장내의 상황에 석중달과 당천성이 아래를 내려다봤다. 손은 여전히 서로의 멱살을 잡은 채였다. 그런데 그 순간 계장수가 기합을 질렀다. 고막이 터질 것 같은 소리였다.

“하앗!”

계장수의 손에서 구슬이 떠났다. 자주색 포환처럼 날아간 그것이 거센 눈보라를 일으키며 공간을 뚫고 나갔다. 그것이 지나간 자리에는 쌓였던 눈들이 거칠게 일어섰다. 뒤로 그런 바람을 일으키고 날아간 구슬은 암벽산 옆의 숲을 관통했다.

피이유융!

숲이 무너졌다. 자주색 독주(毒珠)가 지나간 자리로 커다란 구멍처럼 공간이 뚫렸다. 나무들은 몸통이 녹아버리며 쓰러졌다. 그 위로 쌓였던 눈이 떨어지고 눈들도 녹아버렸다. 삽시간에 벌어진 일이었다. 한데 그 변화에 놀라기도 전에 독주는 거대한 바윗덩이의 밑을 뚫고 들어갔다.

슈픽!

암석이 뚫리는 소리가 섬뜩했다. 그러나 더욱 소름 끼치는 일은 독주가 뚫고 들어간 암벽 부위가 녹아내리는 것이었다. 흐물흐물 흘러내리는 그 모습은 이상한 감흥을 불러일으켰다. 그 크기가 무려 직경 이 장이나 되었다. 숲의 맨 뒤에 산으로부터 떨어져 나온 거대한 바위는 점점 크기가 줄어들었다.

무감정한 눈으로 바라다보던 계장수는 긴 숨을 들이쉬며 몸을 일으 켰다. 숨결은 어느새 허연 본래의 색으로 돌아와 있었다. 독기는 다시 체내 깊숙이 갈무리된 것이다. 하지만 결과물이 마음에 들지 않았다. 본래 위력의 삼분지 일도 드러내지 못한 것이다. 원인은 독물(毒物)을 섭취하지 못한 때문이었다. 섬에서 취할 수 있는 독이라야 몇 가지 독 초와 광물독, 바다 생물에서 얻을 수 있는 독이 전부였다. 보다 강력한 독이 필요했다. 숨결만으로도 중독되는 지독한 독물이.

"으하하하하하! 보아라! 저것이 바로 독정의 위력이다!"

허공의 눈발 속에서 소리치는 자는 당천성이었다. 노란 빛이 출렁출 렁대는 당천성은 거듭 소리쳤다.

"봤지? 봤지? 저 바윗덩이 녹아내리는 거? 저 가공할 위력이 바로 내 지난 세월의 결정이지! 조금 더 있으면 지금보다 두 배는 더 녹아내 릴 거야! 점점 더 흐물흐물하면서 엿물 녹듯이 흘러내릴… 거라니까."

석중달을 돌아보며 암벽을 손가락질하던 당천성은 말을 멈췄다. 삐 뚜름하게 쳐다보는 석중달의 심통 맞은 눈매를 보던 그는 더듬대며 다 시 말했다. 녹아내리던 바위가 흐름을 멈춘 때문이다.

"저, 저건… 도, 독이 부족해서 그래. 휴우, 오독지주(五毒之蛛)나 천 지혈망(天地血蟒) 같은 거 한 마리만 잡아 멕였어도 홀라당 녹았을 텐 데."

변명하던 당천성의 눈빛은 진한 아쉬움으로 가라앉았다. 트집 잡을 거리를 염탐하던 석중달은 눈빛을 묘하게 굴리더니 작게 툴툴거렸다.

“자식이 추접하게 둘러대기는… 뭐, 저 정도면 대충 오의는 깨달은 것 같구나. 네놈이 만든 그 독정이란 거, 조금 난해하기는 하지.”

트집이 아니라 어찌 들어보면 위로 같기도 한 말이었다. 어울리지 않는 말을 뱉어놓고 석중달은 코를 킁킁거렸다. 조금은 무안한 때문이었다. 하지만 당연히 겸사의 말을 내놓을 줄 알았던 당천성은 계장수에게 포르르 날아가 버렸다.

“저 개누무시키!”

석중달은 당천성의 뒤를 쫓아갔다. 하지만 바로 들리는 당천성의 말은 더 이상 욕설을 내뱉지 못하게 했다.

“이제 떠나라.”

계장수가 조금은 놀란 눈으로 당천성, 그리고 그 뒤로 날아 내린 석중달을 보았다.

“네가 더 이상 섬에 있을 이유가 없다. 부족한 것들은 이제 네 노력과 깨달음의 여하에 달렸다. 이젠 세상에 나가서 네가 해야 할 일들을 할 때다.”

처음 보는 당천성의 중후한 얼굴과 음성이었다. 계장수는 조심스레 되물었다.

“정말… 떠나도 되는 걸까요?”

뭐라고 말하려던 석중달의 앞에서 당천성은 바로 대답했다.

“마고지나를 쫓든 그렇지 않든, 혹은 네 원수들을 죽이든 살리든 모든 것은 너의 선택 여하에 달린 일이다. 천기의 흐름을 내 조금은 짐작한다만, 어찌 좁쌀 같은 인간과 그 허울을 벗은 존재의 심중으로 큰 뜻을 헤아리겠느냐? 네가 가고자 하는 앞길에는 수많은 갈래가 있다. 그 중 어느 것을 택하든, 너의 의지와 하늘의 섭리가 작용하매… 대개는 옳게 결론이 나리라.”

계장수는 당천성을 보고 눈만 껌뻑거릴 뿐 말을 꺼내지 못했다. 왠지 실감이 나지 않는 때문이었다. 그런 계장수에게 당천성은 다시 말했다.

“여기서 도망친 마고지나. 그 이름은 원래 대배달족(大倍達族)의 아득한 옛적 조상인 여신(女神) 마고(麻姑)를 이름이다. 마고는 파미르 고원에 나라를 세우고 마고성(麻姑城), 혹은 마고지나(麻姑之那)라 했다. 그 이름 중 지나를 취하여 시황제는 국호를 진(秦)이라 했다. 마고의 후손들 중 황궁씨 종족이 분파하여 흰마리아(히말라야), 곤륜산, 북동쪽의 천산산맥 등으로 뻗어나갔다. 곤륜산으로 뻗어간 종족은 하화계로 중원인, 즉 지나인의 근간을 이루었고, 천산산맥으로 뻗어나간 종족은 환족으로 대배달의 동방 정통 종족을 이루었다.”

제법 긴 얘기가 나왔지만 계장수는 여전히 눈만 껌뻑댔다. 그러다가 한마디를 불쑥 내뱉었다.

“진의 시황이 국호를 거기서 따왔다구요?”

대답은 석중달이 했다.

“그래, 임마! 지나족은 대배달족의 한 지파(支派)에 불과한 거야!”

멀뚱거리는 눈을 석중달에 돌린 계장수는 다시 물었다.

“그럼 중원인들의 조상이 배달족이란 말입니까?”

석중달은 또 말했다. 하지만 그답지 않게 조리정연한 대답이었다.

“역사란! 그 숨겨진 이면의 진실을 들추어내는 것이 칼날을 움켜쥐는 것과 같을 수 있다. 하지만 후세의 사람들은 그것을 바로 알고 다시 후대에 전할 의무가 있다. 그런데 중원의 빌어먹을 사가(史家) 놈들은 춘추필법(春秋筆法)이란 미명 하에 수없이 왜곡과 날조를 자행하였다.

그 아전인수(我田引水)가 어떤 결과를 가져올지도 모르고서 말이야.”

“그래, 맞다.”

당천성이 동의를 표시하며 고개를 끄덕였다. 석중달은 계장수의 눈을 직시하며 또 말했다.

“누가 먼저고 누가 나중이고 따위는 중요하지 않다. 중요한 건 진실을 얘기하는 것이지. 마고지나 년은 정통 지나족의 후예로 배달족으로터 비롯한 중원의 역사를 극복하려는 것이다. 하지만 그년이 궁극으로 원하는 것은… 모든 것의 파괴와 피의 살육이지. 그것에는 중원과 배달의 구분이 없다. 그년은… 악신을 섬기는 피의 대리인이야.”

침중하게 가라앉는 석중달의 표정이 계장수는 유난히도 무겁게 보였다. 가만히 듣고만 있던 당천성은 또다시 이야기를 꺼냈다.

“동이족의 역사는 깊고도 광대하다. 너 역시 근원을 따지고 올라가 보면 십 중의 팔구는 후손이 될 게다. 기실 정통 한족(漢族)이라 하는 자들의 수효는 그리 많지 않다. 하나 다 부차적인 것이고… 마고지나가 마고의 이름을 뒤집어쓴 데는 그런 연유가 있다. 혹세무민하기 위함이지. 중원과 동북의 전역에 퍼져 있는 마고의 신화는 아주 유용한 포교의 수단이 되는 것이다.”

“그럼 암흑마궁이…….”

계장수의 끊어진 질문에 당천성은 깊게 고개를 끄덕였다.

“그래. 암흑마궁의 궁주가 셋인 것도 그들이 모방한 동이족의 삼신신앙(三神信仰), 삼수사상(三數思想)을 나타내기 위함이지. 그것으로 그들이 믿던 고대의 신교(神敎)임을 가장하고 민가에 침투하기 위함이다.”

“삼신이라 하시면…….”

"환인천제(桓因天帝), 환웅천황(桓雄天皇), 단군왕검(檀君王儉)을 이른다. 그들이… 대동이족의 시원(始原)이며 역사의 근간(根幹)이다."

"하면 마고지나라는 그 귀신이… 섬기는 신은 대관절 무엇입니까? 무슨 근거와 힘으로 그것은 사람들을 맹종케하고 역천을 행하려는 겁니까?"

꿈틀대는 계장수의 눈썹을 보던 당천성은 조용히 석중달과 눈을 맞추었다. 그리고는 작은 한숨과 함께 대답을 했다.

"후우, 그년이 섬기는 신은 파사국에서 들어온 배화교(拜火敎), 즉 현교의 악신(惡神)인 '아리만'이다. 어둠과 거짓의 세계를 지배하는 파괴의 신이지. 그년은 지상에 그것의 존재를 현몽케하여 말세를 초래하려는 것이다."

"말세(末世)요?"

"그래, 말 그대로 세상의 끝이다."

이제까지 입 다물었던 석중달이 말했다. 순서를 바꾸는 것처럼 당천성은 입을 다물고 그가 또 말했다.

"이제 네가 싸울 적이 무엇인지 감이 잡히느냐?"

"어떻게 그런 허무맹랑한……."

"허무맹랑하기는 네놈의 존재도 마찬가지야!"

대뜸 소리친 석중달의 눈매는 날카롭고도 엄했다. 그는 그 눈으로 계장수의 눈을 뚫어지게 보았다.

"죽었다가 다른 몸으로 되살아난 네놈의 몸뚱이도 천도(天道)를 거스르긴 마찬가지다. 이미 세상의 균형은 깨어지기 시작했다. 삼백 년간이나 그 발현을 막아왔지만, 이제 시간이 다했음이다. 하나 모든 일에는 원인으로 시작해서 결과로 맺음하고, 좌우의 균형을 맞추는 것이 우주의 도리. 네놈의 존재는 그 균형을 맞출 추가 되리라고 나는 확신한다."

멍한 얼굴로 석중달을 바라보던 계장수는 가만히 되물었다.

"추요? 균형이요?"

석중달은 더 대답하지 않았다. 대신 당천성을 돌아보고 씨익, 웃었다. 화답하듯 당천성도 마주 웃었다. 그런 두 늙은이의 얼굴은 어딘지 모르게 무거우면서도, 짊어진 짐을 내려놓은 홀가분함이 엿보였다.

"우리 이제 가도 될까?"

당천성이 밑도 끝도 없이 물었다. 석중달은 대답 대신 외려 되물었다.

"이만큼 했으면 그놈도 더 뭐라 하진 않겠지?"

"까짓, 뭐라 하면 계문설이 그놈, 받아버릴 테여!"

평소답지 않게 당천성은 흥분했다. 그런 친구를 보고 석중달은 흐흐거리며 연신 기쁘게 웃었다. 그러던 그가 갑자기 바다를 보며 소리쳤다.

"어? 배다!"

"뭐? 어디?"

더 이상의 그 어떤 말도 주지 않고, 저 멀리 보이지 않는 곳으로 시선을 주던 두 늙은이는 두둥실 떠올랐다. 그리곤 귀신놀이라는 말을 어렴풋이 남기고 눈 속을 날아갔다. 아이처럼 떠들며 사라지는 두 늙은이는 귀신도, 혼령도, 그렇다고 인간도 아니었다. 이제 와 느끼는 것이지만, 그들의 말처럼 반선의 경지에 오른 존재가 틀림없었다. 불가에도 천진불(天眞佛)이 있듯, 저들의 행태도 그러한 것이라 계장수는 생각되었다.

　계장수는 날아간 두 노인네의 파랗고 노란 뒷모습을 바라보았다. 초점없는 그 눈앞에 내리는 눈은 점점 더 많아졌다. 바다 저쪽에서 배 하나를 두고 두 노인네의 빛무리가 종횡으로 들쑤시고 있지만 아무 감흥도 생기지 않았다. 다만 한 가지 말이 머리 속에서 떠나질 않았다.
　‘귀신이라…….’
　천지와 바다, 보이는 모든 것이 눈에 덮이는 날이었다. 떠나야 할 계절이기도 했다.

제4장
비상 속으로

세상 속으로 1

❶

황하구(黃河口)를 벗어난 동영(東瀛) 땅 외곽의 절에서 계장수는 제(祭)를 올렸다. 묘안석 한 알을 내밀자 절의 주지는 입이 찢어지게 반색하며 천도제를 주재했다. 그 절에서 사십구 일 동안 머물며 치성을 드렸다.

늦은 감이 있었지만, 비명에 죽은 가족들의 극락왕생을 위해 열심히 빌고 또 빌었다. 계은범의 모습을 떠올릴 때는 울컥한 설움이 복받쳤다. 자식의 몸뚱이를 가로챈 자신에게 그는 무한한 애정을 주었다. 그 품에 안겼을 때의 따스함을 떠올리면 지금도 온몸이 아늑했다.

섬에서 만난 두 늙은이의 존재도 그러했다. 거친 말소리와 매양 장난으로 일관하던 그들이었지만 자신에겐 커다란 은혜를 베푼 은인들이었다. 그들과 보냈던 팔 년 세월을 되새기니 애틋함이 눈앞을 가렸다. 특히 섬을 떠날 배를 붙잡아 오던 그들의 마지막 얼굴은 아직도 눈앞에 선했다.

"이 배의 뱃놈들 혼이 다 빠졌다. 그러니 네가 잘 달래고 추슬러서 가라."

무너진 선착장으로 몰고 온 배를 가리키던 석중달의 눈매는 유난히도 눈꼬리가 처져 보였다.

"별스럽게 굴 것 없다. 만남과 헤어짐이 인간사… 음, 우리는 인간이 아니구나. 어쨌든, 세상을 두 번 사는 놈이니 구구한 당부는 접겠다. 그저, 또다시 후회를 남기지 않겠다는 생각으로 매사에 임해라. 그것이면 된다."

대견스럽게 바라보는 당천중의 눈매는 부드럽게 웃음을 보였다. 그런 그들이 배에 올라타는 계장수 자신에게 마지막 보낸 말은 한마디였다.

"잘 먹고 잘 살아라."
"똥칠 할 때꺼정 살어!"

웃음이 나왔다. 이별은 서글펐지만 떠나는 발걸음이 무겁지는 않았다. 두 노인들 역시 밝은 웃음을 보여주었다. 배와 섬은 그렇게 멀어졌다.

점점 작아지는 석모도 위로 눈은 계속해서 쏟아져 내렸다. 그 속을 노랗고 퍼런 두 노인의 빛무리가 정신없이 돌고 또 돌았다. 잠시 후에 섬에서 폭발 소리가 들리며 암벽산이 무너져 내렸다. 암흑마궁의 제단이며 귀문인 섬의 중심을 주저앉힌 것이다. 바윗덩이들은 바다까지 굴렀다.

지맥을 터뜨린 것이 분명했다. 섬의 아래로 용암의 맥이 흘러간다는 것은 계장수도 알고 있었다. 그걸 터뜨려 섬의 모든 걸 바위 속에 묻은 후에, 두 노인은 염원하던 승천을 했다. 삼백 년 만인 것이다. 눈발을 뚫고 오르는 두 개의 빛무리는 계장수의 시선을 오래도록 붙잡았다.

섬의 몰락과 하늘로 오르는 두 개의 빛무리를 보고 뱃사람들은 얼이 빠진 표정들이었다. 그들의 눈에는 귀신이 분명한 빛무리들과 소통하던 계장수도 귀신과 매한가지였다. 그런 그들에게 계장수는 눈을 부라리고 인상을 험악하게 구겼다. 그리고 뭍으로 전속 항진을 명했다. 시선이 바로 달라졌다. 방금 전까지도 얼이 빠졌던 사람들의 눈이 공포 속에서 반짝반짝 빛이 났다. 계장수의 손짓 한 번에 바다가 터져 오르는 걸 봤기 때문이었다.

그렇게 배를 타고 황하구로 접어들었다. 동영까지는 걸어왔다. 절에서 사십구제를 끝낸 후에는 어디로 가야 할지, 무엇을 먼저 해야 할지 잠시 고민스러웠다. 하지만 고민은 오래가지 않았다. 봐야 할 사람이 머리에 떠오른 때문이었다. 가장 가까운 기억이었다. 그래서 배를 잡아탔다. 황하를 거스르는 배를.

❷

장안에서 천주상가를 찾는 일은 어렵지 않았다. 북쪽으로 동류하는 위하(渭河)를 돌아 내려 동교(東橋)를 건너가면 한 채의 거대한 장원이 나온다. 방대한 정원의 숲에 흰 학(鶴)마저 앉은 것이 보이는 장원의 정문엔 커다란 마차들이 연신 드나들었다. 높다랗게 걸린 편액에는 천주상가(天柱商家)란 네 개의 글자가 금박으로 눈부시게 빛났다.

천주상가가 마주 보이는 다관(茶館)에 앉아 계장수는 찻물을 조금씩 들이켰다. 들고나는 마차들과 사람들의 행렬은 끊이지 않았다. 유심히 바라보던 계장수는 문득, 담벼락에 붙은 한 사내를 보았다. 중키에 비쩍 마른 얼굴과 몸, 좌우를 불안하게 훑어보는 눈동자, 불룩 솟은 가슴에 들어간 손.

천주상가의 주변 분위기와 어울리지 않는 자였다. 사내는 뭔가 노리고 저 자리에 선 게 틀림없었다. 가슴에 들어간 손은 흉기를 움켜쥔 게 분명했다. 연신 주위를 두리번거리는 불안한 행색은 사내가 이런 일에 경험이 없음을 말해 주었다. 사내가 노리는 건 사람이다. 하지만 육중하게까지 보이는 천주상가의 담벼락 아래서 사내가 기다리는 존재는 과연 누구란 말인가? 분명한 건 천주상가의 인물이란 점이다.

때마침 계장수의 의문을 제치고 이두마차 하나가 날렵하게 거리를 질주했다. 다각대는 말의 발굽 소리와 마차 바퀴의 굴림 소리가 대로의 돌바닥 위로 경쾌하게 퍼졌다. 마차의 옆과 뒤로는 세 마리의 말도 보였다. 말 위에 탄 자들은 무사들이었다. 그런데 그중의 하나가 눈에 익었다.

'쌍비검 초량!'

퍼석!

계장수의 손 안에서 찻잔이 바스러졌다. 몸이 저절로 벌떡 일어서졌다. 한데 그 순간, 정문을 통과하려는 마차로 누군가가 고함치며 뛰어들었다.

"이 악마 같은 년아!"

담벼락에 붙어 있던 사내였다. 사내의 품을 빠져나온 손도끼는 마차의 문을 찍었다.

팍!

"이 죽일 년! 이리 나와! 이 금수만도 못한 년아!"

붉게 충혈된 눈으로 외치며 사내는 도끼를 거듭 문짝에 박아댔다.

팍! 팍! 팍!

"이노무 새끼!"

쌍비검 초량이 말 등을 차고 올랐다. 사내가 돌아볼 틈도 없이, 초량의 두 발은 사내를 걷어찼다.

퍼억!

"커억!"

어깨와 옆구리를 동시에 가격당한 사내가 바닥을 굴렀다. 호흡이 막혔는지 사내는 허리를 새우처럼 꼬부리고 버르적댔다. 그런 사내를 두 명의 젊은 무사가 말에서 내려 바짝 일으켜 세웠다.

"일어서, 이 새끼야!"

양쪽 겨드랑이를 붙잡아 일으켜진 사내는 짚새기처럼 흐느적거렸다. 하지만 곧 호흡과 눈빛이 돌아오며 마차를 보고 이를 갈았다.

"엽초희, 이 찢어 죽일 년!"

분노와 고통으로 일그러진 사내의 안면에 다시 한 번 충격이 찾아왔다.

"닥쳐라!"

퍽!

초량의 주먹에 턱을 맞은 사내의 안면이 벌컥 좌로 돌아갔다. 피 거품을 흘리는 사내의 안면을 돌려 잡으며 초량은 다시 주먹을 들었다.

"버러지 같은 놈이 감히 어디서!"

초량은 주먹을 내려쳤다. 그런데 그때 마차문이 열렸다.

"그만!"

움찔, 몸을 멈추고 돌아보는 초량의 앞으로 한 여인이 마차를 내려왔다. 좌르르 흔들리는 주렴 소리를 뒤로하고 내린 여인은 아름다웠다. 흰 피부와 오뚝하니 솟은 코, 흑백이 분명한 별 같은 눈동자와 붉은 꽃잎을 문 듯한 작은 입술, 인형처럼 조그마한 얼굴에 흑단 같은 머리.

하지만 별 같은 여인의 눈동자에서 나오는 빛은 초롱한 별빛이 아니었다. 늘어진 사내를 보는 여인의 눈은 기쁜 듯, 혹은 흥미로운 듯, 아니, 흥겨운 쾌감을 속으로 억누르는 듯한 이상한 빛깔이 돋아 나왔다.

"네가 먼저 죽일 참이냐?"

여인의 말에 초량은 황급히 고개를 조아렸다.

"아, 아닙니다, 아가씨. 자객 놈이 아가씨께 욕설을 해대는 바람에……."

"흥! 자객?"

천주상가의 일점 여식, 엽초희는 턱을 치켜들었다. 눈은 여전히 늘어진 사내를 보고 있었지만, 싸늘한 목소리는 초량에게 말했다.

"저따위가 자객이라면 난, 이날 이때껏 살아 있지도 못했을 것이다. 그리고 네놈들에게 비싼 녹봉(祿俸)을 쥐가면서 데리고 있지도 않았겠지."

초량은 고개를 들지 못했다. 사내를 양 옆에서 붙잡은 두 명의 젊은 무사들도 눈빛을 땅에 처박았다. 엽초희는 그런 그들의 모습을 보며 붉은 입술을 작게 벌렸다. 하얗게 드러나는 치아는 그녀가 웃고 있음을 알게 해주었다. 그런데 그때 마차에서 뒤따라 내린 시녀가 조잘댔다.

"아가씨, 어서 드시지요. 나으리께서 기다리실 텐데요."

가만히 고개를 끄덕여 보인 엽초희는 초량에게 말했다.

"놈을 끌고 들어와라."

"예! 아가씨!"

초량은 바로 대답했다. 엽초희는 말이 떨어지기가 무섭게 정문으로 걸어 들어갔다. 그 뒤를 시녀 년이 옷자락을 거들며 부산스럽게 쫓아 갔다.

"아이, 아가씨도 참. 마차 타고 들어가시잖구."

시녀의 말소리를 뒤로 남기고 엽초희의 모습은 정문 안으로 사라졌다. 초량은 신경질을 내며 두 무사와 함께 사내를 짐짝처럼 끌고 들어 갔다.

모든 상황을 다관 앞의 대로에 서서 지켜보던 계장수는 천천히 걸음을 천주상가로 옮겨갔다. 대로를 가로질러 정문 앞에 다다라 그는 금 빛 편액을 올려다보았다. 그런 계장수의 행동에 정문의 위사들이 시선을 던졌다.

짙은 청의(靑衣)를 걸친 육 척 반에 이르는 커다란 신장, 옷 위로 불거져 보이는 두툼한 가슴과 어깨, 통나무처럼 굵직해 보이는 길쭉한 팔과 다리, 새카맣게 그을린 피부색, 등에 멘 짐 하나와 그 사이로 가로지른 기다란 물건 하나, 꿈틀꿈틀 일어서는 검날 같은 눈썹.

"뉘시우?"

"무슨 용무시오?"

어딘지 주눅 든 목소리로 위사들은 물었다. 하지만 천주상가의 편액을 올려다보고 있는 계장수는 대답이 없었다. 위사들은 조금 큰 소리로 다시 물었다.

"어, 이보슈?"

"무슨 용무냐고 묻지 않소?"

슬쩍 고개를 내린 계장수는 안쪽을 시선으로 가리키며 물었다.

"방금 들어간 년이 엽초희 년이 맞나?"

위사들의 반응은 금방 뜨거워졌다.

"뭐, 뭣이?"

"이, 이놈이!"

치잉!

두 위사는 허리에 패용했던 유엽도를 소라나게 뽑았다. 위사 생활의 직감으로 사내가 호의로써 찾아온 자가 아닌 걸 알았기 때문이다. 하지만 계장수가 보인 다음 행동은 사내들을 얼어붙게 만들고 말았다.

파앗!

돌바닥을 차고 계장수가 솟구쳤다. 시커먼 그 그림자가 이 장 높이의 솟을대문 기와머리까지 떠올랐다. 도약과 동시에 치솟긴 오른발이 기와 지붕 중간을 뚫고 지나갔다.

콰앙!

솟을대문 기와지붕이 산산조각으로 날렸다. 그 한가운데 자랑스럽게 걸려 있던 천주상가의 편액도 조각조각 흩어졌다. 흙과 기와 파편과 나뭇조각들이 난무하는 그 속에서 계장수의 몸이 기러기처럼 내려앉았다.

"허억!"

"이, 이런!"

위사들은 뒤늦게 놀란 숨을 내뱉었다. 휘날리는 파편들을 피하느라 정신없이 두 손을 휘저어댔다. 정문을 들고나던 마차들의 행렬도 멈춰 버렸다. 갑자기 부서지며 무너져 내린 정문 지붕은 길을 막았다. 더군다나 그런 일을 만든 게 사람이었다. 그 사람을 보느라 거리의 모든 시선이 모였다.

계장수는 없어져 버린 정문 지붕, 솟을대문이 있던 허공을 한차례 바라본 후 걸음을 앞으로 떼었다. 그때 뒤로 물러섰던 위사들이 달려들었다.

"이놈!"

"멈춰라!"

피윳! 피잇!

두 개의 칼날이 양쪽 어깨로 내리찍혔다. 계장수는 왼발을 앞으로 내밀며 몸을 옆으로 돌렸다. 칼날의 궤적이 등과 가슴 앞으로 지나갔다. 두 위사의 사이로 파고든 것이다. 그 순간 뒤쪽의 오른발을 당겨 앞발을 밀어내고 앞발은 짧고 강하게 땅을 밟았다. 그리고 양팔꿈치를 돌려 좌우로 후려 때렸다.

퍼퍽!

"컥!"

"쿠엑!"

계장수의 양 옆으로 붙은 것처럼 달려들었던 두 위사가 좌우로 튕겨져 나갔다. 순식간에 쓰러지는 그들의 안면은 피투성이로 깨져 버렸다.

몸을 바로 세우는 계장수의 시선 앞으로 창칼 든 무사들이 우르르 몰려나왔다. 삽시간에 계장수를 둘러싸는 그들의 모습은 일사불란했다. 잘 훈련받은 무사들이 분명했다. 시간도 얼마 지나지 않았건만, 정문의 소란과 거의 동시에 무사들이 나타난 것이다. 하지만 그들은 알지 못했다. 눈앞에 도깨비처럼 나타난 청년이 어떤 사내인가를.

천천히 자신을 둘러싸고 창칼을 내미는 무사들을 보며 계장수는 히죽 웃었다. 그러다 곧 짙은 눈썹을 꿈틀대며 미간에 주름을 잡았다.

"비키라고 해도 비키지 않겠지?"

혼잣말처럼 중얼거리며 전방을 보던 계장수는 몸을 똑바로 세웠다. 동시에 오른 주먹은 허리에 갖다 붙이고 왼손은 허공을 움켜쥐듯이 앞으로 내밀었다. 가슴 앞에 내민 왼손이 조금씩 주먹으로 말릴 때, 오른 허리에 붙은 오른손엔 시커먼 기운이 어리기 시작했다. 철령기였다.

"하앗!"

우렁찬 기합 소리와 함께 왼손이 거두어졌다. 동시에 오른발이 앞으로 크게 내딛기며 오른 어깨가 뒤틀려 나갔다. 시커먼 먹빛으로 둘러싸인 오른손은 어깨와 허리의 탄력을 받아 앞으로 내질렀다. 그 주먹에서 검은 벼락이 터졌다.

슈하하학!

시커먼 기류가 앞을 막아선 무사들의 머리끝을 스치며 날아올라 갔다. 곧바로 내원 담벼락 끝을 터뜨리고 날아간 기류는 천주상가의 내원 중앙, 천주전 꼭대기를 뚫고 들어갔다.

쿠아앙!

포탄을 맞은 것 같은 소리와 함께 천주전 지붕의 한쪽이 무너져 내렸다. 그 어이없는 광경을 보고 무사들의 얼이 빠져 있을 때 계장수는 소리치며 뛰었다.

"막는 자는 죽는다!"

막을 수도 없어 보였다. 질풍처럼 달려나와 앞을 막은 무사들의 앞에서 도약한 계장수의 몸은 내원 담벼락을 차고 다시 떠올랐다. 그 몸이 새처럼 휘돌며 정원수의 가지를 차고 내원의 건물을 뛰어넘어 갈 땐, 보는 자들의 눈에 경악만을 남겼다. 하지만 내원을 넘어 후원으로 날아 내리는 계장수의 눈엔 강렬한 열기가 이글거렸다. 뺨을 스치는 바람도 속 깊은 곳에서 넘쳐 나오는 그 열기를 식히지 못했다.

정원수와 정원석을 차례로 밟으며 땅에 내려선 계장수의 눈에 한곳이 보였다. 후원 전각과 마주 보이는 곳에 지어진 사각의 벽돌 건물. 그건 내원과 후원의 옆과 뒤로 이어진 수십 채의 상방 창고와는 다른 건물이었다. 그 건물의 용도를 계장수는 잘 알고 있었다. 이미 겪어보았기 때문이다.

벽돌 건물을 향해서 계장수는 걸음을 옮겼다. 때마침 문이 열리며 두 사내가 뛰어나왔다. 엽초희를 호위했던 두 명의 젊은 무사였다. 아마도 외부의 소란을 알아보기 위해 나왔으리라. 사내들이 나온 안에서는 고문이 자행되고 있을 것이다. 고문의 광경을 떠올리자 이가 갈렸다. 그건 스스로 인간임을 포기하게 만드는 일이었다. 계장수는 눈썹을 곧추세우며 달려갔다.

"엇?"

"뭐, 뭐야?"

놀란 두 사내가 계장수를 돌아봤을 땐 이미 늦은 후였다.

퍼퍽!

좌우의 바깥으로 동시에 돌려친 등주먹[拳背]에 두 사내의 턱이 옆으로 돌아갔다. 비명도 못 지르고 주저앉는 사내들을 넘어 계장수는 벽돌 건물의 안으로 진입했다. 벽 한쪽 바닥에 뚫린 지하 계단이 바로 보였다. 그곳으로 내려갔다.

"아아아아악!"

처참한 비명 소리가 나선형 계단의 벽을 울리며 들려왔다. 계장수는 미간을 일그러뜨리며 계단을 뛰어내려 갔다. 이윽고 계단이 끝을 보였을 때, 철문 너머로 형틀에 묶인 사내를 면도로 저며대는 엽초희의 모습이 보였다.

"엇? 웬 놈이냐?"

형틀 옆에 서 있던 초량이 훌쩍 다가서며 물었다. 피 묻은 손으로 하얗게 웃고 있던 엽초희의 눈도 돌았다.

"못 보던 놈인데 누구냐? 어떻게 여기까지 들어온 게냐?"

초량이 호통 치면서 더 가까이 다가섰다. 두 손에는 언제 빼 들었는지 독문무기인 쌍비검이 들려 있었다.

초량에게는 시선도 주지 않은 채로 계장수는 엽초희에게 말을 던졌다.

"더러운 변태 년, 여전하구나."

의아한 눈으로 바라보던 엽초희의 눈에 하얀빛이 어렸다. 그 순간 초량이 검을 뺐었다.

"이놈!"

피이잇!

두 개의 검날은 계장수의 목줄기로 빗살처럼 들어갔다. 하지만 초량은 뜻을 이루지 못했다. 다만 검을 뺐음과 동시에 비명을 질러댈 뿐이었다.

"으허억!"

초량의 검을 잡은 두 손은 계장수의 손아귀에 잡혔다. 어떻게 그리됐는지 스스로도 알지 못했다. 검이 상대의 목을 찌르는 순간, 시커먼 빛이 일렁였다는 것밖엔 생각나지 않았다. 그 순간에 두 손은 이미 제압된 상태였다.

챙, 챙강!

검이 떨어졌다. 검을 놓치고 손을 부들대는 초량은 점점 아래로 주저앉았다. 이마엔 송골송골 땀이 맺혔고, 모가지와 관자놀이엔 핏대가 섰다. 그러다가 무릎이 완전하게 땅에 닿은 순간, 팔목에서 둔탁한 소리가 났다.

두둑.

"크아악!"

고통에 가득한 비명을 지르는 초량의 얼굴에서 하얗게 핏기가 가셨다. 잡고 있던 계장수의 두 손이 치워지자 초량의 팔목이 드러났다. 비틀린 빨래처럼 이상하게 휘어진 초량의 두 손목은 정상으로 보이지 않았다.

바라보던 엽초희가 처음으로 입을 열었다.

"넌 누구냐?"

초량에게서 시선을 뗀 계장수는 하얀 얼굴빛과 그보다 더 하얗게 빛을 뿜는 엽초희를 보았다. 그리고 나지막하게 말했다.

"나를 몰라보는구나."

감정이 느껴지지 않는 목소리였다. 무심하게 보이는 눈으로 엽초희를 바라보던 계장수는 천천히 한 발 한 발 다가갔다. 나직한 음성은 또 나왔다.

"하긴, 장난감이 한둘이 아니었을 텐데 기억할 리가 없겠지."

위축감을 보이지 않는 엽초희의 눈은 하얀 눈빛을 더욱 키워 올렸다. 하지만 그 속에서 꿈틀대는 의문은 눈앞의 사내가 누구인지를 빠르게 더듬었다.

정문 앞에서 보았던 사내를 눈으로 가리키며 계장수가 물었다.

"이자는 무슨 일인가? 어떤 점이 네년의 변태 기질을 건드렸지?"

기억을 더듬던 엽초희는 지척에 다가온 계장수를 보면서도 물러서기는커녕 엷은 웃음을 띄워 올렸다.

"확실히 날 아는군. 근데 난 왜 기억을 못할까. 이상하네. 이렇게 잘난 사내를 기억 못할 리가 없는데 말이야."

엽초희의 낭랑한 목소리와 웃음은 꼭 꽃망울이 터지는 것 같았다. 계장수를 바라보는 눈에는 감미로운 유혹이 꿀처럼 가득했다. 하지만 엽초희의 진면목을 아는 계장수에겐 차가운 꽃뱀의 번들거림처럼 보였다.

"많이 예뻐졌구나."

계장수는 불쑥 손을 뻗었다. 그 손으로 엽초희의 뺨을 쓰다듬었다. 흠칫한 엽초희는 굳은 몸으로 손길에 뺨을 내맡겼다. 괴괴한 전율 같은 정적이 흘렀다.

석실 안에서 들리는 소리라곤 형틀 위의 남자와 초량의 신음 소리밖에 없었다. 그 속에서 계장수의 시커먼 손과 엽초희의 하얀 피부가 교미하는 뱀처럼 얽혔다.

불빛마저도 사르르 떠는 것 같은 순간이었다. 그렇게 계장수의 손이 엽초희의 하얗고 가느다란 목덜미에 이르렀을 때, 진한 눈빛과 웃음을 보이던 엽초희는 계장수의 손 위에 자신의 손을 포갰다. 그리고 가슴으로 끌어내렸다.

"누구지? 대체 날 언제부터 알았던 거야?"

　두툼한 계장수의 손을 이끌어 내려 봉곳한 가슴에 머물게 한 엽초희
는 바짝 다가섰다. 남은 한 손은 계장수의 옆구리를 잡아당겨 몸을 붙
였다. 숨결마저 느낄 만큼 가까워진 거리에서 그녀는 살구꽃 향기 같
은 입김으로 말했다.

　"그래, 아무려면 어떻겠어. 중요한 건… 지금 이렇게 같이 있다는
것이겠지. 이렇게 숨 냄새가 날 만큼 가까이……."

　감미롭게 말하던 엽초희의 눈이 그 순간 새파랗게 빛을 냈다. 제 가
슴 위에 계장수의 손과 같이 포개졌던 손은 계장수의 큰 손을 꽉 붙잡
았다. 그리고 계장수의 옆구리를 쓰다듬던 손이 갑자기 소매 속에서
비수를 돌출시켰다. 그걸 계장수의 옆구리에 쑤셔 박았다.

　칵!

　금속이 살을 찌르는 소리가 아닌 이상한 소리가 났다. 엽초희는 눈
을 들어 계장수를 보았다. 계장수가 희미하게 웃었다. 그 웃음 속의 눈
빛은 엽초희 자신의 뺨을 쓰다듬을 때나 가슴 위에 손을 얹었을 때나
똑같았다. 위험하단 생각이 그때서야 들었다. 몸을 피해야 했다.

　"컥!"

　엽초희가 몸을 뒤로 빼려는 순간 계장수의 손이 목을 움켜잡았다.
하얀 목덜미는 계장수의 커다란 손에 한 줌이었다. 반대편 손을 비틀
어 비수를 빼앗은 계장수는 그걸 엽초희의 눈앞에서 흔들어 보였다.

　"이런 걸로는 날 못 죽여."

　"커허헉!"

　대답 대신 엽초희는 혀를 내밀고 괴로워했다. 그 하얀 얼굴에 시커
먼 얼굴을 들이밀고 계장수는 나직하게 속삭였다. 입맞춤하는 연인 같
았다.

"아직도 생각이 안 나나? 팔 년 전 네년이 고문하다 죽기 직전에야 섬으로 유배시켜 버린 소년 말이야?"

목을 잡힌 고통 속에서도 엽초희는 눈을 동그랗게 떴다.

"어, 어떻게, 커, 커흑!"

"이제야 생각나나 보군?"

계장수는 고통과 공포로 일그러지는 엽초희의 눈을 보며 나직하게 뇌까렸다.

"이젠… 네게서 받은 걸 돌려줄 시간이야."

엽초희의 눈엔 까만 절망이 어렸다.

❸

엽금성은 진한 다향(茶香)을 음미하며 찻잔을 내렸다. 천주전(天柱殿) 삼층의 넓은 실내에는 고요만이 흘러넘쳤다. 높다란 천장 아래로 달그락대는 찻잔 소리만이 들릴 뿐, 마주 앉은 화산의 풍열자도 자신처럼 말이 없었다.

'무림맹(武林盟)이라… 지겨운 것들.'

정말로 지겨웠다. 때만 되면 아귀처럼 손을 벌리는 저 상판들에 침을 뱉어주고 싶었다. 장사꾼들의 돈을 제집 장롱 속의 쌈짓돈으로 생각하는 저 심보들이 괘씸하고 역겨웠다. 하지만 현실은 그럴 수 없었다.

"화산에서 무림지회(武林之會)를 여신다구요?"

공대가 묻어 나오는 엽금성의 물음에 풍열자는 너털웃음을 터뜨렸다.

"허허허허, 그렇소이다. 과분하게도 우리 화산이, 게다가 본도가 그 일의 책임을 맡았소이다."

"과분이라니요? 화산이 아니면 그런 중차대한 일에 누가 중심을 서겠습니까? 또한 도장의 경륜이 아니고서야 어찌 그 큰일을 감당할 수 있겠습니까? 다 화산의 유구한 전통과 도장의 명성이 사해에 더해진 일이겠지요."

"허허허, 본도의 얼굴에 금칠을 하시는구랴. 허허허허허."

쾌활하게 웃는 풍열자의 얼굴에 엽금성은 마주 웃어 보였다. 얼굴 가득 환한 웃음을 머금고 두 손은 마주 모아 보이고 있지만 속에선 불길이 치솟아올랐다. 그 때문에 입구 쪽의 다탁에 앉은 두 제자 놈들까지도 밉게 보였다.

저 도관 쓴 칼잡이 놈들이 말하는 무림맹이란 건 예전에도 있었다. 철혈무제 조극강이 철무련을 이끌고 세상을 무릎 꿇리던 그 시절, 소림과 무당을 위시한 화산, 청성, 공동, 아미, 종남, 해남, 점창의 구대문파가 연맹하여 무림맹을 만들었다. 거기에 이름있는 가문들과 제문파들이 가세하여 그 위세는 가히 천하제일이라 할 만했다.

하지만, 철혈대만을 이끌고 신출귀몰하는 조극강은 개개의 문파를 하나하나 방문하여 그 수장들을 일일이 꺾어버렸다. 무림사 유래가 없는 일이었다. 죽은 자는 아무도 없었다. 그저 항복과 패배의 표시로 무릎을 꿇어 보였을 뿐이었다. 그러면 조극강은 웃음을 남기고 떠나갔다.

그랬던 조극강이 죽은 것이다. 갑작스런 급사였다. 그게 벌써 십삼 년 전의 일이다. 그 후 중원 최강의 무력 집단 철무련은 두 조각이 났다. 조극강의 아내 정소연과 철혈대의 수장인 사마용추가 이끄는 철무련, 벽력신수 혁련휘와 월인천강도 위지강천이 연수한 벽력월인궁이 그 두 단체였다. 두 세력 간의 전쟁은 지금도 계속되고 있다. 이들은 그 틈을 노린 것이다.

웃는 낯으로 풍열자의 얼굴을 보던 엽금성은 공손하게 물었다.

"하면, 이번 무림맹의 수장은 화산의 장문인이신 도장께서 맡으시는 것이옵니까?"

여전히 인자한 웃음을 입에 물고 수염을 쓸어 내리던 풍열자는 겸손하게 말을 받았다.

"경륜이 부족한 저에게 사문의 장문 직을 양위한 사형이 지금도 원망스럽소이다. 그런 본도가 막중한 무림맹주의 자리를 맡는다는 건 어불성설이지요."

엽금성은 속으로 욕설을 삼켰다. 누구보다도 자신이 풍열자라는 저 도사 놈을 잘 알고 있는 것이다. 세상 누구보다도 탐욕스럽고 권세욕이 강한 놈이 저놈이었다. 저렇게 겉으로는 정인군자의 얼굴과 웃음으로 사람들을 대하지만, 속으로는 시커먼 구렁이가 똬리를 튼 놈인 것이다.

장문인 자리만 해도 전대 장문인 풍오자가 내버린 것이나 마찬가지였다. 조극강과의 대결에서 패한 후, 풍오자는 산중에 틀어박혀 모습을 보이지 않았다. 그걸 양위의 형식으로 꿰찬 것이다. 그런 놈이 무림맹주 자리가 뜻에 없다고 설레발을 치니 개가 웃을 노릇이었다.

"겸양이 지나치시오이다. 도장이 아니시면 어느 누가 인물이 있어 그 자리를 맡겠소이까? 모쪼록 큰 자리에 앉으시어 큰 뜻을 펼치셔야지요."

속마음을 누르고 겸사를 늘어놓는 엽금성의 말에 풍열자는 또다시 웃음을 터뜨렸다.

"허허허허, 말씀만이라도 고맙소이다그려."

"하면 일정은 잡힌 것이오이까?"

"내 그 때문에 엽 대인을 찾은 것이 아니겠소. 염치없으나 부탁을 드리고자 하오."

"부탁이라니오. 당치않으신 말씀을. 하루 이틀의 친분도 아니고 다른 사람도 아닌 풍 장문인의 말씀인데 어찌 제가 허술히 듣겠습니까? 제가 할 수 있는 일이라면 견마지로를 아끼지 않을 터이니 분부만 내리십시오."

"허허허, 분부라니요. 과만한 말씀이오이다. 허허허허."

습관처럼 수염을 쓸어 내리는 풍열자의 웃음 띤 눈꼬리를 보며 엽금성은 이를 갈았다. 물론 마음으로만 씹어댄 이갈이였다. 역시 예상대로 놈은 바라는 게 있어서 팔 년 만에 직접 얼굴을 들이밀었다.

팔 년 전 그때, 딸년이 그 지경을 당하도록 구경만 했던 일이 괘씸해서 화산과의 관계를 소원히 해왔다. 관계를 끊은 것은 아니지만, 직접 얼굴을 대면하는 일은 피해왔던 것이다. 그걸 눈치챘는지 화산도 내왕을 하지 않았다. 한데 팔 년 만에 화산의 장문이 된 풍열자가 직접 온 것이다. 그리고 예상처럼 무림맹, 그리고 무림지회라는 큰일을 꺼내 놓았다.

싫지만 멀리 할 수 없는 놈들이 저놈들, 무림인들이다. 한평생 무탈하게 살자면 저놈들의 비위를 맞춰야 한다. 그게 무림인들인 것이다.

지금처럼 웃으며 원하는 바를 조금씩 들어주면 된다. 그러면 이득도 돌아온다. 팔 년 만에 마주 보는 자리지만 웃으며 교언영색을 보인 덕분에 처음의 서먹함도 많이 가셨다. 이제 풍열자 놈은 제가 원하는 바를 꺼내놓을 게 틀림없다. 그게 무엇이든 들어줘야 한다. 그걸 들어주고 내가 원하는 바를 취해야 한다. 그것이 장사꾼이다.

"실은……."

드디어 풍열자가 입을 열었다. 엽금성은 두 손을 맞잡고 귀를 기울였다.

"길일을 택하다 보니 내달 초이레가 개회(開會)의 날이 되었소. 본시 본산(本山)에서 개회할 예정이었으나, 여러 가지 사정으로 말미암아 부득이한 일이 되고 말았소. 해서 엽 대인께 그 일의 주관을 부탁드리고자 하오."

엽금성은 대답없이 잠시 동안 풍열자의 얼굴만 바라보았다.

'그래, 이거였구나!'

빠르게 일의 전후와 손익의 계산을 마친 엽금성은 바로 대답했다.

"허어, 그런 일이라면야 저에게 오히려 영광이올습니다. 진즉에 말씀을 해주시지 않구서요. 내달 초이레면 이제 보름 남짓 남았는데 급히 준비를 서둘러야 하겠습니다."

"허허, 싫다 소리 한 번 안 하시고 흔쾌히 응해주시니 본도가 궁색함을 덜겠구려. 하고, 준비랄 것이야 무에가 있겠소이까? 각파의 장문인들과 수행 문인들의 숙식만 해결된다면 회합이야 들판에서 한들 어떠하리오. 허허허허."

"무슨 말씀이십니까? 화산의 체면과 무림의 미래가 걸린 중차대한 행사인데 만전에 만전을 기해야지요. 장문인께서는 염려를 놓으십시오. 모두가 만족하는 성대한 행사가 치러질 것입니다. 암요, 그렇구말구요."

치미는 울화를 엽금성은 웃는 얼굴과 좋은 말로 바꿔 내놓았다. 말이 좋아 숙식 제공이지, 구대문파의 움직임은 수하 문인들까지 최소한 수십 명이 움직인다. 그들에다가 각 지역의 한다하는 무림세가들과 군소문파들, 또 소문을 듣고 움직이는 수많은 무림인들을 생각하면 이건 보통 일이 아니었다. 그걸 대수롭잖게 말하는 풍열자를 정말 씹어 먹고 싶었다.

"최소 기천 명의 인원은 모이겠군요? 음, 그 인원들을 다 수용하자면……."

엽금성은 계산하는 체하며 탁자를 손가락으로 두들겼다. 심정은 손을 뻗어 풍열자의 얼굴을 긁어버리고만 싶은 마음이었다. 하지만 그것은 어디까지나 본인의 희망 사항. 속으로 불을 삼키는 엽금성의 시선 속에서 풍열자는 휘어진 눈꼬리의 인자한 얼굴로 제 제자를 불렀다.

"여야."

"예."

바로 대답하며 입구의 탁자에서 젊은 도인이 일어섰다. 예민한 인상의 도인은 풍열자의 둘째 제자 범여였다.

"엽 대인께 청첩(請牒)을 발송한 문파와 대략의 내용을 설명드리거라."

"예, 사부님."

두 사람의 탁자로 다가온 범여는 작은 서책 하나를 엽금성의 앞으로 내밀었다.

"무림지회에 참석을 통보한 문파의 내역입니다. 이미 반년 전에 청첩을 발송하고 답신을 받았으니 그 내용에서 별다른 변동은 없으리라 봅니다."

범여의 말을 건성으로 들으며 고개를 주억거린 엽금성은 책자의 첫

장을 넘겼다. 넘겨진 첫 장에서 그가 발견한 글자는 의외의 놀라움이었다.

북마련(北馬聯).

북쪽 초원 지대의 무법자들이었다. 말이 좋아 북마련이지 마적과 낭인들의 집합체였다. 특히 상인인 엽금성 자신은 그들의 악명에 대해 잘 알고 있었다. 하지만 그들은 중원 땅으로 내려온 적이 없었다. 중원에서도 그들을 무림문파로 인정한 예는 없었다. 한데 북마련이라니.

"이들도… 참가하는 것입니까?"

놀람과 의구심으로 물든 엽금성의 얼굴을 보며 풍열자는 푸근한 웃음을 보이고 대답했다.

"그렇소이다. 명색이 무림맹을 결성하는 무림지회인데, 참여하는 문파에 제한을 두거나 차별이 있어서야 무슨 의미가 있겠소이까? 이번 무림지회는 정사마에 구애없이 모두가 참여하는 한바탕의 축제가 될 것이오."

풍열자의 대답에 엽금성은 입을 우물거리며 쉬 말문을 열지 못했다. 하지만 더 이상 말문을 이어갈 필요도 없었다. 풍열자의 고개가 돌아간 때문이었다.

"이게 무슨 소리냐?"

천주전의 입구 쪽을 돌아다보는 풍열자의 말이 있기도 전에 탁자에 앉아 있던 큰제자, 범수가 벌써 일어나 있었다. 유난히 강한 인상을 풍기는 얼굴로 그는 천주전의 문을 향해서 걸어갔다. 뭔가 붕괴하는 소리가 밖에서부터 들렸기 때문이다. 하지만 문을 열기도 전에 그는 몸을 움츠려야 했다.

쿠아아앙!

엄청난 폭음과 함께 천장이 뚫려 나갔다. 하늘 높이 올라가는 기왓장은 모래처럼 흩어졌고, 서까래는 추녀와 함께 조각조각 부서져 흩날렸다.

풍열자와 엽금성, 범여와 범수, 모두가 놀란 눈으로 뚫어진 지붕을 올려다보았다.

❶

"사, 살려줘!"

냉염(冷艶)한 기세가 사라진 엽초희는 파랗게 질린 얼굴이었다. 부들부들 떠는 손과 발에 족쇄를 채우자 눈물마저 흘렸다.

"이, 이러지 마! 제발 부탁이야!"

눈물 범벅의 얼굴로 외쳐 대는 엽초희를 계장수는 힐끔 처다봤다. 제가 쓰던 형틀에 사지가 묶인 그녀의 모습은 부조화스러웠다. 칙칙하게 사람의 피와 기름때를 먹어버린 형틀은 예쁜 그녀의 얼굴과 어울리지 않았다. 하지만 형틀이 그런 걸 알 리가 없다. 계장수도 마찬가지였다.

"이보슈, 괜찮은 거요?"

형틀에서 끌어내린 사내를 흔들며 계장수는 말을 걸었다. 사내는 고통과 충격으로 얼어붙었던 몸을 잠시 떨다가 계장수를 올려다봤다.

"고맙습니다."

떨리는 사내의 목소리를 듣던 계장수는 벗겨진 사내의 상체를 봤다. 가슴과 복부, 팔등에 얇게 저며진 살갗이 피를 흘리는 게 보였다. 고통을 극대화하기 위해 피부와 내피의 중간까지만 교묘하게 그어대는 엽초희의 솜씨였다.

"많이도 그어댔구만."

정말이었다. 정문에서 사내를 잡아간 지 얼마 되지 않아 계장수 자신이 들이닥쳤건만, 그 길지 않은 시간 동안 사내의 상반신에는 이십여 개에 달하는 상처가 생겨 있었다.

미간을 찡그린 계장수는 등에 멘 봇짐을 풀러 지혈산(止血散)을 꺼냈다. 섬에서 나와 뭍에 내리자마자 제일 먼저 산 것이 지혈산과 금창약(金瘡藥), 화석(火石)과 화도(火刀) 등 여행에 필요한 물품들이었다. 전생의 경험으로 세상을 떠도는 데 이것들만큼 중요한 것이 없었다.

"참으시오."

아직도 부들대는 얼굴로 계장수를 바라보던 사내는 가만히 고개를 끄덕였다. 사내의 눈에서 시선을 뗀 계장수는 지혈산을 사내의 상처에 뿌렸다.

사내의 몸이 움찔움찔댔다. 붉은 핏물이 흐르던 상처에 하얀 가루가 스며들며 피가 응고하기 시작했다. 그 위에 지혈산을 다시 한 번 고루고루 뿌린 후에 금창약을 듬뿍 발랐다. 그리고 조심스럽게 흰 면포를 둘러 감았다.

서서히 안정을 찾는 사내를 보며 계장수는 면포의 마지막 부분을 매듭으로 묶은 후 물었다.

"무슨 일로 저년에게 이리 당한 거요?"

계장수의 검고 두툼한 손을 보던 사내는 슬며시 고개를 들었다. 사연과 슬픔, 고통과 분노가 가득한 그 눈이 잠시 흔들리다가 사내는 말문을 열었다.

"난 동교 밖 선창에서 부두 일을 하는 선부요. 아내는 바느질 솜씨가 좋아 대가댁 안주인들의 옷을 지었소. 끼니 걱정은 안 하고 사는 살림이었소."

간단한 말이지만 사내의 말속엔 웃으며 하루를 보내는 정겨운 부부의 모습이 연상되었다. 사내는 자신이 묶였던 허리 높이의 제단 같은 형틀을 돌아보며 말을 이었다. 엽초희를 보는 두 눈엔 불꽃이 일렁거렸다.

"그런데 어느 날, 저년이 일감을 맡겼소. 치마와 저고리에 자주색 봉황(鳳凰)을 수놓아 달라는 거였소. 선금까지 받은 아내는 밤을 새워 수를 놓았지. 한데 저년이! 봉황이 아니라 닭을 새겨 넣었다며 아내를 끌고 갔소! 제가 아끼던 옷을 망쳤다면서 말이오!"

분노의 염화로 이글대던 사내의 눈은 축축하게 젖어들었다. 습기 가득한 그 눈이 껌벅대다가 끝내 두 줄기 눈물을 보인 사내는 입술을 부들대며 말했다.

"아내는 병신이 되어서 돌아왔지. 얼마나 험한 꼴을 당했는지 정신도 온전하지 못했소. 그렇게 똥오줌도 못 가리고 보름을 앓다가… 가버렸소."

사내는 격정을 참지 못하고 울컥거렸다. 눈물을 흘리지 않으려고 고개를 들었지만, 눈물은 계속 흘러내렸다. 그 눈물이 턱을 타고 떨어져 사내의 가슴을 적셨다. 면포를 감은 사내의 가슴엔 붉은 얼룩이 번져갔다.

"그랬군."

한숨처럼 한마디를 흘려낸 계장수는 몸을 일으켰다. 자신을 곁눈질로 주시하고 있는 엽초희와 눈이 마주치자 심한 불쾌감이 일어났다. 눈을 보니 살기 위해서 갖은 생각을 굴리는 것이 들여다보였다. 좀 전에 슬그머니 도망쳐 나간 초량의 존재를 생각하고 있을 게 틀림없었다. 알면서도 도망가게 놔둔 놈이다. 그놈이 다시 온다고 해서 달라질 것은 없었다.

엽초희의 불안한 눈을 보고 형틀에 다가서던 계장수는 문득, 시선을 아래로 내렸다. 길쭉하고 네모난 제단 같은 형틀의 아래쪽에 비죽 열린 서랍 같은 것이 보였다. 무릎을 굽히고 열린 틈을 밀자 역시 서랍처럼 열렸다.

안에는 수북이 잡동사니들이 보였다. 가만히 보니 모두가 이 고문실에서 고문당한 사람들의 소지품 같았다. 작은 여인의 귀고리, 푸른 옥으로 만든 팔찌, 희귀한 가죽으로 만든 사내의 요대, 호신용 비수들. 한데 어지럽게 널리고 쌓인 물건들 틈에서 눈에 익은 것이 보였다. 어른의 반 팔 길이만한 단도와 기다랗고 날씬한 모양의 목도.

"어라?"

계장수는 얼른 손을 뻗어 두 개의 물건을 끄집어냈다.

"허, 이게 여기 있었네?"

팔 년 전 이곳에 끌려왔을 때, 자신처럼 버려진 물건이었다. 하지만 계장수 본인에겐 무엇과도 바꿀 수 없는 물건이기도 했다. 불타 버린 귀도문에서 유일하게 가지고 나온 물건들이었다. 두 가지 모두 혹독했던 유년 시절의 수련을 도왔던 친구들인 것이다. 그걸 다시 찾으니 웃음이 저절로 입에 걸렸다.

"기대도 안 했는데, 다시 온 보람이 있기는 있군."

계장수는 단도를 잡아 뽑았다.

끼이익.

녹슨 쇠 긁는 소리를 내며 단도가 날을 드러냈다. 예상대로 도신 표면에 검붉은 녹이 가득했다. 그걸 들고 계장수는 엽초희에게 가까이 다가갔다.

"이, 이봐! 돈을 줄게! 평생 다 쓰지도 못할 만큼 많이 줄게! 이러지 마! 우리 아버지가 가만있지 않을 거야!"

소리치는 엽초희의 목소리는 계장수가 가까워질수록 더 높아졌다.

계장수는 녹슨 단도를 엽초희의 뺨에 문지르며 부드럽게 말했다.

"놀라지 마라. 너같이 독심(毒心)을 가진 년이 이 정도에 놀라서야 쓰나?"

엽초희는 녹슨 칼날이 뺨을 스칠 때마다 흠칫흠칫 몸을 경직시켰다. 소름 돋는 그 얼굴을 보고 계장수는 추억을 회상하는 눈으로 말했다.

"생각나냐? 예전에도 배 위에서 이러고 있었지. 한데 그때는 화산 도사 놈들이 나타나서 널 구해줬잖아. 어때? 지금도 그럴 수 있을 것 같아?"

계장수의 말에 엽초희의 심하게 흔들리던 눈이 차츰, 천천히 가라앉아갔다. 뭔지는 모르지만 계장수의 말에서 구원의 실마리를 생각해 낸 것이 틀림없었다. 그 변화를 가만히 지켜보던 계장수는 피식 웃었다.

"꼴을 보아하니 뭔가 꼼수가 생각난 모양이구나."

엽초희는 차분히 가라앉은 눈으로 계장수를 바라만 볼 뿐 말을 하지 않았다.

뺨을 쓰다듬던 단도를 떼어낸 계장수는 갑자기 엽초희의 가슴 옷깃을 잡아뜯었다.

찌이이익!

"악!"

놀란 엽초희가 외마디 비명을 질렀다. 하지만 두 팔이 좌우로 벌려 묶여진 그녀는 활짝 드러난 제 가슴을 가릴 수가 없었다. 계장수는 환하게 미소 지었다.

"오, 좋은데? 생각보다 빵빵한걸?"

출렁, 흔들리는 두 개의 유방은 연분홍 유실을 부끄럽게 떨어대며 하얗게 빛났다. 이제껏 누구도 손대보지 않은, 아무도 시선을 둬본 적이 없는 스물세 살 처녀의 가슴이 백일하에 드러난 것이다. 그것도 남자 앞에서.

"이, 이, 죽일 놈! 네놈을 갈가리 찢어 죽일 테다!"

분노와 수치로 악귀처럼 얼굴을 일그러뜨린 엽초희는 저주 같은 발악을 했다. 하지만 엽초희의 달덩이 같은 가슴에서 얼굴로 시선을 올린 계장수의 눈에는 아무 감정도 담겨 있지 않았다. 그저 찢어낸 옷가지로 녹슨 단도의 날을 문질러 댈 뿐이었다.

"역시 좋은 칼이야. 녹이 금방 벗겨지는데?"

빙긋이 웃는 계장수의 손은 연신 단도의 날을 슥슥 문질러댔다. 그때마다 붉은 녹이 가루가 되어 떨어졌다. 점점 본모습을 보이는 단도는 은색의 날 빛을 풍겨내며 변화를 마쳤다. 그걸 계장수는 다시 엽초희의 얼굴에 들이밀었다. 그리고 여전히 빙긋한 미소를 물고 작게 말했다.

"원래는 네년 집 앞에서 차만 마시고 가려고 했지. 찾아올 때와 달리 막상 와보니까 그저 그런 옛일에 불과한 것 같더라고. 한데 말이야……."

계장수의 얼굴에서 웃음이 사라졌다. 엽초희는 눈앞에 어른거리는 시린 칼 빛에 다시 눈동자를 떨었다.

"네년이 저 남자를 끌고 들어가는 걸 봤어. 제 버릇 개 못 준다고 네년은 변한 게 없었던 거야. 그래서 쫓아들어 왔지. 네년 버릇 좀 고쳐 주려고 말이야. 아주 확실하게!"

나직하지만 마디마디 힘이 실린 계장수의 음성이 고문실 내부에 메아리처럼 퍼졌다. 그런데 그때, 그 말에 대답하는 목소리가 있었다.

"버릇을 고친다? 남의 집 여식을 그리 욕보여서야 쓰나?"

열린 철문 너머로 여유롭게 나선형의 계단을 내려오는 사람은 풍열자였다. 수염을 쓸어 내리는 그의 모습은 여유자적해 보였다. 하지만 뒤따라 내려오는 두 명의 제자 범수와 범여의 뒤에 선 엽금성은 눈알이 돌아갈 지경이었다.

"얘야! 초희야!"

달려나가려는 그를 범수와 범여가 붙잡았다. 아비의 목소리를 들은 엽초희는 마주 부르짖었다.

"아버지!"

계단 쪽으로 돌아가던 그녀의 얼굴은 계장수의 억센 손에 턱을 잡혔다.

"억!"

계단을 다 내려선 풍열자의 눈썹이 꿈틀했지만 계장수의 칼이 엽초희의 목에 올려졌다.

"이제야 네년이 기다리던 식구들이 온 모양이로구나."

계장수는 시선도 돌리지 않았다. 그저 정겨운 누이를 바라보듯이 엽초희의 눈만 내려다보았다. 하지만 목에 걸쳤던 단도는 천천히 가슴으로 내려갔다. 그 차가운 날이 가슴의 중앙을 거쳐 두 개의 달덩이를 문지르고 희롱하자 붉은 유실이 도톰하게 성을 냈다. 엽초희는 수치스러웠다. 그렇지만 턱을 눌러 잡고 내려다보는 계장수의 눈을 피할 수가 없었다.

"네놈은 누구냐? 대관절 누구길래 내 집에서 이런 행패를 부리느냐?"

소리치는 엽금성은 좀 전의 엽초희처럼 분노로 몸을 부들부들 떨어댔다. 계장수는 천천히 고개를 들어 엽금성과 풍열자, 범여와 범수를 보았다.

"생각해 보니 오기를 잘했어. 추억을 공유한 자들을 이렇게 한자리에서 만나게 될 줄 누가 짐작이나 했겠느냔 말이야?"

나직한 계장수의 말소리에 풍열자는 의문스런 표정을 떠올렸다. 하지만 엽금성은 다급했다.

"대체 원하는 게 뭐냐? 돈이냐? 원하는 걸 말해 봐라! 그리고 제발 그 칼을 치워라!"

장사꾼답게 엽금성은 흥정을 시작했다. 하지만 계장수는 더욱 짙게 웃을 뿐이었다.

"뭐, 돈이 필요한 건 아니야. 돈이라면 나도 좀 있지. 난 다만… 팔 년 전 일을 따지러 왔을 뿐이야. 한데 화산에 갈 수고를 덜었군. 아무래도 저 도사들하곤 인연이 꽤 깊은 모양이야."

계장수의 말에 풍열자는 더욱더 의문스러운 표정을 지었다. 하지만 엽금성의 옆에 서 있던 강인한 얼굴의 범수는 계장수를 기억해 냈다.

"그때 그 아이 놈이로군."

풍열자와 범여, 엽금성의 시선이 모두 돌아갔다. 계장수는 씨익, 웃었다.

"그 칼을 보니 네놈이 생각나는구나. 팔 년 전 황하를 타던 배 위에서 네놈을 처음 보았었지."

거듭된 범수의 말에 아, 하고 범여가 계장수를 보았다. 풍열자도 아스라한 기억이 떠오른 듯 계장수를 보며 미간을 찌푸렸다.

"이제야 기억들을 한 모양이군. 자고로 도사 놈들의 머리통은 똥통이라던 옛말이 그르지 않다니까. 겨우 팔 년 전의 얼굴을 저리도 못 알아보니. 쯔쯔쯧."

혀를 차는 계장수의 얼굴은 전혀 위축됨이 없었다. 시커먼 얼굴과 커다란 신장에서 뿜어져 나오는 기세는 오히려 당당함을 느끼게까지 했다. 쳐다보던 자들 중 역시 예민한 인상의 범여가 파르르 소리쳤다.

"이놈! 구원(舊怨)을 갚을 요량이면 당당하게 앞으로 나서라! 비겁하게 아녀자를 붙잡고 그 어인 행패냐!"

바라보던 계장수는 풀썩 웃었다. 소리치는 범여의 예민한 얼굴은 팔년 전 그때나 똑같았다. 다만 이십대 후반에서 삼십대 중반의 얼굴로 바뀌었을 뿐, 표정이나 눈매, 고함치는 어조 등 모든 게 변함없었다.

엽초희의 가슴을 문지르던 단도를 들어 올린 계장수는 천천히 도갑 속으로 칼을 갈무리했다. 그 행동을 지켜보고 있는 네 사람의 앞으로 형틀을 돌아 나갔다. 그리고 웃는 얼굴로 말을 꺼냈다. 아주 담담했다.

"아녀자를 붙잡고 행패라고? 당당하게 나서라고? 그래, 나섰다. 이제 어쩔 테냐?"

예상 밖의 행동과 대거리에 범여는 주춤대며 풍열자와 범수를 돌아다봤다. 그러자 강인한 눈매로 계장수를 바라보던 범수가 앞으로 나섰다.

"팔 년 전엔 사정을 보아주었지만, 이번엔 멱을 끊어주마."

스르릉.

범수의 검이 등 뒤에서 뽑혀 나왔다. 묵묵히 바라보고 있던 계장수는 시큰둥하게 응대했다.

"너 하고 싶은 대로 해보려무나."

범수의 양쪽 눈썹이 하늘로 치켜 올라섰다. 자신을 동네 개처럼 취급하는 계장수의 응대가 심사를 뒤틀어놓은 것이다. 하지만 분노는 순간이었고, 빠르게 냉정을 찾은 검은 시리게 빛을 냈다. 그리고 시린 빛이 검신을 다 덮은 그 순간, 검과 몸이 하나가 되어 튀어나왔다.

피이이잇!

마치 간격이 없는 것처럼, 환상처럼 거리를 좁히고 범수의 검이 쇄도했다. 검끝은 또 한 번 시퍼런 빛으로 감기더니 검신(劍身)을 타고 푸른 옷을 뒤집어썼다. 검강(劍罡)의 초기 단계였다. 그 푸른 뱀 같은 몸뚱이가 계장수의 목젖을 찔러 들어왔다. 푸르게 시린 검 빛이 실내에 가득했다.

모두가 끝났다고 생각했다. 계장수의 목이 범수의 검에 관통된 후, 손목의 놀림으로 허공에 떠오를 것이라고 예상했다. 풍열자의 눈이 그랬고, 범수의 눈이 그랬으며, 엽금성과 누워 있는 엽초희는 물론 구석의 사내까지도 이젠 끝났다고 생각했다. 하나 그것은 착각이었다.

팡!

압축된 공기가 폭발하는 소리가 나며 범수의 몸이 멈춰 섰다. 앞으로 뻗은 팔도 검을 잡고 멈췄으며, 푸른 뱀 같던 그 검도 계장수의 목

앞에서 멈춰 섰다. 하지만 바라보던 모두는 놀라서 눈을 부릅떴다. 직선으로 뻗친 범수의 검끝을, 계장수의 두 손바닥이 합장하듯이 잡아버린 것이다.

"헛! 저, 저!"

뒤쪽의 범여가 입을 벌릴 때 상황은 또다시 일변하였다.

탕!

계장수가 몸을 왼쪽으로 뒤틀자 검신이 부러졌다. 범수는 놀랐다. 자신의 검이 맨손에 잡힌 것도 놀라웠지만, 검기에 휩싸인 검을 부러뜨리는 계장수의 용력(勇力)과 지금의 상황이 더 놀라웠다. 때문에 당황하며 빠르게 몸을 뒤로 물렸다. 하지만 왼쪽으로 몸을 돌리며 나오던 계장수의 오른발이, 휘둘리는 삿대처럼 범수의 하단을 쓸어찼다.

부우웅!

퍼억!

"으아악!"

범수의 몸이 옆으로 돌아가는 작대기처럼 빙글 돌며 떠올랐다. 한 바퀴를 그렇게 돌아간 몸이 떨어졌을 때, 범수의 두 다리는 이상하게 꺾어져 있었다.

쿵!

떨어진 범수가 몸부림쳤다.

"으허어억!"

두 다리가 부러진 범수의 고통은 기괴하게 꺾어진 제 다리의 모습을 봄으로써 충격이 배가되었다. 얼이 빠진 사람처럼 공황으로 치닫는 범수를 진정시킨 것은 풍열자였다. 바람처럼 다가와 혈을 짚어 실신시킨 것이다.

천천히 고개를 들어 계장수를 보는 풍열자의 눈은 짐승의 눈알처럼 번들거렸다.

❷

벽돌로 이루어진 고문실에는 무거운 긴장이 감돌았다. 제 사형 옆에 앉은 범여는 경악으로 입을 다물지 못했고, 계장수를 부릅떠진 눈으로 쳐다보는 엽금성은 딸의 존재도 잊은 듯했다. 오직 앞으로 나서는 풍열자만이 눈빛에 살기를 피워 올렸다.

"어린 놈이 솜씨가 독하구나. 어디 그 솜씨 좀 구경해 보자!"

늘어진 범수의 몸을 뒤로 두고 걸어나온 풍열자는 파릇한 시선으로 계장수를 직시했다. 어투에는 더 이상 겸양이 없었고, 시선에는 분노만이 충만했다.

"늙은 도사 놈이 옛날이나 지금이나 겉멋은……."

너무도 차분하게 지껄이는 계장수의 한마디에 풍열자는 검을 뽑아 들었다.

"이노옴!"

고문실이 흔들릴 만큼 큰 소리를 지른 풍열자의 손에서 검이 울었다.

지이잉.

매화 문양이 검신에 선명한 고검(古劍)이 울자 검끝에 푸른 기운이 어리기 시작했다. 범수의 것과는 비교도 안 되는 짙은 푸른 빛이 검신을 타고 일렁이더니, 급기야 검끝을 비집고 튀어나왔다. 그 푸른 줄기가 두 자나 되었다.

"호오, 검강(劍罡)이로군."

대수롭잖게 바라보며 계장수는 단도만 손바닥에 두들겼다. 동네 개나 아이의 재롱을 처다보는 듯하는 그 태도에 풍열자의 눈매가 찢어질 듯 올라섰다.

검은, 그 순간에 휘날렸다.

"죽어라!"

휘이이잉!

한 바퀴를 돌려 머리 위로부터 그어 내린 검이 계장수의 정수리로 떨어졌다. 푸른 검의 몸통은 주욱 늘어지며 뇌전처럼 갈라 내렸다. 계장수의 머리가, 몸통이 쪼개질 순간이었다. 하지만 그때, 계장수는 단도를 뽑아 그어 올렸다.

부아아아아!

장막을 찢는 소리를 내며 시커먼 기운이 터져 나갔다. 계장수의 손, 단도의 끝에서 터진 검은 기운은 돌 바닥을 긁어 올리며 위로 솟구쳤다. 묵룡의 몸통처럼 일어선 그것이 떨어지는 풍열자의 검강과 충돌했다.

콰아앙!

화끈한 빛의 편린들과 엄청난 압력의 바람이 고문실을 휩쓸고 사방으로 터져 나갔다. 그 속에서 사람들의 비명 소리도 함께 터져 나왔다.

"크억!"

"으흑!"

외마디 신음들이 들리고 먼지처럼 날려가는 사람들의 그림자가 보였다. 정신없이 휘몰아친 바람과 함께 그림자들이 벽에 부딪치며 떨어졌다. 그림자들의 움직임이 다시 시작됐을 때, 고문실의 바람이 잦아들었다. 그리고 두 힘이 충돌했던 압력이 사라진 실내 정경이 드러났다.

범여와 엽금성이 온몸에 피를 흘리며 바닥에서 꿈틀거렸다. 겨우 고개를 드는 그들의 앞으로 피투성이 혈인(血人)이 된 풍열자의 모습이 보였다. 머리카락과 수염은 잘리고 피에 젖어 산발이었으며, 검을 들었던 손에는 검자루만이 있었다. 풍열자의 검은 산산조각이 난 것이다. 그 파편들이 범여와 엽금성의 몸을 갈랐고 사방 벽에 박혀 들어갔다.

후들대는 풍열자의 두 손도 혈괴나 다름없었다. 흰 도복은 걸레처럼 찢어져 피에 젖었고, 금방이라도 쓰러질 것 같은 몸은 휘청거렸다. 그 모습으로 풍열자는 계장수를 보고 물었다. 끊어질 듯 떨리는 목소리였다.

“너, 넌… 누구냐.”

달라진 것 하나 없는 모습으로 단도를 갈무리하던 계장수는 씨익 웃었다.

“나? 계, 장, 수.”

휘청, 한 걸음을 크게 내딛은 풍열자는 곧 쓰러질 것만 같았다. 하지만 용케 몸을 지탱하며 숨을 몰아쉬었다. 계장수의 대답을 들었는지 그렇지 않은 건지, 숨만을 몰아쉬던 풍열자는 갑자기 핏덩이를 토해냈다.

“쿠어헉!”

시뻘건 선혈덩어리가 바닥에 흩어졌다. 피를 토해낸 풍열자는 막힌 숨이 터진 사람처럼 거듭 숨을 몰아쉬었다. 오랫동안 달리기를 하다

멈춘 사람 같았다. 그러기를 잠시 후, 피투성이 얼굴에 안정이 찾아들었다. 그 모양을 가만히 바라보던 계장수는 여전히 단도만 손바닥에 쳐댔다.

탁. 탁. 탁. 탁.

작게 고문실을 울리는 그 소리 속에서 풍열자는 고개를 들었다. 계장수를 바라보는 풍열자의 눈에는 이제 분노나 격정 따위는 담겨 있지 않았다. 대신 차분한 고요가 그 눈 속을 가득 채웠다. 그건, 비록 올바르게 오른 자리가 아닐지라도, 화산을 짊어진 문주의 눈이었다.

천천히 후들대던 몸을 바로 세운 풍열자의 손이 뒤를 향해 손바닥을 벌렸다. 자루만 남았던 검의 흔적이 바닥에 떨어졌다. 그와 동시에 시이잉, 하는 맑은 소리를 내고 풍열자의 손으로 검이 날아가 잡혔다. 쓰러진 범여의 검이었다.

"너를… 얕봤구나."

피투성이 얼굴로 한마디를 내뱉은 풍열자는 다시 검을 몸 앞에 세웠다. 그러자 검끝에서 푸른 아지랑이 같은 검기가 다시 피어올랐다. 하지만 이번엔 달랐다. 끝이 세 갈래로 갈라진 검기가 꼬이는 뱀의 몸통처럼 비틀리며 솟아 나왔다. 정녕 희한하고 찬란한 빛줄기였다.

"매화삼수지강(梅花三繡之罡)!"

계장수가 눈빛을 번득이며 낮게 말했다. 풍열자는 피투성이 얼굴로 희미하게 웃었다.

"알아보는구나. 그럼… 각오해야 할 거다."

피가 번진 이를 드러내 보이는 풍열자의 모습을 보며 계장수는 몸을 똑바로 세웠다. 화산의 비기(秘技) 매화삼수지강. 저건 보통 무공이 아니었다. 보통의 강기가 아닌, 부딪치는 모든 것을 소용돌이로 뚫어버리는 가공할 강기공(罡氣功)이었다.

조극강의 몸이었을 때, 저것과 부딪친 적이 있었다. 화산을 꺾으러 갔을 때 풍오자가 저걸 시전한 것이다. 화산의 비기란 말은 들었지만, 대수롭지 않게 여겼었다. 그러다가 팔이 잘릴 뻔했다. 소용돌이치며 철령기의 틈을 비집고 들어온 저것이 팔을 휘감았다. 죽을힘을 다해 철령기를 팔에 몰아넣지 않았다면 팔 잘린 불구가 되었을지도 몰랐다.

"멋만 부리는 늙다린 줄 알았더니 제법 좋은 것도 알고 있구나."

나직하게 말하며 계장수는 갈무리했던 단도를 뽑아 들었다. 그것을 바라보는 풍열자는 의미 모를 미소를 피 번진 얼굴에 떠올리며 최후통첩을 했다.

"간… 다!"

늘어지던 말이 짧게 맺음하며 검이 뻗어 나왔다. 위를 보고 꿈틀대던 세 가닥의 강기는 계장수의 가슴으로 쭈욱 폭발해 나왔다. 빛의 폭발이었다. 그 화려한 팽창 속을 세 가닥의 강기가 소용돌이처럼 꼬이며 관통해 왔다.

푸아아아앙!

공기가 파열하는 소리가 뒤늦게 들렸다. 그 소리를 들었다고 느낀 순간 강기는 이미 가슴 앞이었다. 계장수는 단도를 들이밀었다. 풍열자가 강기를 폭출시키며 검을 내밀었듯이, 반 팔 길이의 단도를 곧게 내밀었다. 환영처럼 내밀어지는 단도의 끝에는, 먹빛 기운이 스며 나왔다.

키아아아아앙!

세 가닥 강기와 단도가 충돌하며 엄청난 파열음을 냈다. 쇠뭉치끼리 마찰하는 것 같은 그 소리는 듣는 자들의 귀를 울리고 속을 메슥거리게 만들었다. 하지만 정작 놀라운 건 계장수의 몸이었다. 단도를 내민 계장수의 몸이 강기 속을 뚫고 전진해 나갔다. 소리는 계속 났다.

키이이이아아아앙!

마찰 소리의 원인은 매화삼수지강과 단도의 충돌이었다. 더 정확히 는 삼수지강의 세 가닥 사이를 뚫고 들어가는 계장수의 단도였다. 꼬 였던 몸이 풀리며 흩어지는 세 가닥 강기는 전진하는 계장수의 몸을 스치며 어깨 위로, 양 옆으로, 그렇게 비껴 나갔다. 그것들이 벽과 천 장에 구멍을 내고 뚫고 나갈 때 풍열자는 경악을 했다. 하지만 그 순간 단도는 검끝과 닿았다.

칵!

두 금속이 맞닿는 소리가 순간적으로 들린 듯했다. 하지만 환청이었 을까? 소리를 느끼기도 전에 계장수의 단도는 풍열자의 검을 비집고 들어갔다. 이것이야말로 환시였다. 이제까지 강기의 사이를 파고들었 던 것처럼 단도는 금속의 검을 정확히 두 가닥으로 가르며 전진했다.

풍열자는 환상을 보는 것이라고 생각했다. 강기를 뚫고 들어오는 것 으로도 모자라, 손에 든 철검을 갈라내고 들어오는 저 단도가, 그걸 손 에 잡은 저 젊은 놈이 악몽이라고 생각했다. 현실이라면 이럴 수 없었 다. 화산의 비기를 이토록 간단히, 그것도 눈 깜박일 사이에 검마저 가 르고 들어오는 속도라는 건 생각할 수도 없는 일이었다. 하지만 현실 이었다. 젊은 놈의 짧은 칼은 벌써 검 중간을 갈라 들어왔다.

"갈!"

계장수가 벼락같은 기합 소리를 낸 건 그때였다. 풍열자의 눈이 경 악과 암울함의 경계를 허물어뜨릴 때, 갈라지던 검날이 호수구에 이르 렀을 때, 공기를 때리는 기합과 함께 단도의 끝에서 먹빛 기운이 쭉, 터저 나갔다.

슈학!

"크아악!"

단도 끝에서 터진 묵기는 마지막 남은 호수구를 가르고 풍열자의 손을 갈랐다. 동시에 손목을 가르고 하박을 갈랐으며, 상박을 가르고, 어깨를 뜯어내며 뒤로 날아갔다. 풍열자의 비명은 너무 끔찍했다.

"크어어억!"

제 오른팔이 있던 자리를 보며 무릎 꿇은 풍열자는 온몸을 부들부들 떨었다. 부릅떠진 눈은 실핏줄이 터져 피눈물을 흘렸다. 피투성이 얼굴은 일그러져 악귀처럼 신음을 흘렸다. 그 입에서 핏물도 같이 흘렀다.

풍열자의 바로 앞에 서서 내려다보던 계장수는 아무 일도 없는 사람 같은 표정이었다. 무표정한 그 얼굴로 단도를 도갑 속에 넣었다. 연이어 허리 뒷춤에 질러 넣은 후 천천히 무릎을 굽혀 풍열자를 보고 마주 앉았다. 그리고 나직하게 물었다.

"아프냐?"

풍열자의 흔들리던 눈이 느리게 계장수를 보았다. 계장수는 또 물었다.

"아프지?"

풍열자의 흔들리는 눈동자는 계장수의 얼굴이 아닌 다른 걸 보는 것 같았다. 시선 바깥의 뭘 보는 듯한 눈빛. 미친놈, 얼빠진 놈, 정신 나간 놈의 눈길이었다. 그건 육체의 고통보다도 감당할 수 없는 정신적 충격이 원인인 듯했다. 그 눈에 바짝 얼굴을 들이대고 계장수는 말했다.

"아직 덜 아픈 모양이구나. 난 옛날에 많이 아팠거든? 너도 오늘 이

후론 잘 때마다 내 얼굴이 기억나게 해주마.”

낮고 그윽했지만 망설임이 없는 강렬한 어조였다. 그 말이 끝나자마자 계장수는 풍열자의 상투를 후려 잡았다.

“어억!”

흐릿하던 풍열자의 눈에 다시 현실감이 돌아왔다. 계장수는 놀고 있는 왼손 주먹을 그 얼굴에 때려 넣었다.

픅!

“컥!”

머리를 잡고 있는 탓에 턱이 돌아가지는 않았다. 하지만 이빨 몇 개가 우수수 떨어졌다. 바닥에 떨어진 이빨 조각들의 움직임이 멈추기도 전에 주먹은 또 작렬했다.

픅!

“케엑!”

피가 튀고 이빨 부스러기들이 또 튀었다. 하지만 계장수의 주먹은 사정을 보지 않고 풍열자의 안면에 자국을 만들었다.

픅! 픅! 픅! 픅!

주먹질은 광대뼈가 함몰하고 하악골이 부서졌을 때에야 멈췄다. 별로 힘도 쓰지 않는 것 같은 주먹질이었다.

“이거 뭐 이래? 벌써 이러면 재미없잖아?”

피 거품을 내뱉으며 눈을 까뒤집는 풍열자를 보고 계장수는 대수롭잖게 얘기했다. 하지만 곧 잡았던 머리채를 놓고 일어섰다. 지탱해 주던 힘이 사라지자 풍열자는 바닥에 훌떡 쓰러졌다. 가만히 그 모양을 내려다보던 계장수는 기복없는 목소리로 또 말했다. 혼잣말 같았다.

“너희들 덕분에 다시 나온 세상을 등져야 했다. 그리고 무려 팔 년 동안을 섬에서 썩었지. 뭐, 돌이켜보면 나쁜 시간만은 아니었다고 생각되지만… 난 내 의지대로 사는 놈이거든. 그걸 너희들이 딴지 걸었지."

말을 그친 계장수는 늘어진 풍열자의 전신을 훑어보았다. 시선이 다리에 멈춘 순간, 짧게 한마디를 내뱉으며 발을 들어 올렸다.

"대가는 치러야지!"

계장수의 발은 풍열자의 무릎을 찍어 밟았다.

콰작!

나뭇가지 부러지는 소리가 나며 풍열자의 몸통이 꿈틀했다. 계장수의 발은 또 올라갔다. 남은 다리의 무릎이 밟힌 건 너무도 당연했다.

버걱!

꿈틀대던 풍열자의 몸엔 더 이상의 움직임이 없었다. 발을 뗀 계장수는 몸을 돌렸다. 돌아가는 그의 시선에 벽 앞에서 피투성이로 부들대는 범여의 눈동자가 보였다. 그 눈동자를 보며 계장수는 씨익 웃었다.

"버러지 같은 놈."

범여는 눈을 질끈 감았다. 가만히 바라보던 계장수는 형틀을 향해 몸을 돌려 세웠다.

엽초희의 얼굴이 보였다. 공포로 물든 그 얼굴은 파랗다 못해 누런 빛이 감돌았다. 계장수는 천천히 여유롭게 형틀로 다가갔다. 한 걸음 한 걸음 가까워질수록 엽초희는 경련처럼 몸을 떨었다. 마침내 그 걸음이 거리를 없애고 형틀에 다가선 순간, 계장수는 부드럽게 속삭였다.

"이제 가야겠다. 하지만 여기까지 온 이유가 있는데 그건 이루고 가야지?"

“무, 무슨?”

너무 놀란 엽초희가 말까지 더듬었지만, 계장수는 여전히 웃는 얼굴을 하고 고문실 한쪽으로 걸어갔다. 엽초희의 시선이 곧 계장수를 좇아갔다. 하지만 절망으로 물들고 말았다. 그녀의 눈에 보인 것은 화로를 밀고 오는 계장수의 모습이었다.

“제, 제발! 시키는 건 뭐든지 다 할게요! 그러니 제발 용서해 주세요! 제발! 흐흐흐흑.”

엽초희는 애원을 했다. 눈물과 콧물이 예쁜 얼굴을 범벅으로 만들었다. 하지만 계장수는 붉게 달궈진 인두를 꺼내 들며 무심하게 말했다.

“용서를 바라기엔 이미 늦었어. 나도 이런 짓을 할 주제는 못 되지만, 너는 다른 사람의 고통이 어떠했는지 그걸 알아야 해. 네가 남에게 주는 고통 말이야.”

붉은 인두를 계장수는 엽초희의 미간으로 가져갔다. 엽초희의 눈은 실신 직전이었다. 이마에 낙인을 찍는 것은 중죄인에게 하는 형벌이었다. 흐려지는 엽초희의 눈을 보던 계장수는 인두를 내려 가슴으로 가져갔다. 하얗고 소담스런 두 개의 융기 가운데에 인두를 지졌다.

“아아아아악!”

찢어질 듯한 비명이 엽초희 입에서 터져 나왔다. 인두를 뗀 계장수는 화로 속에 푹 찔러 넣고 다른 인두를 잡았다. 새로 잡은 인두를 엽초희의 벌려진 겨드랑이에 갖다 문질렀다. 엽초희가 발광을 했다.

치이이이익.

“끼아아아아악!”

다시 인두를 뗀 계장수는 새로 달궈진 인두로 바꿔 들고 배꼽 위에 눌러 비볐다. 역한 냄새와 살 타는 연기가 피어올랐지만 좌우로 이불

보를 문질러 펴듯이 죽죽 밀어댔다.

"끄어어어억!"

살가죽이 밀리며 엽초희의 입에서 숨넘어가는 소리가 나왔다. 양손에 바꿔가며 문지르던 인두질을 계장수는 멈췄다. 그리고 하얗게 까뒤집히는 엽초희의 눈을 보았다. 입에서는 거품이 일었다. 그 입에 뜯어냈던 옷자락을 쑤셔 박았다.

"읍, 읍, 으읍!"

좌우로 요동치는 엽초희의 눈에서 눈물이 흘렀다. 다른 사람과 똑같은 눈물이었다.

"너도 눈물을 흘리는구나. 너 같은 년도 이런 눈물을 흘리다니… 그럼 피 색깔도 똑같겠지?"

나직하지만 또렷한 계장수의 말소리에 엽초희는 발악하던 몸을 멈추고 고개를 들었다. 입이 막힌 엽초희는 당황한 눈으로 고개를 좌우로 내저었다.

"으읍! 읍! 읍! 으으읍!"

막힌 아가리가 뭐라고 말하는지는 안 들어도 뻔한 얘기였다. 하지만 그 눈과 입, 흔들리는 눈동자를 보면서도 변함없이 무표정한 계장수는 형틀 위의 면도를 집어 들었다. 얇고 예리한 그건 이제까지 엽초희가 쓰던 물건이었다.

"기분이 어떤지 느껴봐."

아무 의미 없는 소리처럼, 짧게 한마디를 내뱉은 계장수는 면도를 엽초희의 얼굴로 가져갔다. 칼날이 닿자 엽초희의 볼살이 부르르 경련했다. 그걸 톡, 톡, 건드리던 계장수의 손이 주욱 그어 내렸다.

"으으읍!"

엽초희의 신음 소리를 따라 살이 벌어지고 핏물이 흘러내렸다. 계장수는 처음으로 감탄스럽게 말했다.

"이런, 피가 붉은걸? 아주 붉어. 보통 사람들하고 똑같아."

그 말을 하며 계장수의 손은 엽초희의 반대편 볼로 넘어갔다. 칼날은 망설임없이 또 그어졌다.

"으으으!"

엽초희는 목에 핏대를 세우며 괴로워했다. 천천히 면도의 날을 타고 흐르는 핏물을 보던 계장수는 칼날을 떼고 상체를 똑바로 세웠다. 왠지 딱딱하게 굳어가는 것 같은 계장수의 눈길은 엽초희를 보며 가만히 서 있었다. 그러다가 손에 쥐었던 면도를 힘껏 움켜쥐었다.

콰직!

손을 펴자 면도는 한순간에 조각이 되어 흩어졌다. 그 손으로 계장수는 소 여물통만한 화로를 집어 올렸다. 그리고 엽초희에게 말했다.

"너처럼 남의 고통과 불행을 희열로 느끼는 년은 네 스스로 체험할 수 있는 고통의 극한을 느껴봐야 돼. 그래야 네가 저지른 짓이 뭔지를 알지."

화로를 잡은 계장수의 손은 이미 어깨 높이로 들려졌다. 몸에 가해진 고통을 참느라 몸을 떨던 엽초희는 자신의 몸 위로 들려진 화로와 계장수의 눈을 보며 경악을 했다.

"읍! 읍! 읍!"

계장수는 화로를 엽초희의 몸에 쏟아 부었다. 시뻘건 숯덩이들이 인두와 재와 함께 엽초희의 몸 위로 흙처럼 부어졌다. 순식간에 옷이 타고 살이 타 들어갔다. 가슴에서 굴러간 몇 개의 숯덩이는 길게 흐트러진 엽초희의 머리칼을 태웠다. 엽초희의 눈깔은 하얗게 뒤집어졌다.

"크으으으으으읍!"

발광하는 엽초희의 몸에 쌓였던 숯덩이들이 이리저리 굴러 떨어졌다. 하지만 몸에 부어진 숯덩이들은 너무 많았고, 그것들은 계속해서 옷과 살을 태웠다. 그 냄새가 너무 지독했다.

무심한 눈으로 지켜보던 계장수는 이성을 잃어가는 엽초희의 얼굴에 대고 무감정하게 말했다.

"난 은혜도 잊지 않지만 원수는 절대로 잊지 않아, 절대로."

허리 뒤의 단도를 다시 빼면서 꺼낸 말이었다. 고저도 없고, 감정도 담겨 있지 않은 독백이었다. 그 음성에서 느껴지는 짙은 살기는 왠지 오싹한 기운이 감돌았다. 한데 그 기운을 뚫고 누군가 계장수에게 말을 걸었다.

"제발… 제발… 살려… 주시오."

단도를 뽑아 들어 올리던 계장수는 소리 내는 자를 쳐다보았다. 몸을 부들대고 있는 범여의 옆에서 벌레처럼 꿈틀거리는 자는 엽금성이었다. 피투성이로 변한 그가 진짜 벌레처럼 기어서 형틀로 다가오는 중이었다. 피 흘리는 손을 내민 그는 안타깝게 계장수를 향해서 애원을 했다.

"부탁… 하오. 내 딸을… 딸을… 살려주시오. 대신 나를… 나를… 죽여주시오. 제발… 부탁이오."

힘겹게 말을 뱉으면서도 엽금성은 기어오는 것을 멈추지 않았다. 그가 기어오는 바닥에는 핏자국이 몸을 따라왔다. 진하고 홍건한 그 자국이 계장수의 시선을 붙잡았다. 바라보는 계장수의 눈길에 무거운 기운이 들어찼다.

갑자기 기분이 더러워지기 시작했다. 생전 느껴보지 않았던 생소한 감정들이 가슴 밑바닥에서 스멀거리며 올라오는 것 같았다. 단도로 저 변태 년의 목을 따려는 순간 아비 놈이 애원을 하는 것이다. 딸년을 살려달라는 거다. 그 대신 자기를 죽이라는 거다. 저놈은 자기 몸도 못 가누는 놈이다. 그런데 딸을 살려달라고 저렇게 기어온다. 사력을 다해서 벌레처럼…….

'이런 제기랄 것들이! 어차피 다 죽일 것들인데!'

단도를 잡은 계장수의 손이 미세하게 떨렸다. 엽금성을 보는 두 눈엔 분노와 알 수 없는 감정이 뒤섞여 흔들렸다. 뭘까 저건? 과연 뭐가 저자로 하여금 저런 행동을 하게 하는 걸까? 저자에게 저년은 무슨 의미일까? 세상의 아버지는 다 저런 것일까? 아버지, 아버지가 무얼까?

슬퍼 보였다. 바닥에 피를 적시며 기어오는 엽금성의 모습이 까닭 모르게 명치 끝을 자극했다.

'이런 개 같은!'

스스로의 감정이 이해되지 않았다. 하지만 그 이유는 부정하려 해도 알 수 있었다. 저 모습이, 안타깝게 손 내미는 저 몰골이 누군가를 닮은 것이다. 딸을 살리기 위해서 피투성이로 기어오는 저 얼굴이, 딸을 살려달라고 애원하는 저 목소리가 계은범을 떠올리게 했다.

"제기랄!"

커다랗게 욕설을 내뱉은 계장수는 단도를 그어 내렸다.

피이잇!

엽초희의 익어가던 양쪽 다리가 썽둥 잘려 나갔다. 터져 나온 피가 숯덩이를 적시는 순간 계장수는 형틀을 거칠게 차버렸다.

쾅!

소리를 커다랗게 낸 형틀은 쭈욱 바닥을 밀며 벽에 부딪쳤다. 그 반

동으로 벽이 울리는 소리가 나고 형틀은 옆으로 쓰러졌다. 숯덩이와 재들은 사방으로 흩어졌고, 엽초희는 널어놓은 생선처럼 옆으로 늘어졌다.

무릎 위로 잘린 하반신은 바닥에 닿았고, 아직도 묶인 두 팔로 인해 상반신은 형틀에서 덜렁거렸다. 고깃덩이 같은 몰골이었다. 그런 엽초희의 머리 위쪽으로는 기절한 사내가 기둥 뒤에 있었다. 고문받던 사내였다.

"퉤!"

심중의 어색한 감정들을 털어내듯, 거칠게 침을 뱉은 계장수는 엽금성에게로 성큼성큼 다가갔다. 곧바로 허리 숙여 멱살을 틀어잡은 그를 질질 끌며 엽초희한테로 걸어갔다. 그리곤 짐짝 던지듯이 던졌다.

널브러진 아비와 엎어진 형틀에 옆으로 매달린 딸년을 보며 계장수는 강한 어조로 말했다.

"잘 들어라. 네 딸년, 저년이 또다시 사람을 상대로 패악을 부린다면, 그땐 너희 부녀를 포함한 구족을 찾아내어 갈가리 찢어 죽일 것이다!"

꿈틀하는 엽초희와 고개를 드는 엽금성의 얼굴을 보던 계장수는 다시 또박또박 얘기했다.

"오늘은 그냥 간다만⋯ 만일 내 귀에 천주상가와 관련된 일이 또 한 번 들린다면⋯ 그땐 오늘 살아나게 된 것을 후회하게 만들어주마. 기필코!"

들리다가 다시 바닥에 떨어지는 엽금성의 고개를 보고 계장수는 시선을 돌렸다. 그리고 기둥 뒤에 쓰러져 기절한 사내의 몸을 들쳐 메고 뒤돌아섰다. 돌아선 등 뒤에서 엽초희의 희미한 움직임이 느껴졌지만,

미간을 굳히며 발걸음을 옮겼다.

철문 뒤의 나선형 계단을 오르는 그의 발소리가 고문실에 울려 퍼졌다. 꼭 인두질로 남는 화인(火印) 같은 그 발소리는 범여의 귀로 자꾸 파고들었다. 범여는 온몸을 부들대며 바닥으로 바닥으로 고개를 처박았다.

세상 속으로 3

❶

    겨울이 가고 봄이 오니 세상 모든 게 새로웠다. 들과 산에는 벌, 나비가 너울거렸고, 사람들은 봄을 맞이하느라 한창이었다. 농부들은 밭을 갈고 어부들은 그물을 손질하며 장사치들은 새 물건 새 단장에 여념이 없었다.

    계장수는 내리쪼이는 춘광(春光)에 공연히 기분이 동해서 콧노래를 흥얼거렸다. 장안을 떠나 들길과 산길, 관도를 두루 걷는 동안 봄은 더욱 깊어만 갔다. 이대로 가면 한 시진쯤 지나 화산에 접어들게 된다. 그곳에서 점심을 먹을 생각이다.

    세상은 조화롭고 온유했다. 다시 태어나 살아오는 지난 시간 동안 때때로 느꼈던 감정이었다. 그것이 지난 삼 일의 여정 동안 물결처럼 마음을 적셨다. 하늘은 맑고, 바람은 따뜻했으며, 산 그림자와 흐르는 물굽이가 정겹게 다가왔다. 숨 쉬고 살아 있다는 자체만으로 괜스레 오롯한 마음이 드는 그런 심정이었다. 전생엔 결코 느껴보지 못한 마음이기도 했다.

천주상가의 일을 생각하자 꺼림칙한 마음이 들었다. 그것들을 살려두어서가 아니었다. 엽초희를 비롯한 엽금성, 그리고 풍열자와 범여, 범수 모두는 회생불능의 상처를 입었다. 풍열자는 죽은 거나 진배없는 몸뚱이고, 범수는 다리만 맞추면 회복할 테지만 대수롭지 않았다. 범여는 정신에 타격을 받았을 것이다. 그건 몸이 병신 되는 것보다도 더욱 안 좋았다.

평생 끔찍한 기억을 안고 살 것이다. 그건 엽금성은 물론이고 엽초희도 마찬가지였다. 그년은 몸을 회복하는 데만 몇 달이 걸릴 터였다. 물론 그 후에도 잘린 두 다리를 비롯해 화상과 자상은 지울 길이 없을 거다. 숨통을 끊어놓으려 했지만, 마지막 순간에 애원하던 엽금성의 모습은 계은범과 총관 양택상, 그리고 귀도문 식구들을 떠올리게 했다. 그래서 손을 멈췄다. 이제까지 살아온 방식에 전혀 어울리지 않는 일이었다. 그게 가시처럼 목에 걸렸다.

"제길, 아무렴 어떨라고."

멋쩍게 혼잣소리를 낸 계장수는 고문당했던 사내를 떠올렸다. 사내에게 금강석 몇 알을 손에 쥐어주고 떠나올 때, 사내가 흘리던 눈물이 아직도 눈에 선했다. 그저 평범한 사람. 하루 벌어 하루의 끼니를 생각하고 가족의 무사평안을 위해 자신의 배를 줄여 자식의 배를 채우는 사람. 사내는 그런 아버지였고, 남편이었으며, 가장이었다.

사내에게 이제 아내는 없다. 마음엔 깊은 상처만이 남았을 것이다. 과연 엽초희는, 그 아비는, 화산의 풍열자는 무슨 자격으로 사내와 같은 자들의 가슴에 상처를 주는 것일까. 그것이 궁금하고 분노스러웠다. 하지만 한편 생각하면, 전생의 자신에게도 저런 일들이 있었을까 하는 의구심이 생겼다.

있었을 것이다. 알지 못해서 그렇지 자신의 주변에선 수많은 피눈물이 뿌려졌을 것이다. 힘, 오로지 강한 힘만을 숭상하던 자신은 앞길을 막는 것은 모조리 짓밟았다. 그 와중에 어떤 목숨과 사연이 스러졌는지는 알 길이 없다. 생각해 보면 자신의 아내인 정소연만 해도 힘으로 빼앗아온 여자였다. 해남파의 금지옥엽인 그 여자를 자신은 힘으로 강탈한 것이다.

정소연. 그 여자에게도 꿈이 있고 사랑이 있었겠지. 그걸 늙은 자신이 물거품으로 만들었으니 원한을 품었으리라. 하지만 천하 각지의 사람들을 불러 모으고 천지신명 앞에 맹세를 드린 부부였다. 그 맹세를 부정하고 그녀는 자신을 죽이려 했다. 죽이고 싶었겠지. 그러나 아이, 늘그막에 얻은 그 아이가 사마용추와의 사통으로 생긴 아이라니.

"다른 건 몰라도 그건 용서할 수 없지!"

잇새로 내뱉는 혼잣말이 서릿발이 낀 듯 차가웠다. 문득 누가 들었을세라 계장수는 주변을 둘러보았지만, 드문드문 오가는 사람들은 저마다의 행색에 바쁜 모습들이었다. 그렇게 생각에 빠진 동안 발걸음은 어느새 화산 어귀에 들어와 있었던 것이다.

저만치 앞으로 웅장하게 솟은 화산의 모습과 그 아래에 게딱지처럼 들러붙은 마을의 모습이 보였다.

화산촌(華山村). 마을 이름은 화산촌이었다. 마을이라 봐야 도가 명산인 화산에 참배하러 오는 참배객들과 화산파를 찾는 무인, 유랑객들을 상대하는 객잔 두 곳, 각종 부적들과 공예품들을 팔아 연명하는 이십여 곳의 공예품 가게, 그것들이 다닥다닥 붙어 있는 곳이 화산촌이었다.

어느새 마을 입구에 다다른 계장수는 나름대로 부산한 마을을 휘 둘러보며 옛 생각을 떠올렸다.

"삼십여 년이 훨씬 지났건만 변한 것이 없구만."

혼잣말을 내뱉은 계장수는 양쪽으로 늘어선 이십여 점포를 지나 마을 안쪽으로 걸어갔다. 때마침 봄을 맞아 도가의 신들께 구복하러 온 참배객들이 마을에 가득했다. 마을도 화산파도 돈을 버는 계절인 것이다.

"화산파라."

계장수는 문득 기억 속의 화산파 장문인 풍오자가 떠올랐다. 소림의 청진 방장(淸進方丈)을 백이십 초 만에 꺾고, 두 번째로 손을 나눈 인물이었다. 청진 방장이 깨끗하게 승복하고 무기한 폐관을 선언한 반면에 풍오자는 자꾸만 재대결을 원했었다. 매화삼수지강이라는 비기 덕분에 고생하긴 했지만, 결국 세 번까지 패하고서야 그는 넋 나간 사람처럼 돌아서서 들어가 버렸었다. 힘없는 그 뒷모습을 사제인 풍현자가 부축했고, 풍열자의 모습은 그때의 기억 속에 없었다.

"승부욕이 대단한 사람이었는데… 죽었겠지."

혼자서 추억하고 혼자서 중얼대고, 그러다 보니 마을 안쪽의 두 개뿐인 객잔 중 화산루(華山樓)에 발을 들여놨다.

"어서 옵쇼!"

경쾌한 점소이의 외침 속에 계장수는 객잔 내부의 일, 이층을 동시에 둘러봤다. 상춘의 복장으로 화산을 찾은 유람객들로 꽤 북적였다. 군데군데 검과 도를 패용한 무인들의 모습도 눈에 띄었다. 하지만 그가 보는 객잔의 내부는 조극강 시절 찾았던 그 모습을 그대로 보여주었다.

“그대로군.”

계장수의 눈에 비친 객잔의 정경은 예전 모습 그대로였다. 주루를 겸한 일, 이층과 후원의 객관은 찾아오는 사람들에게 술과 식사, 편안한 잠자리를 제공했다. 이곳을 삼십대에 한 번, 오십대에 한 번, 두 번을 들렀었다.

“자리가 있나?”

일층을 둘러보던 계장수는 혼자서 휘적휘적 걸어 들어갔다. 때마침 창가에 연한 빈자리를 본 그는 주저없이 털썩 주저앉아 탁자를 두들겼다.

“주문 받아라!”

그때까지 계장수의 시커먼 구릿빛 얼굴과 커다란 신장에 위압감을 느껴 멍하니 바라만 보던 점소이는 다급하게 달려와서 손을 모았다.

“헤헤, 뭘로 올릴깝쇼, 손님? 저희 화산루는 각종의 산해진미가 두루⋯⋯.”

“쇠고기 죽순 볶음 하나, 소면 하나, 죽엽청 하나.”

점소이의 말이 끝나기도 전에 계장수는 간단명료하게 주문했다. 멀뚱하니 바라보던 점소이는 계장수의 무쇠빛 얼굴이 점점 뜨악해지는 걸 보고 재빨리 대답하며 물러났다.

“옛! 금방 올리겠습니다요!”

눈치가 빠른 건지 늦은 건지, 아무튼 멀뚱거리며 보다가 후다닥 물러나는 점소이를 보고 계장수는 피식 웃었다. 웃는 자신을 주시하는 몇몇 시선들이 있었지만 상관하지 않았다. 시선을 돌리니 열린 창밖으로 봄의 아지랑이가 모락모락 보였다. 흐릿하게 흔들리며 시야를 덧씌우는 그것이 자못 정겹고 신비스러웠다. 봄은 절정으로 가고 있는 것이다.

문득 자신이 아직도 행낭을 등에 메고 있다는 사실을 깨달은 계장수는 행낭을 벗었다. 탁자 위에 올리니 쿵 하는 소리와 함께 작은 진동이 일었다. 주루 안 사람들의 시선이 모여들었다. 원인은 무명 천으로 꼭꼭 동여맨 귀신도였다. 칼 자체의 무게가 워낙 많이 나가는지라 탁자가 울어댄 것이다. 하지만 그런 길쭉한 물건과 한 자루의 목도, 허리 뒤로 질러 매단 반 팔 길이의 단도, 시커먼 얼굴의 커다란 청년은 시선을 모으기에 충분했다.

못 본 척 사람들의 눈길을 무시한 계장수는 다시 창밖으로 시선을 돌렸다. 화산에 온 이유는 하나였다. 예전에 찾으려다 만 물건을 찾기 위해서다. 열세 살 그때, 계장수의 몸으로 다시 세상에 나왔던 그때 이곳으로 향하다가 엽초희와 풍열자를 만났다. 그리고 팔 년 만에 다시 온 것이다.

생각해 보면 중요한 물건이 있었는지도 잘 기억나지 않았다. 팔 년 전 그때는 멸혼귀도법의 위력을 견뎌낼 만한 무기가 필요해서 길을 떠났었다. 한철검이라면 충분하리라 생각했기 때문이다. 하지만 지금은 무기에 구애받지 않는 경지인 '뢰' 까지도 터득했다. 더군다나 계문설 어른의 귀신도까지 손에 넣은 상태다. 그럼에도 발걸음이 이리 향한 건… 알 수 없었다.

"그때는… 세상을 꿇리려고만 했지."

까칠한 턱을 만지며 계장수는 혼잣말을 웅얼댔다. 옛 생각을 하니 작은 웃음이 자꾸만 입가에 걸렸다. 철령기를 터득하고 힘이 늘어갈수록 세상은 우습게만 보였다. 실제로 그가 부딪친 세상은 여리고 약했다. 하지만 그건 오산이었다. 세상은 여린 쪽을 내보이며 자신을 토닥

였고, 자신은 투정처럼 거기 매달려 살아왔던 것이다. 그리고 결국
은… 그 알 수 없는 섭리에 의해 죽음을 맞고, 이렇게 다시 살아났다.

처음엔 곧바로 무한으로 달려가 정소연과 사마용추, 두 연놈을 갈아
죽이려고 했었다. 하지만 생각을 바꿨다. 자신은 이제 스물하나다. 연
놈들은 이제 삼십 후반. 비록 둘로 갈라졌지만 철무련의 막강한 권력
에 취해 하늘 높은 줄 모르고 살 것이다. 특히 철혈대를 가진 사마용추
놈은 무서운 게 없을 것이다. 그런 연놈들에게 상실의 아픔과 고통을
안겨주기로 마음먹었다. 하나하나, 자신들이 가진 모든 것이 무너지고
사라지는 고통을 겪게 해줄 것이다. 지옥 같은 고통을.

"후우우."

계장수는 가슴까지 치받친 탁한 숨을 내뱉었다. 두 연놈을 생각하자
화기가 치밀어 올라 가슴이 답답해졌던 것이다. 거듭해서 숨을 들이
내뱉고 호흡을 고르자 곧 마음이 차분해졌다. 그리고 그때 음식이 나
왔다.

"손님, 주문하신 음식입니다요. 맛있게 드십시오."

쇠고기 볶음과 소면, 죽엽청을 내려놓은 점소이는 꾸벅 인사를 하고
는 물러갔다. 계장수는 모락모락 김을 피워 올리는 소면에 젓가락을
넣고는 휘휘 저었다. 맛있는 냄새의 훈증이 얼굴을 자극했다. 입에 넣
고 후루룩 빨아들이자 행복한 충족감이 입 안 가득 퍼졌다. 정말 오랜
만에 맛보는 제대로 된 음식이었다. 그런데 그때, 흥을 깨는 소리가 들
렸다.

쿠당탕탕!

"어이쿠!"

주루의 입구를 한 사내가 굴러 들어왔다. 입에 문 소면을 꿀꺽 삼킨

계장수는 후다닥 일어서는 사내를 바라봤다. 낭패한 표정의 사내는 찌그러진 도관을 주우며 입구 쪽을 돌아봤다. 짙은 감색의 도복을 차려입은 사내는 젊은 도사였다. 등에는 복숭아나무로 만든 목검이 보였고, 허리에는 부적 주머니가 여러 개 눈에 띄었다. 얼굴은 또렷한 이목구비로 제법 수려했으며 신장은 육 척이 조금 못 될 듯, 얼핏 튼실해 보였다.

"어허! 상제(上帝)의 뜻을 전하는 도사에게 이리 무례히 굴다니! 천벌이 두렵지 않느뇨!"

젊은 도사는 주루의 입구를 보며 호통 쳤다. 하지만 두 발은 뒷걸음질하고 있었다.

"개수작하고 있네! 이 사이비 도사 놈아!"

역시 예상처럼 주루의 입구로부터 들려온 소리는 거칠고 험악했다. 두 사내가 주루로 들어섰다. 무기를 들진 않았지만, 우락부락한 생김새와 두터운 팔다리는 사내들이 보통 왈짜가 아님을 알게 해주었다. 두 사내들은 곧장 젊은 도사에게로 달려들며 멱살을 틀어 잡았다.

"이노무 새끼! 여기서 다시 만날 줄은 몰랐겠지?"

"어린 놈이 형님들한테 사기를 쳐? 너, 오늘 각오를 단단히 해야 할 거다!"

두 사내는 번갈아가며 젊은 도사를 윽박질렀다. 파랗게 질린 얼굴의 도사는 더듬대며 말을 꺼냈다.

"도, 도대체 왜들 이러십니까? 제, 제가 뭘 잘못했다고……."

"이노무 새끼가 그래도!"

퍽!

"억!"

　멱살 잡았던 사내가 머리를 들이받자 도사는 외마디 비명과 함께 코피를 터뜨렸다. 옆에 선 또 다른 사내가 당황하는 점소이를 한 번 보더니 모두가 들으란 듯이 큰 소리로 말했다.

　"네놈이 작년에 여기서 우리한테 판 물건! 백 년 묵은 먹두꺼비 내단(內丹)이라고 속여 판 물건 말야! 그걸 먹고 우리가 얼마나 고생한 줄 알아? 약장사한테 그따위 가짜 약을 팔아먹다니! 그러고도 네가 도사냐, 이놈아!"

　기세등등한 사내의 말에 주루 안의 사람들은 일의 전말을 알아차렸다. 젊은 도사는 사이비 가짜 도사고, 사내들은 몸매를 보아하니 차력하는 약장수들이었다. 그런 사내들에게 젊은 도사가 사기를 친 것이다.

　"커, 커억! 소, 손! 손 좀 놓고 말합시다! 코에서 피 나잖아요!"

　발끝을 세우고 부르짖는 젊은 도사의 외침에 멱살 잡은 사내는 욕설로 화답했다.

　"이 사기꾼 새끼! 우리 돈 내놔! 어서!"

　"야, 한 방 더 받아버려! 그 새끼 눈깔 돌아가는 것 좀 보라구!"

　"그럴까? 너, 이 새끼, 오늘 죽었어!"

　"자, 잠깐!"

　"잠깐은 무슨 잠깐! 이거나 먹어라, 새꺄!"

　빡!

　"켁!"

　눈두덩을 받힌 젊은 도사의 머리가 훌떡 넘어갔다. 하지만 멱살을 잡힌 탓에 머리는 다시 돌아왔다. 도사는 급하게 소리치며 두 손을 내저었다.

"드, 드릴게! 돈 돌려드릴 테니까 제발 때리지 마쇼!"

젊은 도사의 외침에 또다시 머리를 받으려던 사내는 제 동료를 돌아보았다. 잠시 둘의 눈빛이 교환된 후, 멱살 잡았던 사내는 손을 풀었다.

"너, 이 새끼, 또 한 번 우릴 물 멕이면 그땐 재미없어, 엉?"

사내는 허리춤에서 비수를 꺼내 들었다. 흉흉한 그 빛에 젊은 도사는 안색을 하얗게 만들었다. 하지만 그 와중에도 젊은 도사의 눈은 주루 안을 샅샅이 훑고 지나갔다. 들이받친 눈두덩은 금방 퉁퉁 부어올랐다.

"돈 내놔! 어서!"

"너, 이 자식, 안 내놓으면 손모가지를 잘라놓을 테다! 정말이야! 빈말 아니라구! 알아들어?"

손목을 자르겠다고 거듭 호통 치는 두 사내의 으름장은 오히려 빈말처럼 들렸다. 무림인도 아니고 떠돌이 약장수에게 그런 담력이 있을 리 없다. 때문에 주루 안의 사람들도 흥미로운 눈으로 지켜보고만 있을 뿐이었다. 이곳은 화산파의 영토인 것이다.

"드, 드리지요. 드리고 말고요. 그러니 일단 흥분을 좀 가라앉히시고 비수 좀 치우세요. 가슴이 조이고 손이 떨려서 당체… 이보슈, 물 좀 주시오."

도사는 점소이에게 물을 청했다. 빼꼬롬히 바라보던 점소이는 약장수 사내들을 봤다. 그때쯤 흥분이 한풀 꺾인 약장수 사내들은 코피 범벅인 도사를 보다 고개를 끄덕였다.

"물 한 사발 줘라."

잽싸게 주방에 들어갔다 온 점소이는 젊은 도사에게 물사발을 내밀었다.

"고맙소."

물사발을 받아 꿀꺽대며 물을 마시던 젊은 도사의 눈이 때마침 계장수의 눈과 마주쳤다. 하지만 바로 외면해 버린 계장수는 쇠고기 죽순 볶음을 한 젓가락 집어 맛있게 씹어먹었다. 젊은 도사의 눈이 반짝했다.

"다 처먹었으면 이제 우리 돈 내놔, 임마!"

"어서어서 내놓으라구! 코피 흘린 만큼 물도 처마셨잖아!"

또다시 시작된 두 사내의 윽박지름에 젊은 도사는 찔끔한 얼굴을 보였다. 그러다가 곧, 은근한 표정으로 두 사내에게 말했다.

"드리지요. 드리는데요, 사실은 돈을 제가 가지고 있는 게 아니라 제 일행이 가지고 있거든요. 오늘 이 주루에서 만나기로 했는데 아직 안 왔나?"

주루 안을 휘휘 둘러보던 젊은 도사는 창가의 계장수를 보며 반색한 얼굴로 손을 들었다.

"어이, 이 친구야! 먼저 왔으면 아는 체를 해야지! 내가 이렇게 봉욕을 치르고 있었는데 보이지도 않았나?"

약장수 사내들의 시선 속에서 거침없이 걸어간 젊은 도사는 계장수의 탁자 옆으로 서며 어깨를 두드렸다. 영락없는 친구의 모습이긴 한데, 표정없는 계장수의 얼굴이 뭔가 이상해 보였다.

약장수 사내들은 묵묵하게 소면을 먹는 계장수와 그 곁의 창 앞에 서서 어색하게 웃고 있는 젊은 도사에게로 다가왔다.

"이 친구가… 네놈 일행이냐?"

의심스럽기도 하고 껄끄러워하는 음성이었다. 계장수의 체구와 행색에서 위압감을 느낀 때문이었다. 젊은 도사는 환하게 웃으며 대답했다.

"하하핫! 그러문요. 둘도 없는 친구지요. 흔히들 죽마지우라고 말들 하지요. 불알친구 말입니다. 하하하핫!"

부어오른 눈두덩이로 웃는 젊은 도사의 모습은 가히 봐줄 만하지 않았다. 더구나 그런 꼴이 보기 싫었던 약장수 사내들은 빠르게 되물었다.

"그러니까, 이 친구가 우리 돈을 줄 거라, 이 말이지?"

비수 든 사내의 물음에 젊은 도사는 웃음을 멈췄다. 또 다른 한 사내가 거칠게 다그쳤다.

"맞어? 틀려? 확실하게 해, 이 자식아!"

찔끔 어깨를 움츠린 젊은 도사는 계장수의 어깨에 놓았던 손을 슬그머니 치웠다. 불안한 눈으로 사내들을 보던 젊은 도사는 더듬대며 대답했다. 하지만 몸은 조금씩 허리 높이의 창문으로 다가가고 있었다.

"그, 그럼요. 이 친구 돈이 내 돈이고, 내, 내 돈이 내 돈……."

"얼마야?"

갑자기 들린 굵직한 목소리에 젊은 도사는 게걸음을 멈췄다. 약장수 사내들도 부라리던 눈을 탁자로 내렸다. 소면을 다 먹은 계장수가 물은 것이다.

마뜩찮은 눈으로 계장수를 바라보던 약장수 사내들 중 비수를 든 사내가 대답했다. 하지만 음성이 곱지 않았다.

"은자 이십 냥이다. 정말 네가 갚을 테냐?"

사내들도 이미 눈치는 챈 상황이었다. 도사 놈이 도망치려고 수를 쓴 것이고, 눈앞의 젊은 사내는 아무 상관 없는 사람인 것이다. 한데 사내가 돈을 줄 것처럼 물었다. 둘이 친구라는 말을 이미 도사 놈이 떠벌렸고 시커먼 젊은 놈은 부정하지 않았으니, 돈은 누구에게 받던 이제 상관없었다.

"줄 거면 어서 내놔라. 우리도 바쁜 몸이다."

"만약 네놈도 수작 부리는 거라면 가만두지 않겠다!"

또 한 사내는 아까처럼 협박을 늘어놓았다. 예사롭지 않은 계장수의 행색과 체구가 마음에 걸렸지만, 불쑥 내뱉은 반말과 분위기가 마음에 들지 않았던 때문이다.

"목도 한 자루 가진 놈이 무게는 엄청 잡는구만 그래."

거듭된 사내의 말에 비수 든 동료 사내가 계장수의 표정을 얼른 살폈다. 실력있는 무인이라면 이런 정도의 모욕을 참지 않는다. 하지만 젊은 놈은 움직이지 않았다. 혹시나 싶었던 한 가닥의 수도 없는 놈인 것이다.

"허허, 너무 겁을 먹은 모양인데, 이 형님들은 그리 나쁜 사람들이 아니다. 받을 돈만 받으면 깨끗하게 물러갈 테니 염려 말아라. 우리가 염라대왕도 아니거늘 그렇게 몸이 굳어서야 어디 쓰겠느냐?"

비수 든 사내는 이제 희롱조로 말했다. 그 말에 동료 사내는 히죽히죽 웃었고, 창턱에 손을 얹은 젊은 도사는 계장수의 옆모습을 바라보았다.

천천히 죽엽청 한 잔을 마신 계장수는 잔을 내려놓고 행낭 속에 손을 넣었다. 곧이어 두툼한 주머니 하나를 꺼내더니 그 속에서 작은 구슬 하나를 끄집어냈다. 영롱한 빛을 내며 검은 줄무늬가 간 그것은 묘안석이었다.

"이거면 되겠지?"

탁.

사내들 쪽의 탁자 위에 묘안석이 놓였다. 두 사내들은 물론이고, 옆으로 선 젊은 도사의 눈도 휘둥그레졌다. 묘안석. 말로만 들었던 묘안석인 것이다. 은자 이십 냥의 가치는 물론이고 수삼 년을 질펀하게 놀고먹을 수 있는 보화였다. 그걸 아무렇지도 않게 꺼내놓은 것이다. 주머니 안에는 무엇이 더 있을지 알 수 없었다. 하지만 짐작은 되었다.

놀란 눈을 빠르게 교환한 두 사내는 탁자 앞으로 성큼 다가서며 묘안석을 집어 들었다. 그리고 음흉하게 웃으며 다른 소리를 지껄였다.

"흐흐흐흐, 좋은 걸 가졌구나. 한데 이것 하나 가지고는 안 되겠는 걸?"

"맞아, 세상에는 이자라는 것이 있지. 일 년의 시간이 지났으니 그만큼의 이자를 지불해야 하는 건 당연하겠지? 그렇지 않냐, 사이비 도사 놈아?"

견물생심이라. 두 약장수 사내는 보석을 보고 나쁜 마음을 먹은 것이다. 젊은 도사는 발끈해서 소리쳤다.

"그 무슨 가당치 않는 소리야! 이자라니!"

하지만 이미 보석 빛에 눈이 먼 사내들은 표정조차 변하지 않았다. 다만 손에 든 비수를 탁자에 내리박았을 뿐이었다.

콱!

"주머닐 내놔라!"

사내의 눈에 핏발이 섰다. 그걸 본 계장수는 가만히 생각했다. 주루 안엔 무림인들도 다수 있었다. 그들의 손을 쓴다면 이런 약장수 사내들쯤 일수에 목이 떨어질 것이다. 그런데도 사내는 앞뒤 가리지 않고 보석을 취하려 한다. 그건 이미 사내가 이성을 상실한 때문이다. 보석

빚에 취한 것이다. 돈이라는 귀신에 정신을 잡아먹힌 것이다.

"어서 내놔!"

사내는 다시 소리쳤다. 동료 사내의 눈도 시뻘겋게 달아올라 있었다. 계장수는 천천히 주머니를 내밀었다. 그걸 탁자에 박힌 비수 옆에 내려놓고, 그 손으로 비수를 붙잡았다. 시퍼런 날이 돋은 비수였다.

콰직!

짧은 소리가 울리고 계장수는 손을 들어 올렸다. 시커먼 주먹 위에서 비수의 손잡이가 떨어져 내렸다. 그마나 반밖에 남지 않은 손잡이였다. 주먹이 펴지자 조각조각 부서진 비수의 날들이 모래처럼 흩어졌다. 탁자 위에 떨어진 그것들이 티디디딩 하며 맑은 소리를 울려냈다.

"허억!"

젊은 도사가 숨넘어가는 소리를 냈다. 약장수 두 사내는 경악한 눈으로 계장수를, 시커먼 손을, 가루가 된 비수를 정신없이 보았다. 동공이 확대된 그들의 눈은 더 이상 붉은 핏발이 보이지 않았다. 다만 실감 못할 놀라움만이 있을 뿐이었다. 그런 두 사내에게 계장수가 말했다.

"도로 내놔라."

떨리는 눈으로 계장수를 보던 두 사내는 황급하게 손에 쥐었던 묘안석을 탁자 위에 놓았다. 다시 나온 묘안석을 잡으며 계장수는 작게 읊조렸다.

"안 어울리는 짓을 하면 이렇다니까. 모처럼 좋은 기분이었는데."

묘안석을 주머니 속에 넣고 그걸 다시 행낭 속에 갈무리한 계장수는 사내들의 얼굴로 시선을 돌렸다. 그리고 심드렁하게 말했다.

"안 갈 테냐?"

그 한마디에 사내들은 주춤주춤, 그러다가 정신없이 뒤돌아 뛰어나갔다.

사내들을 보던 젊은 도사는 넋 나간 얼굴로 계장수에게 말을 걸었다.

"이, 이봐… 아니, 이보세요."

계장수는 다시 젓가락을 집어 들고 소고기 볶음을 먹었다. 그러다가 감질나는지 접시를 입을 대고 마구 쓸어 넣었다. 그리곤 불룩해진 볼을 우물대며 행낭을 들고 일어섰다.

계산대로 가는 계장수의 뒷모습을, 아니, 정확히 행낭을 보는 젊은 도사는 눈에서 빛이 반짝반짝거렸다. 그는 재빠르게 계장수의 뒤를 따랐다.

❷

주루에서 들은 말처럼 암자는 폐가였다. 한쪽으로 무너져 내린 대들보와 지붕은 기울어진 기둥에 걸려 위태해 보였다. 불단이 있던 자리엔 먼지만 수북했고 부처의 모습은 보이지 않았다. 향화를 올리던 향로는 바닥에 뒹굴었다. 이미 오래전에 인적이 끊긴 암자의 모습은 을씨년스러웠다.

"화산에 이런 곳이 있었나? 해마다 부적 사러 화산에 왔었지만 이런 곳이 있는 줄은 몰랐는걸?"

발뒤축을 핥아대는 개새끼처럼 쫄랑쫄랑 쫓아온 젊은 도사 놈이 연신 주변을 두리번거렸다. 계장수는 신경 쓰지 않고 암자의 뒤쪽 승방이 있던 자리로 돌아갔다. 숲은 이미 어둑어둑한 빛깔을 뿌렸다. 화산의 산자락 뒤에 있는 암자는 도가 명산인 화산에 혹 같은 존재였다. 한데 그 혹이 이미 이십여 년 전에 없어진 것이다. 이렇게 폐가로.

"이봐 여긴 대체 왜 온 거야? 뭐 사연이나 연고 같은 게 있나? 이거 꼭 귀신 나오게 생겼는걸?"

넉살 좋게 붙어서 주절대는 젊은 도사 놈을 한 대 패줄까 하다가 계장수는 승방 입구가 있던 자리로 다가갔다. 발로 입구 바로 안쪽의 마룻장을 몇 번 밟아보다가 콰직, 소리나게 찍어 내렸다. 마루 아래쪽을 파고 내려간 발을 빼고 손으로 마룻장을 걷어내자 흙바닥이 보였다.

"뭐 하는 거야? 보물이라도 묻어놨나?"

쪼그려 앉으며 묻는 젊은 도사 놈의 얼굴엔 호기심이 가득했다. 마룻바닥에서 고개를 든 계장수는 벽에다 대고 말하는 것처럼 무감정하게 얘기했다.

"너 이제 그만 가라."

멀뚱히 바라보던 젊은 도사는 갑자기 배시시 웃었다.

"헤헤헤, 무슨 소리야? 이제 방금 친구가 됐는데 날더러 가라니? 걱정 마. 내가 잘 돌봐줄게."

묵직하게 건너다보던 계장수는 표정만큼 묵직한 어조로 물었다.

"뭘 돌봐줘?"

"음, 보아하니 유랑하는 처지 같은데 세상은 무척 험하거든. 수적, 산적, 강도적에 사기꾼, 협잡꾼, 모리배에 탐관오리, 심지어는 귀신들까지 사람을 잡아먹는 세상이야. 그런 것들로부터 안전하려면 경험 많은 친구가 필요하지. 나 같은 친구 말이야."

의기양양하게 말하는 젊은 도사에게 계장수는 눈썹을 꿈틀하며 물었다.

"귀신이라고?"

"그래, 귀신. 거봐, 역시 세상 구경 초짜라니까. 얘기 못 들은 모양인데, 요즘 세상 각지에 귀신이 출몰해서 민가에 폐해가 자심하다는군. 그게 뭐 진짜 귀신인지도 모르지만, 어쨌든 인심이 아주 흉흉하다는 걸? 인적 드문 산골 마을엔 해만 지면 문을 걸어 잠근데. 뭐, 덕분에 도사들이 수입 좀 생기지만 말이야. 그러니 넌 좀 좋아? 나도 도사잖아."

"도사 같은 소리 하고 있구나."

돌덩이를 내뱉는 것처럼 퉁명스럽게 대꾸한 계장수는 마루 밑의 흙바닥을 파기 시작했다. 졸랑대며 쫓아오는 놈을 그냥 놔둔 것도 이상했지만 놈이 한마디를 하면 자신도 한마디를 내놓게 되는 상황이 요상했다.

지금이라도 턱주가리를 한 대 돌려서 쫓아버릴까 하는 생각이 또 한 번 치밀었다. 하지만 생각과 달리 손은 계속 땅만 파헤쳤다. 그렇게 한 번씩 손이 움직일 때마다 흙덩이가 움푹움푹 파였다. 젊은 도사 놈은 바로 대꾸했다.

"무시하지 말라구. 이래 뵈도 청성파의 적통을 이은 몸이야. 우리 사부는 청성의 적전제자였다구."

흙을 파던 손을 멈춘 계장수는 왜 자꾸 저놈하고 말을 섞나 하면서도 물음을 던졌다.

"사부가 청성 제자였다구? 그럼 너는?"

계장수의 눈을 보던 젊은 도사는 슬그머니 눈길을 좌우로 돌리며 말을 더듬었다.

"나? 나, 나야 뭐… 그냥."

"제자였다는 걸 보니 사부도 순탄치 않았겠군?"

의외로 날카로운 질문을 던지는 계장수를 보며 젊은 도사는 보기완 다른 놈인데 하는 표정을 얼굴에 떠올렸다. 그러다가 한숨처럼 말했다.

"맞아, 파문당했지. 그리고 날 거둔 거야. 따지고 보면 난 그냥……."

"족보 없는 도사로군."

계장수의 말에 젊은 도사는 깊은 한숨을 내쉬었다. 목소린 풀이 죽어 나왔다.

"휴우우. 맞아, 족보 없는 도사. 그래도 풀칠은 하고 살아야 하니까 사주팔자도 봐주고 액막이도 하면서 사는 거야. 화산엔 부적을 사러 일 년에 한 번씩 들르는 거지. 그렇게 산 게 벌써 칠 년이야. 후우우."

처지는 젊은 도사의 눈매를 보던 계장수는 다시 바닥을 파기 시작했다. 일부러 들으라는 것 같은 젊은 도사의 한숨은 계속 이어졌고, 못 들은 척하는 계장수의 손놀림도 계속 땅을 파냈다. 그러길 얼마 후, 계장수의 손이 멈췄다. 반응을 먼저 보인 것은 한숨 쉬던 젊은 도사였다.

"뭐야? 찾던 걸 찾은 거야?"

못마땅한 계장수의 시선이 돌아왔지만 젊은 도사는 호들갑스럽게 계속 말했다.

"어? 뭐가 있잖아? 이봐, 뭐 해? 빨리빨리 꺼내봐. 어서!"

아이처럼 소란스런 젊은 도사의 모습을 물끄러미 보던 계장수는 문득, 저거 진짜로 패버릴까 하고 생각하며 주먹을 불끈 쥐었다. 그러다가 고개를 털며 바닥으로 손을 넣었다. 도사 놈은 또 지껄였다.

"이봐! 보물이면 반반씩 나누는 거야! 알았지?"

꿈틀, 땅을 비집던 계장수의 눈썹이 일렁였지만 도사 놈은 들뜬 목소리로 계속 떠벌렸다.

"야! 임홍빈(林鴻彬)이 인생이 드디어 피는구나, 퍼! 이게 웬 횡재냐? 가만, 나이 스물둘 되는 해에 횡재수가 있다고 했으니 이게 그건가?"

스스로 임홍빈이라고 말한 도사 놈이 계속 지껄이는 사이 계장수는 기다란 상자를 끄집어냈다. 쿵, 소리를 내고 마루 위에 올라온 상자는 녹슨 철상자였다. 얼마나 오래됐는지 표면이 삭아 떨어져 내렸다.

'제길, 땅 파고 상자 꺼내는 일하고 인연이 있나?

무심히 속으로 읊조린 계장수는 피식 웃었다. 멸혼귀도법을 얻던 그때가 생각난 때문이었다. 하지만 눈앞의 상자는 자신이 직접 묻은 것이었다. 땅에 묻힌 지 오십여 년이 훨씬 넘었으니 속의 것들이 온전할지 궁금했다.

"흐흐흐흐, 드디어 나왔구나."

게슴츠레한 눈으로 젊은 도사 임홍빈은 상자에 손을 뻗었다. 양손을 털던 계장수는 그 손을 홀떡 거둬냈다.

"어?"

동그래진 눈으로 쳐다보는 임홍빈에게 계장수는 크고 검은 주먹을 들어 보였다.

"건드리면 죽어."

껌뻑대며 쳐다보던 임홍빈은 잠시 후 입맛을 다시며 소매 속에 손을 넣었다. 그 모양을 보고서야 계장수는 상자의 윗면을 열었다. 아니, 부숴 버렸다.

콰드드득.

이음매가 있던 부분이 통째로 뜯겨져 나갔다. 기다란 상자의 윗면을 절반쯤 뜯어낸 계장수는 곧바로 나머지 반도 뜯어냈다. 훌쩍훌쩍 던진

그것들이 등 뒤에서 소리를 냈지만, 임홍빈은 그 소리가 들리지 않았
다.

"이, 이건! 흑진주네!"

어느새 소매 속에 넣었던 손을 뺀 임홍빈은 귀신처럼 상자 바닥의
검은 구슬들을 잡아 올렸다. 손가락이 움직일 때마다 묵은 먼지가 떨
어지며 흑진주는 본연의 빛을 냈다. 하지만 임홍빈의 그 손맛은 곧 사
라졌다.

"내놔."

크고 투박한 계장수의 손이 얼른 진주를 낚아채 갔다. 그리곤 주루
에서 보았던 주머니, 묘안석을 꺼냈던 주머니에 진주를 주워 담았다.
큰 손이 몇 번 움직이자 상자 바닥을 구르던 백여 개의 진주들이 몽땅
주머니 안으로 사라졌다. 임홍빈은 급하게 소리쳤다.

"이, 이봐! 반반씩 나눠야지! 내 것까지 다 가지면 어떡해!"

"뭐? 니 것? 반반?"

무섭게 부라려지는 계장수의 눈에 임홍빈은 찔끔 목을 움츠렸다. 하
지만 뜨겁게 일렁이는 아쉬운 눈길을 감추지 못했다.

"그래도… 같이 발견했는데… 개평이라도 좀……."

"놀고 있네."

사람 머리통만해진 보석 주머니를 단단히 조여맨 계장수는 행낭 속
에 갈무리하며 혼잣말처럼 중얼댔다.

"돈이라는 거, 귀신같은 거야. 이건… 잘 쓸 일이 있겠지."

초조한 눈으로 계장수의 행동을 바라보던 임홍빈은 건성으로 물었
다.

"뭔 소리야, 그게?"

입으론 묻고 있지만, 행낭 속으로 들어가는 계장수의 손에서 시선이 떠나질 않았다. 그렇게 다시 나오는 계장수의 빈손을 보는 순간, 임홍빈은 안타까운 외마디를 질렀다.

"아! 내 보석!"

계장수는 어이없는 눈으로 임홍빈을 보았다. 그러다가 문득 생각하니 어찌해서 저놈과 여기까지 같이 오게 됐는지 지금 이 상황이 이해되지 않았다. 주루에서 엮인 놈인데 어찌어찌하다 보니 자신의 전생을 더듬는 자리에까지 같이 있게 된 것이다. 다시 한 번 임홍빈을 보니 서글픈 얼굴로 자신의 행낭만 보고 있었다. 참 묘한 놈이었다.

'악의는 느껴지질 않는 놈인데… 아무튼 재밌는 놈이군.'

계장수는 다시 상자로 손을 뻗었다. 남은 물건은 다 삭은 면포로 감긴 두 자 반 길이의 검 한 자루와 빛바랜 먼지가 가득한 두 권의 책이었다. 그걸 양손으로 다 끄집어냈다.

"그건 또 뭐냐?"

임홍빈의 눈이 다시 호기심으로 반짝였다. 계장수는 책의 먼지를 툭툭 털며 바닥에 늘어놓았다.

벽사진경(壁邪眞經). 태극검보(太極劍譜).

두 책의 흐릿한 글자가 눈에 들어왔다. 임홍빈이 바짝 다가앉으며 책을 집어 들었다.

"어라? 이거 도가 계열의 책 같은데?"

임홍빈이 책을 집거나 말거나, 계장수는 한철검에 감긴 면포를 풀러냈다. 면포는 삭아서 풀어지는 게 아니라 떨어져 나갔다. 그것들을 다

떼어내고 나자 검갑(劍匣)이 자태를 드러냈다.

흰 교룡의 가죽으로 표면을 덮은 한철검은 서늘한 한기가 느껴졌다. 서른 무렵, 이 검을 처음 얻었을 때도 이런 느낌이 왔었다. 사천의 묘족들에게서 우연히 얻은 이 검은 두 권의 책과 함께 중원으로 가지고 들어왔다. 하지만 자신에겐 철령기라는 무적의 기공이 있었기에 중요하게 생각하지 않았다. 그래서 지나가는 길인 이곳에 묻은 것이다.

묻으면서도 언젠가는 되찾으러 오리라 생각했었다. 임홍빈의 말처럼 책은 도가 계열의 무공서와 비법서였지만 자신과는 맞지 않았다. 검도 거추장스럽기만 했다. 그렇다고 남에게 선뜻 줄 수도 없는 노릇이었다. 책과 검 모두가 귀중하다고 생각은 했지만 필요없는 물건이었다. 그건 다시 태어난 지금 현재도 그랬다. 그런데 자신은 왜 이곳에 왔을까?

검을 뽑으려다 바닥에 내려놓은 계장수는 상자 안으로 손을 집어넣었다. 기다란 상자 바닥을 쓸 듯이 훑어 올리자 손바닥에 뭔가가 잡혔다. 천천히 손을 들어 손바닥을 펴자 작은 가락지 두 개가 보였다. 후, 하고 입김을 불자 먼지가 털려 나가고 겉모양이 드러났다.

용(龍)과 봉(鳳). 두 개의 철가락지는 각기 용과 봉이 정밀하게 양각되어 있었다.

'그래! 이것 때문에 온 것이지!'

계장수는 가슴속에서 뜨거운 것이 치밀어 오름을 느꼈다. 두 개의 철가락지. 고아였던 자신이 유일하게 몸에 지녔던 물건. 조극강이던 혹독한 어린 시절을 반추하게 하는 물건. 그 시절을 잊기 위해서 땅에 묻었던 물건.

행낭을 뒤져 가죽끈을 꺼낸 계장수는 두 개의 철가락지를 끼웠다.

그걸 목에 두르고 당겨 매어 단단하게 매듭을 지었다. 목젖 아래로 매달린 두 개의 가락지가 느껴졌다. 이젠 과거를 부정하지도, 잊지도 않을 작정이었다.

시이잉.

갑자기 시린 검빛이 피부를 자극했다. 상념을 지우고 옆을 돌아보니 임홍빈이 한철검을 뽑아 홀린 듯이 바라보고 있었다.

"우와아! 정말 좋은 검인데?"

느린 감탄사를 내놓는 임홍빈의 눈과 입은 커질 대로 커져 개구리 같았다. 하지만 계장수는 그런 임홍빈이 아닌, 무너진 벽 뒤쪽을 돌아보며 미간을 꿈틀댔다.

무섭게 노려보는 계장수의 눈길이 가는 곳, 벽 뒤에서 말소리가 들려 나왔다.

"정말 좋은 검이로구나."

『일격필살』 2권에 계속…